大江戸科学捜査　八丁堀のおゆう
千両富くじ根津の夢

山本巧次

宝島社
文庫

宝島社

目次

秋葉権現
浅草寺
安徳寺
小梅村
吾妻橋
大川
おゆうの家
佐野屋
本所
両国橋
馬喰町
猪之吉の家
深川

大江戸科学捜査
八丁堀のおゆう
千両富くじ根津の夢
地図
板橋宿
明昌院
根津
不忍池
下谷
木島屋
雉子橋
空家
天城屋
御城
日本橋
平松町
南町奉行所

登場人物

おゆう（関口優佳《せきぐちゆうか》）…元ＯＬ。江戸と現代で二重生活を送る

鵜飼伝三郎《うかいでんざぶろう》…南町奉行所定廻《じょうまわ》り同心

源七《げんしち》…岡っ引き

千太《せんた》…源七の下っ引き

境田左門《さかいださもん》…南町奉行所定廻り同心。伝三郎の同僚

戸山兼良《とやまかねよし》…南町奉行所内与力《うちよりき》

筒井和泉守《つついいずみのかみ》…南町奉行

水野左近将監《みずのさこんしょうげん》…寺社奉行

倉橋幸内《くらはしこうない》…寺社方の吟味方物調役《ぎんみがたものしらべやく》

疾風《はやて》の文蔵《ぶんぞう》…伝説の盗人

茂三《しげぞう》…隠居した岡っ引き

下谷《したや》の長次《ちょうじ》…悪徳岡っ引き

黒駒《くろこま》の仙吉《せんきち》…やくざ者

玄璋《げんしょう》…明昌院《めいしょういん》の住職

猪之吉《いのきち》…金物細工師

おせい…猪之吉の妻

宇田川聡史《うだがわさとし》
…株式会社マルチラボラトリー・サービス経営者。分析オタク

大江戸科学捜査　八丁堀のおゆう　千両富くじ根津の夢

第一章　本石町の蔵破り

一

今朝まで降っていた秋雨のせいだろうか、少しひんやりとした風が開け放った縁先から訪れ、家の中をすうっと抜けていった。雨雲はとっくに去り、昼八ツを過ぎた今は見事な秋晴れである。

だがおゆうの家の中は、空模様とは裏腹に鬱陶しい気配が立ち込めて、ここだけ雨雲が居座ってでもいるような塩梅《あんばい》だ。それというのも……。

「まったくもう、あの宿六《やどろく》ときたら。ええ、ええ、そうですともさ。ちょっと懐が温かくなって調子に乗っちまったんですよ。自分の女房も滅多に料理屋なんか連れてかないってのに、そんな女にいい飯食わしてやる金がどこから湧いて出るんだい、って言ってやりたいですよ。揚句に一緒にどっかへ行っちまうなんて、こんな馬鹿にした話ってないでしょ。おゆうさんもそう思いますよね。とにかく見つけたら思いっきりとっちめて……」

(あーもう、おせいさん、勘弁してよぉ)

半刻近くもこの調子でまくし立てられて、さすがにおゆうもうんざりしてきた。顔では真摯《しんし》に同情している風を装っているが、さっきから話の大半は聞き流している。

(亭主が女と出て行ったんで頭に血が昇ってるのはわかるけど、話が支離滅裂だよ。

まったく、とんだ厄介事だわ）

厄介事の主、おせいは齢《よわい》二十五。通り四本ほど向こうの田所町《たどころちょう》に住む金物細工師、猪之吉《いのきち》の女房である。整った顔立ちをしており、まずは美人の部類に入るだろう。普段から愛想がいい女なのだが、今日は愛想を飛び越えて、竜が火を吐くの如くである。猪之吉が一昨日から帰って来ず、何かあったのかと心配していたら、若い女と手に手を取ってどこかへ消えるのを見た者が居て、ご注進に及んだ。それで、さては浮気の果てに女と逃げたかと逆上し、おゆうのところへ猪之吉を捜してくれまいかと相談に来たのだ。

「つまりその、その女と猪之吉さんは、少なくとも一度は料理屋で一緒に居るのを見られていた、ってことですね。見た人は、その女に心当たりはないんですか」

やっとのことで話の継ぎ目に割り込んだおゆうが聞いた。おせいは一瞬、虚《きょ》を衝かれたような顔をしたが、その一言で我に返ったらしく、それまでよりは落ち着いた声音になった。

「え？　あ、はあ。ないんですよ、それが。二十歳くらいでなかなか色っぽい女だった、ってぐらいで、見知った顔じゃなかったそうです。誰に聞いても首を傾げるばっかりで」

「おせいさんも、今まで猪之吉さんに女の気配があったことには気付いてなかったたんですか」

「ええ、まあ……。そんな器用な真似《まね》ができる人じゃないと思ってたんで。別に色男、ってわけでもないし」

おせいは少し俯《うつむ》き、声の調子が下がった。改めてそう問われると、自分はどこを見てたんだという後悔の念が湧いてきたのだろう。

「ですよね。私も猪之吉さんがそんな浮ついた人だとは思わなかったし」

猪之吉は三十歳で、堅物というわけでなくそこそこ遊びもするが、今日まで女癖についての噂《うわさ》など耳にしたことはなかった。と言ってもおゆうも顔見知り程度でそれほど深く知っているわけではない。本性を隠していたのかも知れないし、魔がさすことだってあるだろう。

「でも、見知った顔じゃないなら、どこで知り合ったんでしょうねえ」

「さあ、それは……」

猪之吉は一人遊びはしないから、茶屋の女とかなら誰か一緒に行った者が覚えているはずだ。でなければ仕事の客先だったのか、それとも通りすがりにたまたま出会ったか。見ず知らずの若い女というのでは、絞り込みも何もできない。

おゆうは溜息《ためいき》をついた。こんな具合では、手の付けようがない。

「おせいさん、申し訳ないけどそれだけじゃどこを捜せばいいか、皆目見当がつきません」

「えぇっ、そんなこと言わずに。そりゃあ、雲を摑《つか》むような話かも知れませんけど、女とどっかに行ったのだけは間違いないし……最後に見られたのは両国橋《りょうごくばし》なんですよ。一昨日の暮れ六ツ頃で、見たのは大工の平三《へいぞう》さんで……」

両国橋のような人通りの多い場所では、その後どっちへ行ったのかわからない。

「ええ、ええ、その平三さんって人には話を聞いておきます。私も気を付けていますから、その後猪之吉さんを見た人が見つかれば……」

「そこを何とか、捜してやって下さいな。近所の岡っ引きの親分さんは相手にしてくれないし、おゆうさんぐらいしか当てにできる人はいないんですよ。お金が必要なら……」

「いや、お金はいいですから」

おゆうは慌てて言った。おせいの懐にゆとりがあるとは到底思えない。無理をさせたくはないし、金を受け取ったら放っておくわけにいかなくなる。

なおも頼み込もうとするおせいをなんとか宥《なだ》め、とにかく何かわかったらお知らせしますと言って家から送り出したときには、もう七ツの鐘が鳴っていた。

部屋に戻ってぺたんと座ると、おゆうはやれやれ、と大きく伸びをした。近頃はこんな感じでご近所から持ち込まれる頼みごとが、ずいぶん増えてきた。もともと捕り物が好きで、そんなことに首を突っ込むようになって一年余り。その中には江戸中の噂になるほどの大事件も二、三あり、八丁堀《はっちょうぼり》同心の女だ、という話と相俟《あいま》って、その辺の男の岡っ引きよりも頼りになると評判になっている。その話は満更誇張でもないが、そうそう面倒事に巻き込まれるのは困るし、岡っ引きたちの中には縄張り荒らしのおゆうを白い眼で見る者も居る。おゆうとしては痛し痒《かゆ》しというところだった。

さて、おせいも溜《た》まっていた愚痴を全部吐き出してだいぶ落ち着いたようだし、ここは適当に受け流しておくとしよう。案外、猪之吉も四、五日もすれば夢から醒《さ》めたような顔で戻って来るかも知れない。

（それにしても、あの二人は夫婦仲がいいって評判で、猪之吉さんはおせいさんに心底惚《ほ》れて一緒になったように聞いてたのに。おまけに三つかそこらの女の子まで居るんだよね。なのに女と逃げたなんて。ほんっと、男って信用できないなあ）

おゆうは憮然《ぶぜん》としてしばらく座敷に座っていたが、気分を切り替えようと立ち上がり、表に出てぶらぶらと歩き出した。馬喰町《ばくろちょう》の番屋でも覗《のぞ》いてみようというつもりだ。知った顔でも居れば、何か面白い話でも聞けるかも知れない。

表に出ると、すれ違う人たちが次々に挨拶していく。おゆうもにこやかに挨拶を返す。笑みを向けられた男たちは、ついつい鼻の下が伸びてしまう。年の頃ならちょいと年増の二十二、三。背はすらりと高く、長い黒髪は結わずに後ろへ流して纏《まと》めている。婀娜《あだ》な姿の洗い髪、だ。おゆうは別嬪《べっぴん》の粋な姐《ねえ》さんとして、界隈では知られた顔なのである。

番屋に着いて、ご免なさいなと声を掛けながら戸を開けた。上がり框《がまち》で茶を啜《すす》って
いた三十代半ばほどのいかつい顔の男が、「おう」と軽く手を上げた。この町を縄張
りにする岡っ引き、源七《げんしち》だ。

「源七親分、お一人でお休み中ですか」

愛想笑いに油売ってるのねという揶揄《やゆ》をちょっと込めて、おゆうは源七の隣に座った。源七が頭を掻《か》いた。

「お休み中、って言われりゃまあそうだが、この何日かどうも立て込んでてな。やれ喧嘩《けんか》だこそ泥だ、って、今日も三件ばかり始末して来たんだ。茅町《かやまち》で刃傷沙汰《にんじょうざた》を起こした奴と村松町《むらまつちょう》の空き巣はまだ見つかってねえし、鵜飼《うかい》の旦那もずいぶんと忙しそうだぜ」

鵜飼の旦那とは、南町奉行所定廻り《みなみまちぶぎょうしょじょうまわ》同心、鵜飼伝三郎《でんざぶろう》のことだ。源七の「旦那」であると同時に、何を隠そう、おゆうといい仲の男である。いや実は、いい仲、と言っても本当の意味でまだ「深い仲」にはなっておらず、おゆうはその気なのに伝三郎の方はなかなか一線を越えて来ない、という焦《じ》れったい関係なのだ。

「そうなんですか。ついこの間、大名家に関わる大ごとを片付けたばっかりなのに」

「おいおい、その話は大きな声じゃ言えねえだろ」

源七が慌てて手を振り、おゆうは口を押さえた。その「大ごと」とは、おゆうと源七も深く関わった大名家の御落胤《ごらくいん》にまつわる騒動であり、伝三郎は奉行の密命でしばらくその一件に専従していたのだ。

「まあ、旦那も俺もその大ごとにずっと手を取られてたおかげで、仕事が溜まっちまってるからなあ」

源七は、自分が大ごとを解決したかのように胸を張った。おゆうはくすりと笑った。本当は、ほとんどがおゆうの働きによるものなのである。

「しかし、この上《ちけ》でまた大きな一件でも持ち上がりゃ、本当に手が足りなくならぁ。あんたも出番が近えかも知れねえぞ」

「はあ。お呼びとあればやぶさかじゃありませんけど、私がそうそう出しゃばってもねえ」

おゆうは「大ごと」の調べのとき、伝三郎から十手《じって》を渡されていた。その件が解決したので十手は返したのだが、伝三郎からは、また手が足りないときは十手を持ってもらうから、と確かに言われている。

「そりゃ四の五の言う奴も居るけどよ、あんたの腕が確かだってのはみんな知ってる。

世のため人のためだぜ、遠慮するこたぁねえやな」

「はあ」大袈裟《おおげさ》だなあと思いながら、おゆうは曖昧に返事した。

「へっ、そうは言っても本当にまた大ごとが起こっちゃ堪《たま》らねえけどな」

源七が笑いながらまた茶を口にしたとき、突如としてその大ごとが起きた。ただし、源七にとっての大ごとであるが。

「ちょいとご免なさいよっ！　うちの人居るかい」

地鳴りのような声がして、いきなり番屋の戸が開けられた。源七が飛び上がった。

「はっ、やっぱり居たね。こんなとこで呑気《のんき》にお茶なんか飲んで……あ、おゆうさん、こんにちは」

番屋に乗り込んできたのは、源七の女房お栄《えい》である。年は二十九で三人の子持ち、ほんの少し太めだが愛嬌《あいきょう》のある顔で、なかなかいい女である。だが今は真っ赤になって鼻息も荒く、ちょっとした鬼女だ。おゆうは挨拶しながらじりじりと脇に寄った。

「なっ、何だお前。番屋にまで押しかけてどういうつもりだよ」

源七が目を剝《む》いて言った。叱《しか》るような言い方だが、声は震えている。

「どうしたもあるもんか。こいつは何だい」

お栄は懐に手を突っ込むと、一枚の紙きれを引っ張り出して源七に突きつけた。それを見た源七は、ぎょっとして一瞬身を引いたが、何とか立て直そうと言い返した。

「な、何ってそりゃあ、富札《とみふだ》じゃねえか。それがどうしたってんだい」

「富札なんて、見りゃわかるよ。あんたねえ、これ幾らだい。一枚一分だろ。千太《せんた》さんや藤吉《とうきち》さんに聞いたら、あんた一人で買ったって言うじゃないか。何人かで出し合って買ったならともかく、こんなのに丸々一分も使っちまうなんて、何考えてんだよ」

なあんだ、富くじか。おゆうはほっとして肩の力を抜いた。お栄の剣幕から、浮気でもばれたのかと思って心配したのだが、そんな修羅場ではないようだ。

「い、いや、一分ったって、俺の稼ぎじゃねえか。そんなムキに……」

「何言ってんだい。一分ったら、あんたの何日分の稼ぎだよ」

そう切り返されて、源七は言葉が出ないようだ。確かに一分は小さくない。岡っ引きの稼ぎは同心から貰《もら》う小遣い銭と町のあちこちからの付け届けで、そう多くはない。だからたいていの岡っ引き連中は、他に本業を持つか女房に商売をやらせており、お栄も居酒屋を営んでいた。強請《ゆす》りまがいで大金をせしめる悪徳岡っ引きも居るが、源七は至って真面目な男だから、一分は五、六日かそれ以上の稼ぎに相当するだろう。それを富札一枚に使っちゃ怒るわよねえ、とおゆうは胸の内でお栄の側に立った。

「けっ、けどお前、当たりゃあ千両だぞ、千両。そう思えば一分なんか……」

「何が千両だよ！　お前さん本気で当たると思ってんのかい」

言い返したつもりがたちまち逆ねじを食らい、源七はたじたじとなった。

「千両って、あの、もしかして今評判の、根津《ねづ》の明昌院《みょうしょういん》の富くじですか」

富くじ自体は以前から珍しくなかったのだが、今年から年三回に限られていた興行の規制が緩められ、あちこちの寺で修繕を理由に富くじを売り出す動きが出て来た。その中で飛び抜けて人々の目を引いたのが、今度売り出された明昌院の千両富である。これまで一番富と言えば普通は百両、多くても三百両くらいだったので、千両の衝撃は大きかった。

「そうそう、それなのよ。この馬鹿亭主ったら、千両と聞いて目が眩《くら》んじまって。千両当たるのは一枚だけなんだよ」

援軍にしようという肚《はら》か、お栄はおゆうに向かって同意を促すようにまくし立てた。期待に応え、おゆうは頷《うなず》いて源七に目を向けた。

「あらあら、源七親分。よく考えずにすっかり勧進元《かんじんもと》の思惑にはまっちゃいましたね」

攻め手が二人になって、源七の戦意は一気に衰えたようだ。

「そうは言ってもよぉ、何も当たらねえと決まったわけじゃねえだろ」

うじうじ繰りごとを言うのを聞き流し、おゆうはお栄の持っている富札を覗き込んだ。

「へえ、風の六五三六番。花鳥風月ですね。あんまり当たりそうな気がしないなあ」

お栄は、ほうら見ろ、という顔で源七を睨《にら》む。

「そんなこと言うなよ。こういう何気ない地味な番号の方が当たるんだよ」

「ええい、何をわけのわかんないこと言ってんだい。もう買っちまったもんはしょうがないから、忙しいふりしてここで油売ってるくらいなら店の裏方でも手伝いな！」

ぴしゃりと言われて、源七はがっくりうなだれた。おゆうは少しばかり気の毒になったが、可笑《おか》しさの方が勝ってつい笑い声を上げた。

「ほうら、さっさと行って。おゆうさん、それじゃね。また旦那と一杯飲みに来て下さいな」

お栄はおゆうに微笑《ほほえ》むと、下手人《げしゅにん》よろしく源七を追い立てて番屋を出て行った。

(源七親分、すっかり尻に敷かれてるんだなあ。富札が見つかったのは災難だったね)

何か面白い話でもと思って来てみた番屋だったが、趣の違う「面白い話」が聞けたわけで、おゆうはまたふふっと笑った。

(それにしても千両富かあ。一番富を天秤《てんびん》にかけたら、一枚一分は高いかな、安いかな)

源七にあんなことを言っておきながら、何となく自分も買ってもいいかな、と考え始めているおゆうであった。


翌日の朝。いつもより早めの六ツ半に起き出したおゆうは、雨戸を開けて爽やかな風を浴び、空を見上げた。今日も見事な秋晴れだ。何事もなくても、この抜けるような青空を見れば自然に心も浮き立つ。今日もいい一日でありますように。裏の長屋から聞こえる朝餉《あさげ》の仕度の音に耳を傾けながら、おゆうは大きく伸びをした。

そんな穏やかな朝は、駆け込んで来た源七の下っ引き、千太のけたたましい呼び声で突然かき乱された。

「姐さん、姐さん、大変《てえへん》だ！　すぐ来てくんなさい」

こんないい朝になんて無粋な奴、と顔をしかめるおゆうの背後から、千太が畳みかけた。

「忍び込みの蔵破りです。本石町《ほんごくちょう》の天城屋《あまぎや》がやられやした。鵜飼の旦那がお呼びです」

「えっ、蔵破り」

天城屋と言えば少しは知られた大店《おおだな》の呉服商だ。そこの蔵が破られた、となれば大事件である。秋晴れを楽しんでいる場合ではない。

「わかった。今行きます」

身支度は整っているので、簞笥《たんす》から財布と小道具を出して懐に入れると、すぐ飛び出した。本石町までは御城の方に向かってまっすぐ十町か十一町ほど。ひとっ走りの距離だ。

「店の人たちは無事なの」

小走りに通りへ出、千太と並んで本石町へ向かう途上でおゆうが聞いた。

「へい。みんなぐっすり寝入ってるうちに綺麗《きれい》にやられたそうで。誰も盗人《ぬすっと》が入り込んだのに気が付かなかったようです」

「そっか。誰も怪我しなかったのは良かったけど、腕の立つ盗人みたいね」

「そのようで。あっちには旦那とうちの親分が行ってますんで、詳しくは着いてから」

そう聞いておゆうは頷き、後は無言でひたすら天城屋へ急いだ。

二

天城屋の前には既に野次馬の人だかりが出来ていた。仕事に行く途中の職人や近所のおかみさんたちが二、三十人も店の表に集まり、やいのやいのと噂し合っている。

「おう、御免よ、御免よ。通してくれ」

千太が先に立ち、十手をかざして人だかりをかき分けた。千太に続いて店に入って行くおゆうには、一斉に好奇の目が注がれた。店の表には手代《てだい》が待っており、ご苦労様です、皆さんは裏の方です、と奥へ通ずる戸口を指し示した。千太とおゆうは、背中に穴が開くほどの野次馬の視線を感じながら、土間から奥へと通った。

中庭に入ると、突き当たりにある蔵の前で伝三郎と源七、もう一人の下っ引きの藤吉と中年の婦人が輪になって話し込んでいた。千太とおゆうに気付くと、全員がこちらに顔を向けた。

「おう、来たか。待ってたぜ」

鵜飼伝三郎が笑みを見せ、輪から抜けて歩み寄って来た。伝三郎は三十をちょっと過ぎた男盛りの二枚目で、八丁堀同心の中では五本の指に入る切れ者、と言われている。数年前に妻女を亡くし、現在のところやもめなのであちこちの女子衆から色目を使われているが、とりあえず今の相手はおゆう、ということで世間様も納得している……はずである。

「まずはこいつだ。頼むぜ」

そう言いながら伝三郎は懐から黒ずんだ十手を抜き出すと、そのままおゆうに手渡した。

「あ、これ……」

おゆうは十手をびっくりしたような目で見つめた。その十手はまさしく先日、伝三郎に返したばかりのものだった。

「何を驚いたような顔してるんだい。この前そいつを返してもらったときに、また手を借りることがあったら場合によっちゃ使ってもらうぜ、って言ったろ。今がまさしくその場合だァな」

「場合って、このあいだお返ししてから十日と経《た》っちゃいませんよ」

「昨日の今日だとしても構わねえさ。ただでさえ立て込んでるときにこの騒ぎだ。もう何だかんだ言ってられねえ。とにかく手ぇ貸せよ」

何とまあ、昨日源七と話していたことが早速現実のものになってしまった。

「はあー、人使いが荒いですねえ」

「何言ってやがる。何度も言うが、お前だって好きでやってるだろ」

そう言われると返す言葉がない。伝三郎とこういう仲になったのも、おゆうが何度も好きで捕り物に首を突っ込んだからなのだ。

「はいはい、わかりました。せいぜい働かせていただきますよ」

伝三郎が、よし、と頷いたところで、このやり取りをニヤニヤしながら見ていた源七の後ろから、中年の婦人が声をかけた。

「あの、こちらの方も親分さんなんですか」

伝三郎が振り向き、その婦人に向かっておゆうを手で指しながら答えた。

「ああ、そんなところだ。おゆう、ってんだが、捕り物の腕にかけちゃその辺の男の岡っ引きよりは数段上だ。当てにしてもらっていいぜ」

「はあ、左様ですか」

婦人はおゆうに曖昧な、と言うよりは疑わしげな目を向けた。

「初めまして、おゆうと申します。お見知りおき下さいませ。あの、こちらのお内儀《ないぎ》でいらっしゃいますか」

「申し遅れました。絹《きぬ》、と申します。ここの主人《あるじ》でございます」

「あ、左様でございますか。失礼いたしました」

おゆうが頭を下げると、女主人お絹は刺すような視線を返してきた。伝三郎がどう言おうと女の十手持ちなど頼りにできない、と思っているのだろうか。どこか見下すような態度だ。年の頃は四十前後か。ほっそりした顔立ちだが目力が強く、引き結んだ薄い唇は意志の強さを感じさせる。一言で言えば、近寄り難い雰囲気のご婦人だ。

(何だかいけ好かないおばはんだな)

いけない、思ったことが顔に出たかな、と一瞬心配になったが、お絹はまったく表情を変えずに、ぷい、と横を向いてしまった。

「まずはこっちだ。蔵の方を見てみな」

気まずい空気を察したか、伝三郎がおゆうを促した。おゆうは、はい、と応じて正面の蔵の扉の前に進んだ。

蔵そのものはごく普通の白壁土蔵である。観音開きの分厚い漆喰《しっくい》の外扉、いわゆる夜戸《よと》は外へ開かれ、内側の戸も半分ほど開いていた。中を覗き込むと、反物が入っているらしい葛籠《つづら》が棚にずらりと並んでいる。他に、頑丈そうな木箱が幾《いく》つか。これは骨董や高価な家財が入っているものと思われた。見ただけでは何が盗《と》られているかわかりにくいが、おゆうは棚の中段奥の木箱の間に大きめの隙間を見つけた。

「あの、あそこには……」

振り向いて言いかけると、お絹が遮るように言った。

「千両箱でございます。それ一つだけ、盗まれました」

抑揚のない声だ。千両箱一つなど大したことはない、と言うのか。

「他の物には、手を付けなかったのですね？」

「他に盗られたものはございません」

おゆうは地面に目を落とした。蔵から裏手の塀にかけて、薄れかけているが足跡が見える。二、三人分だろうか。蔵破りなら五、六人の仕業かと思ったが、意外に少ないようだ。千両箱だけに目的を絞っていたのか。

足跡を追って塀まで行った。すぐ横に裏木戸がある。大方の足跡は木戸を通っているが、脇の方に一対だけ、他より深い足跡があった。一人が塀を乗り越えて入り、裏木戸を内から開けて仲間を入れたのだ。

「その上の瓦の下に、何か刺さった傷があるだろ。鉤爪《かぎづめ》の付いた縄をそこに引っ掛けて塀を越えたんだ。手口は単純だが、かなり手際がいいな」

伝三郎が後ろから声をかけてきた。目を上に向けると、確かに言う通りの傷があった。

「錠前はどうなったんですか」

そう問うと、伝三郎は「そこだ」と土蔵の脇を指した。指された方を見ると、地面に重厚で黒光りする大型の錠前が転がっていた。立派な細工のようだが、こうして開けられ、閂《かんぬき》と本体が分かれたまま放り出されていると、ひどく間が抜けて見える。

「触っても構いませんか」

「構わねえよ。俺と源七はもうざっと調べた」

許しを得たので、おゆうは錠前を取り上げた。持ち上げるのに両手を使うほど重い。山型で中央が丸く盛り上がっている。玉鋼《たまはがね》のようだ。型式《かたしき》などはおゆうにはよくわからないが、かなり上等の和錠なのは間違いない。見た目は綺麗なままで、無理にこじ開けたようには見えない。もっとも、無理やりこじ開けられるような柔《やわ》なものではあるまい。

「見事に開けられてるだろ。こいつぁ、そうとう年季の入った錠前破りの仕事だぜ」

錠前の鍵穴に目を凝らしているおゆうに源七が言った。

「確かに手練《てだ》れの仕事みたいですね。源七親分、心当たりが？」

「それなんだが……」

源七は伝三郎と顔を見合わせた。

「旦那、さっきから思ってたんですが、どうも奴の臭いがしやせんかい」

その言葉に、伝三郎はゆっくりと頷いた。

「疾風《はやて》の文蔵《ぶんぞう》、か。お前もやっぱりそう思うか」

「へい。この鮮やかな錠前破り、入り込みのやり方、狙いを定めたら余計なものには手を付けねえってところ、どれもこれも奴のやり口に似てやすからねえ」

「あのう、疾風の文蔵、って？」

おゆうは首を傾げて聞いた。伝三郎と源七はよく知っているようだが、おゆうは耳にしたことがなかった。

「ああ、お前は知らねえか。十年前から七年前までの間に、八軒の蔵を破った盗人だ。今日まで丸っきり姿を消してたんだが……とうとう舞い戻ったかも知れねえな」

伝三郎が苦い顔をした。厄介事がまた増えたか、畜生め、とでも言いたげだ。

「七年前ですか。何で今頃になって」

「そいつはこっちが聞きてえや。おい源七、疾風の文蔵をずっと追っかけてた岡っ引きの、茂三《しげぞう》を覚えてるか」

「へい、松枝町《まつえだちょう》の茂三父っつぁんですね。三年ほど前に十手を返して隠居してやすが」

「松枝町にまだ住んでるのか」

「小せえ仕舞屋《しもたや》に一人で住んでやすよ。倅《せがれ》が湯島《ゆしま》で本屋をやってるんで、天下御免の楽隠居でさあ。呼んで来やすかい」

「おう、頼むわ。奴さん、まだ元気なんだろ？」

「ええ、ぴんしゃんしてやすよ。んじゃ、ひとっ走り」

源七が急いで出て行くと、お絹が険しい目つきで伝三郎に聞いた。

「お役人様。その、疾風の文蔵とかいう盗賊がうちの蔵を破ったのですか」

「いや、まだ手口が似てるってだけだ。何せ七年も鳴りを潜めてた奴だからな」

それからおゆうの方を向いて続けた。

「お前の言い草じゃねえが、まったく何で今になって、だ。奴の仕業かどうかは茂三が来てから確かめよう」

「かなり腕の立つ盗人だったんですか」

おゆうは錠前をもう一度見てから言った。本当にこんな重厚な錠前を一発で開けられるのなら、只者《ただもの》ではない。

「ああ。奴にやられた蔵は、それと同じように立派な錠前が見事に開けられてた。八軒とも、店の者は寝ていて誰一人気付かなかった。鮮やかなもんさ。仕事の素早さから疾風、って異名が付いたんだ」

「見た者が居ないのなら、どうやってそいつの仕業とわかったんです」

「そこは蛇の道は蛇さ。それだけ大きな仕事をやってりゃ裏の連中の噂になる。たいていの場合、そいつを丹念に辿《たど》って行きゃ、いつか正体は割れる。それを辿ったのが、今呼びに行った茂三ってわけだ」

「でも……正体は割れたのに、お縄にはできなかったんですね」

言われて伝三郎は頭を掻いた。

「はっきり言うなよ。割れたのは文蔵と手下のうち三人の名前だけだ。苦み走った二枚目らしいって噂の文蔵と、頭が丸坊主で大柄な海坊主の弥吉《やきち》、えらが張って痩《や》せてる山嵐の権太《ごんた》、小柄な狐《きつね》の常次《つねじ》、そんなところかな。人相もあやふやだし生まれも何もわからねえ。あと四、五人は居たはずだが、そいつらは皆目だ。おまけになかなか居場所《やさ》が突き止められなくてな。そうこうしてるうちに、奴ら仲間割れを起こしやがった」

「仲間割れ？　その文蔵の一味は潰れちゃったんですか」

「まあ、そうだ。秋葉《あきば》権現の近くの小屋で匕首《あいくち》で刺されたホトケが見つかってな。死んでから十日以上は経ってたが、体の特徴からもしや海坊主の弥吉じゃねえか、ってんで、小屋を調べたら錠前破りの道具類とかがいろいろ出て来た。それに、床下から何か掘り出した跡もあった。そこが奴らの隠れ家だったわけだ。まあおそらくは、何のはずみか揉《も》め事になっちまって、文蔵が弥吉を刺した後、床下に隠してた金を持って逃げたんだろう。文蔵はそれっきり姿を消しちまって、一味の他の連中もどこへ消えたかわからねえままだ」

伝三郎はそう説明して肩を竦《すく》めた。いかにも残念、という風だ。

「それで、どうして下手人が文蔵だと？　一味の他の誰かの仕業ってことはないんですか」

「うん、近所の百姓が殺しがあったと思われる日に、男が二人、小屋の方へ行くのを見てる。遠目なんで顔はわからなかったが、背格好は二人とも同じくらいだったそうだ。文蔵と弥吉の背格好は、同じとは言わねえまでも似てたようだからな」

「それだけなんですか」

「ああ。曖昧な話だってのはわかってるが、一味の他の奴がやったなら、文蔵がそいつをそのままにゃあしておかねえさ。落とし前をつけるだろう。だが、そんなことがあったって噂は聞こえて来ねえ」

「うーん、そうですか……何だか雲を摑むような」

「その通りだ。まったく雲を摑むような連中なんだよ。もっとはっきりしたことを見つけ出す前に、奴らは消えちまったんだ。もし本当にまた現れたんなら、今度こそ逃がしゃしねえんだが」

口惜しげにそう言う伝三郎に、おゆうが頷きかけたときだった。

「市太郎《いちたろう》！　あなたは出て来なくて良いと言ったでしょう。奥にお戻りなさい」

後ろでお絹の厳しい声が響き、伝三郎とおゆうはそちらに顔を向けた。

母屋の廊下に、二十歳過ぎくらいの若い男が立っていた。背は低く色白で小太り、お公家さんのような、柔な印象を与える顔立ちである。どうやらここの若旦那らしい。

だが鷹揚《おうよう》そうなところは見えず、お絹の叱責《しっせき》を受けておどおどしていた。

「いえ、あの、私もちょっと様子をと……」

もごもごと言いかける市太郎に、またお絹の声が飛んだ。

「こちらは私に任せておきなさい。余計なことはしないで」

「は、はい、すみません」

市太郎は慌ててそう言い、伝三郎とおゆうに向かってぺこりと頭を下げると、そのままますぐに母屋の中へ戻って行った。

（なんか頼りない若旦那だなあ。いや、おっ母さんが強すぎるのかな）

そんなことを思って市太郎の背中を目で追っていると、伝三郎がお絹に言った。

「蔵の鍵はお前が持ってるだけなのか」

「はい、私が持っているだけでございます。こちらに持ってまいりました。普段は鍵のかかる手文庫にしまっております。手文庫の鍵は私が常に持っております」

お絹はそう答えて、懐から蔵と手文庫の鍵を出して見せた。手文庫の方は一寸余りのごく単純な鍵だが、蔵の鍵は五寸ほどもある。

「番頭が持ってる合鍵とかはねえのか。一つだけじゃ不便だろう」

「いいえ、これだけです。蔵の開け閉めは、必ず私がしております」

お絹は胸を張って言い切った。どうやらこの女主人は、店の全部を自分で取り仕切らないと気が済まないらしい。

「そうか……わかった。それじゃあ、店の者を集めてもらおうか。みんな寝入ってて賊には気付かなかった、ってえことだが、一応一通り話を聞きてえ」

お絹はすぐに、承知しました、と言うと、廊下の隅に控えていた下女に番頭を呼んでくるよう命じた。下女は弾《はじ》かれたように立ち上がり、かしこまりましたと一礼して大急ぎで店の表に向かった。

待つほどもなく廊下に足音がして、番頭が現れた。年格好はお絹と同じくらいか。生真面目そうだが動作がどこか落ち着かなげで、小心者という印象を受ける。よく見ると、額にうっすら汗が浮いていた。蔵破りという店の一大事に少なからず狼狽《ろうばい》しているようだ。

「はい、お呼びでしょうか」

お絹は番頭の姿を見ると、前置きなしに淡々と告げた。

「喜兵衛《きへえ》、店の者を座敷に集めなさい。お役人様が、話を聞きたいそうです」

喜兵衛と呼ばれた番頭は、困った顔をした。

「ですが御寮人様、近所の方々が店の前に大勢お集まりで、店先を空にするわけには

「……」

「ならば半分ずつ交代にすればいいでしょう。頭をお使いなさい」

お絹は苛立《いらだ》ったようにぴしゃりと言った。番頭は、はい、そういたしますと慌てて頭を下げ、表の方へ小走りに戻って行った。そんなやり取りを見ていたおゆうは、ちょっと眉をひそめた。何だかぎすぎすした感じの店だ。こんなところであまり働きたくはない。

そのとき、番頭と入れ替わりに源七が戻って来た。羽織姿の白髪の年寄りを連れている。どうやらそれが茂三という元岡っ引きらしい。

「旦那、呼んで参《めえ》りやした」

源七の声に伝三郎が振り向くと、白髪の男が丁寧に頭を下げた。

「鵜飼の旦那、ご無沙汰しておりやす」

「おう、茂三。変わりなさそうだな。隠居したのに呼び出しちまってすまねえ」

「なんの、暇すぎて持て余してたとこで。こんな老いぼれを忘れず当てにしていただいて、却《かえ》って恐れ入りやす」

「そう言ってくれりゃあ何よりだ」伝三郎は安心したように笑みを浮かべた。

「こっちは天城屋の女主人のお絹だ」

お絹はご苦労様ですと挨拶し、茂三も、このたびはどうもと見舞いを口にした。そこで伝三郎はすぐに本題に入った。

「源七から聞いたと思うが、疾風の文蔵が久方ぶりに動き出しやがったかも知れねえ。そこでだ、まずは文蔵をずっと追ってたお前の目でここの様子を見てもらって、お前も文蔵の仕業と思うなら、奴をひっ捕らえるのに手え貸してもらいてえ。不都合はねえか」

「不都合なんてとんでもねえ。くたばりぞこないがまたお役に立てるってんなら、こんな嬉《うれ》しいこたぁありやせん」

「そうかい。じゃあ早速だが……」

伝三郎がそう言いかけたところで、茂三は初めておゆうと目を合わせた。一瞬、茂三の表情が固まった。おゆうは急いで挨拶しようとしたが、その前に茂三の眉がつり上がった。

「お前さんは、いったい……」

俄《にわ》かに茂三の顔が険しくなったのを見て、伝三郎が口を挟んだ。

「ああ、こいつはおゆうって言うんだ。近頃、だいぶいろいろと捕り物を手伝ってくれてる。なかなか役に立つぜ」

「へえ？」

そう言われても険しい顔を崩さない茂三に、おゆうは一礼した。

「おゆうと申します。鵜飼様には大変お世話になっています。以後よろしくお願いします」

腰を低くして言ったが、茂三は挨拶も返さず、おゆうの顔と帯に差した十手とに交互に目をやりながら伝三郎に言った。

「旦那は女に十手持たして、この一件に首突っ込ませるおつもりですかい」

おゆうはぎくっとした。この茂三という男、外見は老けているが体は引き締まっており、目付きも鋭い。引退したとは言えやはり凄腕《すごうで》なのだろう。それだけに、自分たちの領分に得体の知れない女が入り込んでいることが気に食わないらしい。

「ああ。さっきも言ったが、こいつは女ながらにずいぶん役に立つ。頭の切れはその辺の岡っ引きが十人束になってもかなわねえぐれえだ。俺もずいぶん助かってる」

「そうですかい。ですがね、旦那。あっしゃあ、女にわざわざこんな仕事をさせるなんざ、どうしたって得心がいかねえ。その辺の男どもはこいつより役立たずなんですかい」

茂三は言いながら源七の方へ目をやった。源七は困った顔で目を逸《そ》らした。

「旦那、ひょっとしてこの女は……」

茂三のその言葉に、全員の顔が強張《こわば》った。茂三は、こいつは旦那の女なのかと口に出そうとしたのだ。

「父っつぁん！」

さすがに源七が茂三の袖を引いた。

「茂三、お前には厄介をかける。だが、調べに誰を使うか、誰に十手を持たせるかは俺が決める。結果がどうなろうと、それは俺が責めを負う話だ。いいな」

伝三郎は表情を硬くしてきっぱりと告げた。さすがに同心にそう言い切られては、茂三も逆らうことはできない。

「へえ……わかりやした。旦那がそうおっしゃるなら」

茂三は引き下がった。安堵《あんど》した源七が、見てわかるほど肩の力を抜いた。

「よし、それじゃあ早速だが、こっちへ来て蔵の様子を見てみろ」

伝三郎も少し表情を緩め、開けられた蔵の扉の方へと茂三を促した。茂三は「へい」と応じ、おゆうのことは無視して伝三郎に従った。源七が振り向いて口元を歪《ゆが》め、おゆうに「気にするな」と目で言った。おゆうは頷きを返した。それにしても、今までも他の岡っ引き連中に嫌な顔はされたが、ここまであからさまに言われたのは初めてだ。なんだか気分が凹《へこ》んだ。

溜息をついて、破られた錠前を熱心に調べる茂三の様子をそっと窺《うかが》うと、さっきとは目付きが違っていた。もともと鋭かったのが、今は獲物に食らいつく獣《けもの》のようにぎらぎらとしている。やはり引退した老人の目ではない。文蔵一味に対しては余程の因縁があるのだろうか。おゆうのことなど、もはや忘れたかのようだ。

一方お絹はというと、おゆうの脇に立ち、同じように黙って様子を見ている。さっきのやり取りは全て聞いていたはずだが、素知らぬ顔だ。

どうにも面白くない気分で待っていると、廊下に喜兵衛が現れて「店の者が揃《そろ》いました」と知らせた。お絹は黙って頷き、伝三郎にその旨を告げた。伝三郎と茂三はそれを機に調べを終え、お絹の案内で茂三と源七が先に店の中へ向かった。茂三はおゆうの前を通り過ぎるとき、目を向けようともしなかった。

後に続いた伝三郎に、おゆうはひとこと言ってやろうと口を開きかけた。だが伝三郎の反応の方が早かった。

「あー、待て！　言いたいことはわかる。だがまあ、ここは俺に免じて辛抱してくれ。茂三は腕は立つんだが、ちょいと偏屈でな。決して悪い男じゃねえよ。ただどうも、融通が利かねえとこがあってなあ」

頭を掻きながら小声ですまなそうに言われると、何も言えなくなってしまった。

「ええ、ええ、いいですよもう。私が黙って辛抱すりゃいいんですから」

拗《す》ねた顔を作ってそれだけ返すと、伝三郎は苦笑しながら拝む仕草をした。

「さてそれじゃ、店の連中の話を聞くとしようぜ」

「あら、私も行っていいんですか」

「そう臍《へそ》を曲げるなよ。ほら、行った行った」

伝三郎は庭の隅っこでずっと傍観していた千太と藤吉に、蔵を見張ってろと命じると、おゆうを急き立てて表の方へ向かった。

襖《ふすま》を開け放って三間続きにした座敷には、番頭から下女まで十八人居る奉公人のうち、十一人が顔を揃えていた。残りの七人は店頭に出ているらしい。

お絹、伝三郎、源七、茂三、おゆうの五人は一同を前に床の間を背にして並び、お絹が昨晩気付いたこと全て、包み隠さず申し上げるよう言い渡した。奉公人たちは神妙に頷き、互いに顔を見合わせた。何を話したものか、誰から口火を切るのか、戸惑っている様子だ。これを見たお絹が、喜兵衛に目で催促した。喜兵衛は一瞬、びくっとしたように見えたが、すぐに昨夜はずっとぐっすり眠っていて、朝起きて自分が蔵の扉が開いているのを発見するまで何一つ気付かなかった、と述べ立てた。

これを皮切りに、奉公人たちは座っている順番で話を始めた。だが、これだけの人数が居ながら誰一人、異変に気が付いた者は居ない。唯一、丁稚《でっち》の一人が夜中に小用に立っていたが、半分寝ぼけていて、何の物音も聞かず人影も見ていなかった。

得るものがなかったので、人を入れ替えて残る七人にも事情を聞いたが、やはり結果は同じだった。お絹は不調法な者ばかりで申し訳ございません、と形ばかりの詫《わ》びをした。

　店の敷地内と塀の外回りなど、一通りの調べは済んでいたので、もう何も見つからないと判断したらしい伝三郎は、今日は一旦引き上げるとお絹に告げた。

「はい、御役目ご苦労様でございました。では、もう店を開けてよろしいですね」

「うむ。もう構わんが、そんなにすぐ開けるのか。商売熱心だな」

「はい。天城屋は蔵破りなどでびくともしない、というところをお客様方にお見せせねばなりませんので。ありがとうございました。あの、こちらを……」

　お絹は目立たないよう伝三郎に紙包みを差し出した。伝三郎は黙って頷き、それを受け取った。ご苦労様御礼の付け届けだ。これは後で源七や茂三にも分けられる。おゆうは見ないふりをしておいた。


　店の表は、さっきより増えた野次馬でごった返していた。こんな中で店を開けたら収拾がつかなくなりそうな気がしたが、お絹は気にもしていないようだ。野次馬たちは伝三郎の姿を見ると、口々に噂しながらも道を空けた。

「ありゃ？　長次《ちょうじ》じゃねえか」

　源七の声に、おゆうは振り向いた。その視線を追うと、群衆の中に、十手を突き出して野次馬の一人から何事か話を聞いている男がいた。四十ぐらいだろうか、顎《あご》が張って脂ぎった顔は粘着質を思わせ、見たところの印象は良くない。何者だろうと思っていると、茂三も男に気付き、たちまち不快そうな顔つきになった。

「旦那、あの野郎も呼んだんですかい」

「いや、あいつは呼んでねえ。何で来やがったんだろうな」

伝三郎はいささか当惑しているようだ。招かざる客、ということらしい。源七が長次、と呼んだその男は、伝三郎の姿を見ると品の悪い笑みを浮かべて近寄って来た。

「こりゃあ鵜飼の旦那、御役目ご苦労様です」

「おう。何だお前、縄張りでもねえのに何をしてる」

「何をしてる、はねえでしょう。蔵破りと聞きやして、あっしもお手伝いできねえかとこうして出張って来たんでさあ。見たところ、結構な大ごとじゃねえですか。千両ですって？　だったら、手は多い方がいいでしょう」

そう言ってから長次は、初めて気付いたかのように茂三の方を向いた。

「なんだ、茂三父っつぁんじゃねえか。へええ、棺桶《かんおけ》に片足突っ込んだ爺《じい》さんがわざわざ引っ張り出されたってこたァ、こいつは疾風の文蔵が絡んでるってことですかい」

まるで喧嘩を売るような言い草だ。茂三の方も、肥溜《こえだめ》でも見るような目で長次を睨んでいる。どうやら二人は物凄く仲が悪いらしい。

「呼ばれてもいねえのに余計な口を挟むんじゃねえ。手伝いが聞いて呆《あき》れるぜ。金の臭いを嗅ぎに来たんだろう。それとも何か、文蔵のおこぼれでも狙ってんのか」

「何だと？」長次の顔が歪んだ。

「おい、年寄りだからってこっちは下手に出てるんだぜ。偉そうな口を……」

長次が凄んで茂三に詰め寄ろうとした。その前へ伝三郎がぐいっと踏み出し、立ちはだかった。

「おう長次。ここはこの俺が仕切ってるんだ。この一件、指図するのは俺だ。勝手に嘴《くちばし》を突っ込むな。お前はお呼びじゃねえ。失せろ」

長次より上背のある伝三郎は、上からじろりとねめつけて低い声で言った。さすがに長次は引いた。

「そうですかい。じゃあ、今日のところは失礼しまさぁ」

長次は薄笑いを浮かべてそう言うと、茂三をもう一度睨みつけてから、踵《きびす》を返して去って行った。店の前に居た野次馬たちは、眉をひそめてぼそぼそと何やら噂しながら長次の後ろ姿を見送った。

「何なんです、あの人。どうも感じが悪いですね」

長次の背中に目をやりながら、おゆうは源七に聞いた。源七が頷く。

「ああ、下谷《したや》の長次ってえ岡っ引きだ。とにかく評判の悪い男でな。特に金に汚ねえんで、あっちこっちから嫌われてる。強請りなんぞも、だいぶやってるらしいぜ」

「ああ、いかにもそんな風ですねえ」

やはりそうか。長次はいわゆる悪徳岡っ引きの一人であるらしい。

「でも、文蔵のおこぼれ、って、どういうことです」

「そいつは……」源七が何か言いかけたが、茂三の耳に入ったようだ。

「余計なことを言うんじゃねえ！」

茂三の鋭い声が飛び、源七は身を竦めた。おゆうが振り向くと、茂三にさっき長次に向けたのよりも厳しい目付きで睨まれた。

「お前にゃ、関わりねえ」

茂三が言ったのはその一言だけだ。おゆうには何も教える気はないらしい。女が調べに入るのが、そこまで気に食わないのだろうか。こっちも十手持ちなのだから、蚊帳の外に置かれたらこの先の調べに差し障りが出てしまう。そういうことは、考えないのか。

むっとしたおゆうは、茂三を睨み返した。が、さすがに野次馬の居る前で面と向かっての言い争いは避けるだけの分別はあった。茂三はほんの少しの間おゆうと睨み合ったが、それ以上何も言わないまま、すっと横を向いて歩み去った。その機を見て、伝三郎が口を開いた。

「よし、文蔵の方はひとまず茂三に任せよう。源七、お前は人数を集めて、天城屋の周りで何か見聞きした奴が居ねえか当たれ」

「合点です」

源七は千太と藤吉を引き連れて、日本橋《にほんばし》通りの方へ向かった。

「鵜飼様、私は？」

まだたむろしたままこちらを見て噂し合っている野次馬がだんだん鬱陶しくなってきて、おゆうは尋ねた。もう引き上げる潮時だ。

「おう。お前にもやってもらうことがあるんだが、ここじゃまずい。家の方に行こう」

「あ、家の方にですか」

家とはもちろん、八丁堀の役宅ではなくおゆうの住む小洒落《こじゃれ》た仕舞屋のことだ。茂三のせいでくすんでいた気分が、ぱっと明るくなった。

「はい、よろしゅうございます。それじゃご一緒に」

おゆうは伝三郎に寄り添うと、野次馬の視線をはね返すように、ぴったり並んで歩き出した。

三

「さてと。おゆう、悪かったたな。茂三があそこまで突っかかるとは、正直思ってなかったんだ」

おゆうの家に上がり、長火鉢の前に座ると伝三郎はまた頭を掻いた。

「いいですよ。女だからって嫌な顔されるのは初めてじゃないし、茂三さんとまともにぶつからないようにうまくやりますから」

台所で茶の支度をしながらおゆうが応じた。伝三郎はこんな風に、事件のあるときもないときも、仕事帰りや見回りの途中に、しょっちゅうおゆうの家に寄っていた。いつもはたいてい一本つけるのだが、今は仕事中だし、さすがにこんな朝から酒というわけにもいかない。

「すまねえなあ。疾風の文蔵の仕業って疑いがある以上は、茂三を外すわけにゃあいかねえんだ。面白くねえだろうが、勘弁しろよ」

そう言う伝三郎の顔を見ると、おゆうが茂三の心ない態度に傷ついていないか、本当に気にしているようだ。

「大丈夫ですって。でも、そんなに気を遣っていただけるなんて嬉しいなあ」

おゆうは茶の載った盆を畳に置いて隣に座り、明るく笑った。伝三郎はほっとした様子で湯呑《ゆのみ》を取り上げた。

「それで、私のやることって何でしょう」

「うん、そいつだが」茶を啜りながら伝三郎が頷く。

「お前、天城屋の連中についてどう思った」

「え、天城屋の人たちについて、ですか」

おゆうはちょっと首を傾げた。

「そうですねえ……あのお店、何だか具合が良くないですね。あのお絹さん、どうも高飛車で。店の人たちも、お絹さんを怖がって縮こまっているように見えましたよ」

「ああ。喜兵衛って番頭も、跡取りの市太郎もおどおどした様子だったな。まあ、番頭に御寮人様なんて呼ばせてるくれえだ。一人で店を仕切ってて、誰も逆らえねえんだろう」

そのようですね、とおゆうも頷いた。「御寮人」とは、普通は娘か若妻に対して使う言葉だ。昔からそう呼ばれていて、年を取っても呼び方を変えさせないのだろう。

「天城屋の旦那さんは、もう亡くなったんですか」

「もう十年近くになるんじゃねえかな。入り婿《むこ》だったたし、お絹は気が強くて商才もあったから、旦那が生きてた頃からあの店はお絹が切り回してたらしいや。男に負けたくないってんで、ずっと気負って頑張ってるうちにあんな風になったのかねえ」

おゆうはさっきの茂三の態度を思い返した。女だからというだけで軽く扱われるのは、お絹のような性分なら我慢ならないだろう。

「その気持ちはわかります。でも、ちょっと頑張りすぎかも。あれじゃお店の人たちが大変です」

「だろ？　そこなんだよ。店の連中、だいぶ不満を溜め込んでるだろう」

「ええ、そう思いますが……」

そこでおゆうはピンときた。伝三郎の考えていることがわかってきた。

「もしかして鵜飼様、店の中に手引きした者が居るかも、と？」

そんな話なら、確かに天城屋の店先ではできない。

「ほう、やっぱりお前、頭がよく回るなあ」

伝三郎が改めて感心したように言い、おゆうはまたいくらか気を良くした。

「いや、はっきりした考えがあるわけじゃねえんだが、たとえ文蔵の仕業だとしても、ちょいと綺麗に行きすぎてるような気がしてな」

「はい……そう言えば、二、三人の足跡しかなかったのに随分手際がいいですよね」

「だろ？　前は、少なくとも七人か八人で仕事してたんだぜ」

店の中には二十人も居たのに誰一人気付いていないとすれば、かなり短い間に仕事を済ませたのだろう。蔵の様子を事前によく知っていたということか。忍び込んで下見しておいたのかも知れないが、店のあの雰囲気からすれば、伝三郎の疑いはよくわかる。

「わかりました。そのあたり探ってみます」

「おう、頼むぜ」

伝三郎は満足して笑顔を見せた。そんな風に笑うと伝三郎の男っぷりがぐっと上がる。おゆうの胸がちょっとときめいた。

「あの、ところで茂三さんの話に戻るんですけど」

おゆうがそう話を変えると、伝三郎のせっかくの笑みが消えて、えっという顔になった。どうやら苦情の蒸し返しと思ったらしい。おゆうは慌てて手を振った。

「いえ、私のことじゃないんです。茂三さんって、もう隠居してるんでしょ。それが天城屋で調べを始めた途端、ものすごく真剣な顔になって、何だか近寄り難い感じでしたよ。疾風の文蔵を取り逃がしたから、ってのはわかりますけど、それだけじゃないような。何か因縁でもあるんですか」

そう問いかけると、伝三郎の表情が心なしか強張った。やはり何かあるようだ。

「ふむ……お前にもわかったか。まあいいだろう、隠しておく話でもねえや」

伝三郎は腕組みをすると、真面目な顔になって話し始めた。おゆうは無意識に背筋を伸ばした。

「八年か九年前の話だ。茂三にゃ倅の他に娘が一人居たんだが、これが小網町《こあみちょう》の海産物問屋で浜田屋《はまだや》ってとこに嫁入りしててな。まあ、そこそこの大店だったんで、玉の輿《こし》だ。茂三は随分と自慢にしてたんだが、その浜田屋の蔵が文蔵に破られた」

「えっ、娘さんの嫁ぎ先が。まさかその店……」

「ああ、千両盗られたが、普通ならそれで終わりだ。ところがな、浜田屋は隠してたんだが、商いで焦げ付きを出してたらしい。そこへ千両盗られて、金繰りに詰まっちまったんだ。それでもうまく立ち回りゃ店はやっていけたろうが、しくじった。で、店は潰れ、揚句に主人夫婦は首を吊《つ》っちまった」

「うわあ、何てこと……茂三さんの娘さん、亡くなったんですか」

「そうなんだ。この心中は北町《きたまち》で扱ったんで詳しくは知らねえが、どうも焦って高利の金に手を出したらしいな。まあ、間が悪かったとしか言いようがねえが、茂三はそれで娘の仇《かたき》として、ずっと文蔵を追ってるのさ。隠居するのもだいぶ嫌がったんだが、倅が心配して無理に十手を返させたんだ。それでも文蔵を獄門台へ送らねえ限り、茂三は収まらねえだろう」

「そうだったんですか……」

辛い話だ。理屈で考えれば、文蔵は茂三の娘の死に直接の責任があるわけではない。しかし茂三にしてみれば、娘を失った口惜しさをぶつける相手は文蔵しかいないのだ。十手を返しても、源七が言ったような天下御免の楽隠居などでは全然なかったろう。

「もしかして、私にきつく当たったのは、娘さんを亡くしたことがあるからでしょうか」

そのせいで若い女が面倒事に首を突っ込むのに神経質になっている、というのならわからなくもない。だが、伝三郎は少し考えて首を傾げた。

「いや、どうだろう。それにしちゃ、ちっとこだわりが強すぎるような気がするな」

そう言われると、おゆうも首を捻《ひね》らざるを得ない。茂三はまだ他にも、何か痛みを抱えているのだろうか。だが、それを聞いても答える男ではあるまい。

「ところで、文蔵の隠れ家だった小屋って、今はどうなってるんですか」

茂三のことはとりあえず置いて、ふと思い付いたことを聞いてみた。

「ああ、まだそのままだ。おう、何ならこれから行ってみるかい」

「え？　七年も経つのにそのまま残ってるんですか」

「ああ。文蔵が消えてから持ち主もねえし、弥吉が殺された場所なんで、気味悪がって近所の連中は近付かねえ。初めのうちは、大物の盗人の隠れ家だった、てんで何か金目のものが隠されてねえかと入り込んだ奴が結構居たようだが、今はもう放ったらかされたままだ」

「へえ、そうなんだ。それなら私は見てみたいですけど、鵜飼様は奉行所に行かなくていいんですか。天城屋の件、ご報告なさらないと」

「なあに、浅はか源吾《げんご》の不景気なツラを拝むのは後回しでいいや」

浅はか源吾とは、筆頭同心浅川源吾衛門《あさかわげんごえもん》の綽名《あだな》だ。頭は悪くないのに考えが浅くて慌て者なので、配下の同心たちからそう呼ばれている。天城屋の件を急いで報告したら、即座に疾風の文蔵が出て来たと決めつけて大騒ぎを始めるに違いなかった。伝三郎としては、その前に一度、原点に戻ってみようというのかも知れない。

「わかりました。それじゃ、喜んでお供します」

おゆうは伝三郎と一緒に立ち上がった。小屋があるという秋葉権現あたりまでは三十町ぐらいだろう。秋晴れのもと伝三郎と散歩を楽しむには、もってこいだ。

両国橋を渡り、大川《おおかわ》沿いに北へ向かい、大店の寮などが多く建つ小梅村《こうめむら》を抜けて半刻ほど歩いた。この辺まで来ると江戸の喧騒《けんそう》は遠く、大川からの風が頬を撫《な》で、鳥のさえずりも耳に心地よい。伝三郎と並んで小道をそぞろ歩けば、事件の調べの途中というのも忘れそうだった。伝三郎の十手が目に入らなければ、すれ違う人には逢引《あいび》きの男女に見えたろう。

秋葉権現を通り過ぎたところで、小さな雑木林の横に建つ小屋が見えた。

「ほら、あれがそうだ」

伝三郎が小屋を指差し、そこでおゆうは浮ついた遊山気分から引き戻された。

「あ、はい。思ったよりは立派そうですね」

それは、小屋と言うよりは戸建ての家に近い、割合にしっかりした造りの建物だった。が、近寄って見るとさすがに七年も主のないまま放置されていただけあって、羽目板が壊れていたり穴が開いたりしている部分が目に付いた。

戸は一応閉まっており、伝三郎が手をかけて引き開けた。敷居に歪みが出ているらしく、嫌な軋《きし》み音がして埃《ほこり》が舞った。

「薄暗いから足元に気を付けろよ」

そう声をかける伝三郎に続いて、小屋の中に入った。入ったところは三和土《たたき》で、その先は板張りの床になっている。隙間から入り込んだ土埃《つちぼこり》がその床を覆い、雑草もだいぶ侵入していた。真ん中に囲炉裏があったが、鍋も鉤《かぎ》も見当たらない。道具類も何もなく、がらんとしている。元からなかったのか、あったとしても金目のものは持ち去られたのだろう。一味が蔵破りに使ったと思われる道具だけは、奉行所が押収したらしいが。

「弥吉の死骸は、囲炉裏の手前にあった。心の臓を一突きにされてそこで俯《うつぶ》せになってたんだが、今朝も言ったように日にちが経ってだいぶ傷んで、もう蛆《うじ》がわいてたよ」

おゆうはその光景を想像して身震いした。よくよく目を凝らすと、床板がそこだけ特に黒ずんでいるように見える。染み込んだ血だろうか。

「弥吉を刺した匕首は、ここにあったんですか」

「いや、なかった。刺した後、どっかへ捨てたようだ」

そうですか、と頷いて奥に目をやる。囲炉裏の向こう側の床には、五尺四方くらいの穴が開いていた。穴の両脇に、はがされた床板が積んである。

「鵜飼様、あれは……」

「ああ、あれが床下に埋めてたものを掘り出したあとだ」

なるほど。揉め事の原因はやはりその金だったんだろうか、と考えたとき、積まれた床板の下に白っぽいものがあるのに気が付いた。

「あ、あそこに何かありますね」

「うん？　ああ、あれか。ありゃあ手拭いだ。七年前に調べてみたんだが、弥吉を刺した後で、匕首と自分の手に付いた血を拭ったらしい」

「取ってきていいですか」

「何？　いや別に構わねえが」

おゆうは板敷きの床に上がると、穴のところまで進んでしゃがみ込んだ。穴の中は暗くてはっきりとは見えないが、確かに三尺ほどの深さに土が掘られている。千両箱の二つ三つは隠せそうだ。

穴から目を戻して、積まれた床板を動かし、挟まれていた手拭いを拾い上げた。元は白かったろうが、古くなってかなり黄ばんでいる。伝三郎の言う通り、どす黒い染みが幾つも付いていた。床板の下敷きになっていたおかげで、今日までなくならずに済んだのだろう。おゆうは手拭いを小さくたたみ、懐紙を出してそれに包むと、懐にしまった。

「おいおい、そんなもん持って帰るのか」

戻って来たおゆうに伝三郎が呆れたように言った。確かに、そんな気味の悪いものを好んで持ち帰る女は他に居ないだろう。

「ええ、せっかく来たんですし、他に手掛かりになりそうなものは、なあんにもないんですから」

「そう言や、前にも血の付いた手拭いを持って帰って調べてたっけな」

それはこの初夏の、薬種問屋が絡んだ大きな一件での話だ。

「そうでしたね。あのときみたいに、何か役に立つことがあるかも知れません」

「そうかねえ」

伝三郎は曖昧な顔で首を捻った。

暗く黴臭《かびくさ》い小屋を出て青空の下に戻ると、さすがにほっとした。思わず一度、深呼吸をする。伝三郎も脇で大きく伸びをした。

「ここって、静かで人目も少ない場所ですねえ」

おゆうは改めて辺りを見回しながら言った。一町ほど南に秋葉権現の塀が見えるが、周囲は田んぼと原っぱで人通りはない。

「ああ、だから隠れ家にはもってこいだな」

伝三郎は、さも当然という風に言った。だが、おゆうは頷く代わりに問いかけを口にした。

「それはいいんですけど、破られた蔵はこの近くにあったんですか」

「いいや、みんな神田川《かんだがわ》と両国橋より南だ」

「それじゃ、ちょっと遠くないですか」

「え？　ふむ、遠いと言えば遠いが、今だって半刻足らずで着いたじゃねえか。遠すぎるってほどでもねえだろう」

「はあ。でも、蔵を襲うのは夜の夜中でしょう。ここは外に灯りはないから、夜は真っ暗でしょうし、閉まっている木戸を幾つも越えなきゃならないし、ここから出張るのはけっこう大変かな、と」

「そうかな。だが連中は玄人だ。そのぐらいのことはやるだろう。とにかく、ここが隠れ家だったってことは間違いねえんだから」

「それはそうですね」

何だかすっきりしないが、伝三郎の言う通りではある。おゆうは余計な思案をやめて、話を変えた。

「ここで死骸を見つけたのは、この辺のお百姓さんとかですか」

近くの住人ぐらいしかこの小屋に関心を向けそうな者は思い付かない。しかし、伝三郎の答えは違っていた。

「いや、それがな。あの長次なんだ」

「え、天城屋の表に来ていたあの岡っ引きの」

「うん、奴が言うには、この小屋が怪しいと思ってしばらく張ってたんだが、何日経っても出入りがねえんで近寄って見ると酷《ひで》え臭いがする。で、覗いてみると腐りかけの死骸があった、とまあ、そういうことなんだ」

こんな縄張りから遠く離れたところで何日も張ってた？　おゆうは首を傾げた。

「長次親分は、どうしてここを怪しいと睨んだんでしょう」

「さあ、そこだよ」伝三郎が大きく頷いた。

「奴は、見慣れねえ連中がここに出入りしてるって噂を聞いて張り込んだと言ってるが、どうもあやふやでな。誰がそんな噂を流したのか、まるでわからねえ。ましてや長次はああいう男だ。僅《わず》かな手掛かりで遠くまで来て、真面目に何日も張り込むなんて全然似合わねえ」

「何かあるとお思いなんですか」

「いかにも怪しいだろ。茂三は、長次は前々から文蔵一味と繋《つな》がってて、文蔵に分け前を貰って小屋の番をしてたんじゃねえかと疑ってる。つまり、弥吉が殺された後、文蔵一味が雲隠れする時間《とき》を稼ぐため、小屋にしばらく誰も近付けねえようにしたってわけだ」

「それで頃合いを見計らって自分が見つけたように装った、というんですね」

なるほど。天城屋で茂三が「文蔵のおこぼれ」などと言って長次を怒らせたのは、そういう事情か。

「そのぐらいやりかねないお人なんですか」

「さてね。何の証拠もねえけどな」

言葉とは裏腹に、伝三郎は茂三の見方をほとんど肯定しているかのようだ。が、おゆうがなおも詳しく聞こうとすると、伝三郎はさっと口調を変えた。

「さあ、あんまりいっぺんにいろいろ考えてもいい知恵は浮かばねえさ。吾妻橋《あづまばし》を渡って、駒形《こまがた》あたりで何か美味いもんでも食おうぜ」

そう言われておゆうも考えにふけるのをやめ、明るい笑顔になって「はい」と頷いた。それじゃあ、せっかくの天気だし、来るときみたいにもう一度、たっぷり逢引き気分を味わおう。懐に入っている血染めの手拭いは別にして。

翌日は丸一日、天城屋の奉公人への聞き込みに費やした。店で話を聞くわけにもいかず、用事で外出したところを摑まえたのだが、なかなか思うようにはいかなかった。

店の恥になるようなことは、誰しも言いたがらないのはわかる。だが、揃いも揃って口が重いとなれば、却って疑いを濃くするだけだ。おゆうはそこを逆手に揺さぶりをかけた。

一番口が固いであろう番頭と、怖がって話ができない丁稚たちを避け、手代三人と下女二人に順に話を聞いた。宥めたりすかしたり一杯飲ませたりと、手こずったものの、最後に手代と下女、一人ずつが何とか口を開いた。

手代はこう言った。

「正直、御寮人様には誰も逆らえません。お気付きでしょうが、表面は取り繕っているものの、皆だいぶ気鬱になっております。異を唱えてもまったく聞いてもらえません。ご自身が正しいと思っておられる、と言うより、正しくなければならないとお思いのようです。ご自身に厳しいのはご立派ですが」

下女はこう言った。

「思うに、御寮人様は気張りすぎです。旦那様が亡くなられてから、そりゃあ苦労なさいました。女だからと馬鹿にされたくない、女だから店を潰したなんて言われたくない、それはよくわかっております。それでどんなことにも間違いのないよう、たいそう気を付けておられたんですが、近頃では店の者がほんの些細《ささい》なしくじりをするのも許せない、といった風になってしまって……。若旦那様ももう大人なのに、頼りなく見えるんでしょうか。商いの大事なところはちっともお任せにならないままで。あれでは若旦那様もお気の毒です」

なるほど、やはりお絹の人となりについては、おゆうが思った通りのようだ。しかし、盗人の手引きをするほどお絹と店に恨みを抱いている者となると、巧みに水を向けても二人の口からは出て来なかった。まあ、一日の出来としてはこんなものだろう。

店に陰鬱な不満が渦巻いているのは間違いないが、今のところ倅の市太郎から下女まで、誰でも疑おうと思えば疑える。これでは埒《らち》が明かないので、明日からは出入り商人など、店の外の人たちの話を拾いに行くとしよう、とおゆうは考えた。

だがその段取りは、次の日の朝一番から狂ってしまった。

四

「姐さん、姐さん、起きてやすか。また大ごとです！」

激しく戸を叩《たた》く音に加えて、千太の大声が響いた。文字通り叩き起こされたおゆうは、まだ朦朧《もうろう》としながら「ふわぁい、ちょっと待って」とどうにか返事をすると、夜具から起き上がって頭を振った。外はようやく明るくなってきたところのようだ。

「それでぇ、なにごとよぉ、ふわぁァ」

欠伸《あくび》をかみ殺して間の抜けた声を出す。こんな風に千太に起こされるのは何度目だろう。

「また蔵破りです！　疾風の文蔵です！　今度は雉子町《きじまち》の骨董屋、木島屋《きじまや》だ」

「ええっ、また文蔵ですって」

その一言で目が覚めた。何てこと、天城屋の蔵が破られてまだ二日目じゃないの。

「わかった。木島屋なら場所はわかる。支度するから先に行ってて」

「へいっ、お願えしやす」

その声に続いて、駆け去る足音が聞こえた。おゆうはパンパンと両頬を叩いて立ち上がり、大急ぎで髪を梳《す》いて着物を着替えると、最低限の化粧で夜具もそのままに家を飛び出した。


雉子町は大川から続く町人地、つまり江戸中心街の西の端で、そこから西側は武家屋敷が密集している。骨董商木島屋はそこに店を構えて五十年余り、今の主人が四代目だった。

おゆうが店に着くと、雨戸を半分ほど開けた店先で待っていた手代が、すぐに奥へ案内してくれた。裏に通ると、開け放たれた蔵の黒ずんだ扉の前に、伝三郎と源七が居た。天城屋のときと同様、錠前を調べている様子だ。その脇に控えている羽織姿の三十代後半ぐらいの男が、木島屋の主人だろう。

「遅くなりました。また蔵破りですか。やはり錠前が？」

「おう、ご苦労。そうなんだ。鮮やかに錠前が開けられて、店の誰も気付かねえうちに金箱と骨董の箱が幾つか、持って行かれちまった。今、茂三を呼びにやってる」

伝三郎が苦い顔で言った。主人らしい男はおゆうに気付いて頭を下げ、木島屋幸治郎《こうじろう》と名乗った。

「木島屋さん、盗られたものは何ですか」

挨拶を返してからおゆうはすぐに聞いた。木島屋は情けない顔で話を始めた。

「金箱には三百両ほど入っておりました。でも、金より困るのが骨董です。軸が三本、織部《おりべ》の花鉢に志乃《しの》茶碗が一つ。どれも値打ちものですが、志乃茶碗は旗本、田村相模守《たむらさがみのかみ》様からお預かりしていた品で……。相模守様に何とお詫びすればよいやら」

がっくりうなだれる木島屋に、おゆうは慰めの言葉をかけた。

「まあ、それは災難で……。でも、疾風の文蔵の仕業なら相手は名うての盗賊。相模守様も事訳をお話しすればおわかりいただけると思いますが」

「それでも、お預かりしていた以上、弁償は手前どもでいたさねばなりますまい。ああ、本当にまいりました」

その志乃茶碗とやらがどれほどの値打ちのものかわからないが、信用問題の方が大きいだろう。それに比べれば、盗られた現金三百両などは大したものではあるまい。

「重ねて聞くが、お前を含めて店の者は、何の物音も聞いてねえんだな」

伝三郎の問いかけに木島屋が頷く。

「はい、私は奥に、店の者七人は表側に寝ていましたが、誰も何も」

木島屋の敷地は天城屋に比べるとだいぶ小さく、蔵も母屋に隣接しているので、奥で寝ていた木島屋が気付かなかったのであれば、相当に手際がいいと言わざるを得ない。

(文蔵の仕業だとすると、みんなの言うように本当に凄腕なんだな)

そんな風に思っていると、後ろで足音がした。振り向くと藤吉が茂三を連れて入って来たところだった。源七が気付いて挨拶し、茂三は鷹揚に頷きを返した。

「おう、茂三。またやられたようだぜ」

伝三郎が声をかけると、茂三の顔が引き締まった。

「へい。まずは錠前を見てみやしょう」

茂三が進み出て、おゆうは一歩引いた。茂三はちらとおゆうに顔を向け、「まだ首突っ込んでいやがるのか」と、不機嫌な声で言った。むっとしたおゆうが反論しようとすると、伝三郎の手前、喧嘩もできないと思ったのか、茂三は顔を背けてしまった。

伝三郎は天城屋のときと同様、おゆうに目で詫びてから、茂三に錠前を渡した。

「ふうん……なかなかいい錠前だが、珍しいもんじゃねえな。荒っぽくこじ開けた様子はねえ。天城屋のときと一緒だ。文蔵一味の仕事のようですねえ」

しばらく錠前を持っていろいろな角度でよく見てから、茂三が言った。その錠前は長方形で、天城屋のものと比べると軽量だが、安っぽいというほどではない。

「で、中は」

伝三郎は、見てみろ、というように蔵の中を指した。茂三は「それじゃご無礼しやす」と言って中へ入った。おゆうもそっと後に続いた。

蔵の棚には大小幾つもの木箱が置いてある。全部骨董の入った箱らしい。何カ所か歯抜けになっていて、その部分は棚の埃がないので箱が盗られた跡だとわかる。

「一番値の張るものを持って行ったわけじゃねえんだな」

伝三郎が木島屋に念を押すように言った。

「はい、一番高価なものは茶器ですが、それは無事です。手近にあった持ち出しやすいものを選んだようで」

言われてみると、いかにも重そうな箱や嵩張《かさば》る箱は、全て残っていた。

「盗られたものの値打ちは、全部で幾らぐらいなんだい」

「はい、まず二百両というところでしょうか」

二百両、か。おゆうは首を傾げた。現金と合わせて五百両。大金だが、木島屋の身代が傾くほどではないだろう。蔵にはまだ持ち出せそうなものがあるのに、仕事を急いだようだ。

ふと気付くと、茂三が腕組みをして難しい顔になっていた。

「どうかしたかい」

茂三の様子を見た伝三郎が声をかけた。

「へえ。妙だというほどでもねえんだが、文蔵の仕事にしちゃ、手際のわりには小せえな、と思いやして。その気があるなら、もっと持って行けたろうに」

おゆうは、おや、と思った。自分と同じことを茂三も考えたらしい。それから茂三は、ちらりと外に立つ木島屋に目をやってから、小声で伝三郎に言った。

「それに文蔵の奴ぁ、大概は千両箱が狙いでさあ。言っちゃなんだが、この店は蔵に千両箱がうなってるような店じゃねえ。何でここを襲ったんでやしょうね」

「確かに、千両箱を狙うには不向きだな。骨董も盗ってるが、慎重に狙いを定めて物凄く高えものをかっさらったわけじゃねえようだし」

茂三が頷く。伝三郎は思案顔になった。

「だが、七年も経ってまた現れたんだ。何か奴なりの思惑があるんだろう。奴らの顔ぶれも前と同じじゃねえだろうしな。まだ何事も、はっきり決めつけるわけにゃあ行かねえ」

「文蔵をとっ捕まえさえすりゃあ、その辺はみんなわかりまさあ。裏の連中の間じゃ、文蔵が帰って来たって噂が広がり出してるようです。あっしは昔の伝手で、その辺をもっと当たってみやす」

伝三郎が、わかった、と返し、それを潮に茂三は出て行った。

「さてと」茂三を見送った伝三郎は、改めて木島屋に指図した。

「一応、店の者みんなに昨夜のことを聞きてえ。座敷に集めてくれ」

「承知いたしました」

木島屋は店の表の方に向かった。天城屋と違って奉公人も少ないので、聞き取りはすぐに済むだろう。それに、大した証言も期待はできない。単に手順を踏むだけ、というところだが、伝三郎は何か悩ましげな表情を浮かべていた。

「どうかなさいましたか」

おゆうが気付いて声をかけると、伝三郎は頭を掻いた。

「いやな、ここだけの話、浅はか源吾がどうにも張り切っちまってよ。七年前に取り逃がした文蔵をお縄にできたら大いに株が上がると思ってるらしくて、やたら俺たちを煽《おあ》るんだ。この木島屋の件、文蔵の仕業にしちゃ、幾つか腑《ふ》に落ちねえこともありますなんて申し上げてみろ。どやされるに決まってらあ。余計なことは言わずに黙って裏付けを取っていくしかあるめえ、と思ってな」

「あらまあ、それは……困ったものですねえ」

浅はか源吾はせっかちで、簡単な結論にすぐ飛びついてしまう。前の筆頭同心が解決できなかった文蔵の事件を自分が片付ければ大手柄だと思って、伝三郎たちに発破をかけているのだろう。

「ま、それはしょうがねえ。こっちは黙ってやるべきことをやるだけだ」

伝三郎は肩を竦め、おゆうは同情の笑みを浮かべた。残念ながら、上役は選べない。

案の定、木島屋の者たちから有益な証言は何一つ引き出せなかった。錠前の鍵は主人幸治郎の部屋に保管されており、番頭も勝手に持ち出せないという。無論、盗まれた様子もなくちゃんと部屋にあった。伝三郎は一応半刻ほどかけて話を聞き、破られた錠前を証拠品として預かると、おゆうと源七を連れて木島屋を出た。

「何も出やせんでしたねえ。この次はもうちっと何か残して行ってくれりゃいいんだが」

「おいおい、奴らの次の仕事を待ち望んでどうするんだ。それを止めるのがこっちの仕事じゃねえか」

伝三郎にたしなめられて、源七が「こいつぁ、あっしとしたことが」と慌てて頭を下げた。伝三郎とおゆうは苦笑したが、懸念は皆同じだった。これが文蔵の仕業なら、次もある。二件で終わることは、まずあるまい。

木島屋を出ると、源七は店の周囲で異変に気付いた者がいないか聞き込みに出た。

しかしこちらは、天城屋のときと同じく成果は出ないと見た方がいい。

伝三郎は一緒に帰るかと思ったが、奉行所に行ってから後でそっちに寄る、と言い残して行ってしまった。仕方なく一人で帰りかけたおゆうは、起きてから何も食べていないのを思い出し、開いていた飯屋を見つけて遅い朝ご飯にした。

(ふう。それにしても、これが文蔵って奴の仕業だとすると、どうして七年も経ってから舞い戻ったんだろう。お金を使い果たしたからかな。そんな単純な話じゃなさそうな気もするけど、今のところみんな文蔵を捜すのに手一杯で、そこまで考えてなさそうだし……)

濃い味噌《みそ》汁の香りにほっとしながら、おゆうは考えた。何だか背中がむずむずする。この一件、さらに大ごとになったりしなきゃいいけど。

食べ終わって人心地つくと、来たときとは違う道筋を取り、神田川沿いをゆっくり歩いて家に戻った。大急ぎで出たので夜具もそのままだ。伝三郎が来るまでに掃除でもするかと思って箒《ほうき》に手をかけたとき、表から「おう、入るぜ」と伝三郎の声がした。

「はあい、どうぞ。ずいぶんお早かったですね」

「ありがてえことに浅はか源吾の姿が見えなかったんでな。これだけ持ってすぐ出て来たんだ」

表側の六畳にどっかり胡坐《あぐら》をかくと、伝三郎は懐から黒光りする錠前を取り出した。

「あれ？　これって天城屋の蔵の錠前ですよね」

「ああ。奉行所に置いてたのを持って来た。一応は調べてみたが、やっぱりこれといって妙なところはねえ。そこで、だ」

伝三郎は、懐からもう一つ錠前を取り出した。さっき木島屋から預かった錠前だ。

「お前、この錠前二つ、調べてみねえか」

「え？　私が？　いいんですか。錠前のことなんてまったくの素人ですけど」

「お前も今までいろんなものを見つけてるからな。錠前だってお前が見りゃあ、素人なりに何か気付くかも知れねえだろ」

「はあ……そうでしょうか」

見事に開けられている、という以外に手掛かりらしきものがないので、伝三郎も困って駄目元で持って来たらしい。調べてみるのはやぶさかでないし、そこまで信用してもらっていると思えば、やはり嬉しい。

「はい、それじゃあ調べてみます。何もわからなくても、がっかりしないで下さいね」

「それでいいさ。ま、頼むわ」

軽い調子でそう言うと、伝三郎は改めて気付いたように閉められた襖に顎をしゃくった。

「ところで、何で今日は襖を閉めてるんだい。奥の座敷はどうかしたのか」

「え？　ええ、実は間男を隠してて……じゃなくて、今朝は寝てるところを千太さんに叩き起こされたもんだから、夜具をのべたままなんですよ」

「なんだ、そうか」

おゆうは悪戯っ気を起こして伝三郎にすり寄り、袖を引いた。

「よろしければ、ご一緒に向こうに移りましょうか」

「えっ、何だって」

伝三郎が見てわかるほどうろたえたので、おゆうはついつい吹き出した。

「いやだ、そんなに慌てないで下さいな。冗談に決まってますってば」

「やれやれ、からかうのも大概にしてくれ」

伝三郎は大きく安堵の息を吐くと、それじゃ錠前は任せたぜ、と言い残してあたふたと出て行った。おゆうはまだくすくす笑いながら見送った。

そのくすくす笑いは、次第に苦笑いになった。伝三郎と「いい仲」になってもう幾月か経つが、なぜだか伝三郎はいつもぎりぎりのところで踏みとどまるのだ。その一方、捕り物に関してはほとんど相棒のようになっていて、そのことについては素直に喜んでいる。こんな微妙な関係も悪くないという気もしてはいるのだが、やはりちょっと残念でもあった。

（ま、しょうがない。錠前のこと、ご期待に沿うようにいたしましょう）

どうやらおゆうの〝もう一つの家〟に戻るときが来たようだ。

戸締まりをして夜具をしまった後、おゆうは風呂敷包みを持って押し入れに入り込んだ。包みには、二つの錠前と小屋で拾って来た血の付いた手拭いが入っている。おゆうは押し入れの奥の羽目板の留め具を外して横に滑らせ、そこに置いてあった懐中電灯を点けてから羽目板の向こう側にある階段を上り始めた。

微かに軋む階段を一歩一歩上って行く。ここを通るたびにいつも感じる。この階段の一段一段は、それぞれが十年を超える時間を示しているのだ、と。

上がりきったところにある引き戸を開け、小部屋に入る。時空の中継点だ。おゆうは手早く着物を脱ぎ、簞笥から出したスウェットの上下に着替えた。そしてまた風呂敷包みを持ち、反対側の引き戸を開けてさらに階段を上る。その突き当たりは納戸である。納戸の戸を開けて廊下に出れば、そこはもう別の家。東京都中央《ちゅうおう》区に建つ、祖母から受け継いだ古い家。こうしてまた、江戸の住人おゆうの時間が止まり、東京の元ＯＬ、関口優佳《せきぐちゆうか》の時間が動き出す。

五

「それでこいつは、その蔵を破った連中の手掛かりだってわけか」

宇田川聡史《うだがわさとし》は、白手袋を嵌《は》めた手で優佳から受け取った手拭いを広げながら、度の強い眼鏡の奥で目をぎらぎらと輝かせた。

「そう。まだ、どういう手掛かりになるのか見えてないんだけどね」

「この血からDNAを採りゃいいんだな」

「七年も経ってるけど、大丈夫かな」

「七十年じゃなく七年だろ。問題にならん。任せとけ」

宇田川はほんの少し、唇を歪めた。普通の人なら「笑みを浮かべた」と言うべきところだが、この宇田川は感情をあまり表に出さず、いつも無愛想で何事にも興味なさそうな顔をしている。興味あることと言えば、様々な物の分析をすることだけだ。要するに一種の変人だが、その道にかけてはまず右に出る者はない。コミュ障とも言える性格のせいで大学の研究室の隅っこで燻《くすぶ》っていたのが、同窓の先輩に見出されて万能分析ラボをベンチャーで立ち上げ、今は共同経営者として好きな分析に没頭する毎日を送っているのだ。

優佳は阿佐ケ谷《あさがや》の住宅街に建つ彼の城、株式会社マルチラボラトリー・サービスの白亜の社屋の二階にある研究室で、デスクの横にあるスツールに座って、興に乗り始めた様子の宇田川にじっと目を据えていた。

「ふん。こんな重要証拠物件を現場に七年も放っておいたのか。奉行所もいい加減だな」

ひとしきり手拭いを弄《もてあそ》んでから、宇田川が馬鹿にしたように言った。

「重要証拠、っていうのは現代の感覚でしょう。その手拭い、特徴のない白無地だし、血液型もDNAも知らない江戸時代じゃ、大した意味はないよ」

優佳が言い返すと、宇田川は軽く肩を竦めた。

「血の付き方から見て、凶器に付着した血を拭ったようだな。そこからちょっと離れて、また染みがある。こりゃ、凶器を持った手に付いた血を拭いたんだろう。色の違う繊維が潜り込んでないところを見ると、着物に付いた返り血を拭ったわけじゃなさそうだ。さほど返り血を浴びなかったんだな。てことは、被害者はほぼ即死か。もろに心臓に一撃食らったかな」

優佳は眉を上げた。伝三郎の見立てとまったく同じだ。手拭いを弄んでいるように見えて、しっかり目で分析していたのだ。鈍そうな見かけに騙《だま》されるが、この男は侮れない。優佳が持ち込んだ証拠品から、優佳が江戸と行き来しているのを見抜いたのは、まさにこの男なのだ。そして今では、優佳の江戸での捜査活動になくてはならない協力者となっている。一方、宇田川の方はこの平成の世で唯一、自分だけが江戸の生の証拠を分析できることを存分に楽しんでいる。

「お見事」

「よし、DNAは二、三日で片付ける。他にはあるか」

「あるよ。これ」

優佳は江戸から持って来た風呂敷包みを、デスクの上に置いて広げた。

「お……こりゃ錠前か」

宇田川の目が、さっきよりもさらに輝いた。

「破られた錠前ってのは、つまりこれか」

「そう。これをちょっと調べてほしいの」

黒光りする重厚な天城屋の錠前と、長方形でやや軽量に見える木島屋の錠前。初めて見る高級キャットフードの匂いを嗅ぐ猫のように、宇田川は顔を近付けた。

「こういう本格的な和錠は初めて見るな。今じゃまず使われてない」

和錠とは日本独特の錠前で、泰平の世になって失業した刀鍛冶が技術を生かして製作し、江戸時代に発達したものだ。明治以降は手軽な南京錠に取って代わられたが、いかにも日本の匠らしい精緻で凝った作りは、芸術品と言うべき価値がある。

「指紋を採るのか」

錠前の指紋については優佳も考えたが、店の主人と番頭、伝三郎と茂三と源七、それに奉行所の他の役人など、触れたであろう人間が多すぎる。表面も凹凸《おうとつ》があるし、優佳の技術ではうまくいかないだろうと一旦諦めていた。だが、採れるなら採っておいた方がいい。

「うん、それもお願い。でも大事なのは錠前そのものなんだ」

「ふむ、そのものを調べるんだな。よし、わかった。まずは、表面をスライスしてみるか。ええと、この中に刺さってる部分は板バネかな。これは切断面を顕微鏡で見て、それから成分を割り出して混合比を……」

「ちょっと待ったあ！」

それは私の思っている「調べる」と違う。

「材料分析するんじゃない。あんた、この前私が十手を見せてやったときも、破壊して成分を調べようとしたじゃないか」

「あれは冗談だったろ」

「今度は本気かい！　そうじゃない、この錠前がどう破られたのか調べるの！」

「何だ、それを早く言え」

普通はそうだろ。錠前を持って来て材料分析を頼む捜査官が居るか。

「だったらここじゃ無理だ。ここは科学分析ラボだし、和錠のことは俺もよく知らん」

「えー、無理なの」

優佳は失望の声を上げた。ここならたいていのことはできると思ったのに。

「だったら、誰か調べてくれる人はいないの」

食い下がると、宇田川は珍しく困惑したような表情を浮かべた。

「うーん……心当たりはなくもないが」

「あるの？　じゃ、お願い。そこに頼んでくれない？」

優佳は宇田川に手を合わせた。宇田川はまだ煮え切らない。

「しかしなあ。当てにできるかわからんし」

「そこを何とか。私も預かっちゃった以上、結果出さないといけないのよ」

拝み倒すと、宇田川は首を振って盛大に溜息をついた。

「仕方ない。乗りかかった舟だ。頼んでやるから、置いてけ」

「うわあ、ありがとう。またお礼はするから」

優佳は頭をぐっと下げて、もう一度手を合わせた。この場合の「お礼」は金銭でも菓子折りでもない。江戸から毛色の変わった証拠物件など分析対象を、宇田川に充分に供給してやることだった。

帰り道、都営新宿線の馬喰横山《ばくろよこやま》駅で降りてATMに寄った。一万五千円ほど引き出す。口座残高は五十一万円。目下のところこれが現代での全財産だ。優佳は取引明細を見て眉間に皺《しわ》を寄せた。今は無職の優佳としては、これで食い繋げるだけ繋がなくてはならない。先日は宇田川に江戸の小判六両を買い取ってもらって四十万ほど補充できたが、何度も宇田川を頼るわけにはいかない。近日中に何か対策を講じなくてはならないが、まだ当てはなかった。江戸では百両以上を貯めている小金持ちだというのに。

家の近所のコンビニに入って、パスタと〝第三のビール〟を買った。江戸では多少値の張る食事もできるが、現代に帰れば贅沢《ぜいたく》はできない。と言っても、江戸で洋食は食べられないので、懐は寂しいながらこういう息抜きは欠かせなかった。

食料の入ったコンビニの袋を提げ、大通りから家のある横町へ入った。秋の日暮は早い。舗道に伸びた自分の影が、もうだいぶ長くなっている。

(もうそろそろ、二年か)

ここで一人で住んでいた祖母が亡くなったのは、ちょうど二年前の今頃、もうすぐ三回忌だ。その遺言で引き継いだ家で江戸に繋がる通路を見つけ、驚愕《きょうがく》の事実を受け入れて江戸と東京の二重生活に踏み切ったときには、淀《よど》んだOL生活に倦《う》んでいた自分を変えよう、という漠然とした思いだけがあった。それが今は、江戸で十手を持ち、あろうことか江戸の人々の安全のために強盗犯や殺人犯を追っているのだ。冷静に考えれば、自分でも信じ難い話である。こうなると知っていたら、江戸の町への一歩はとても踏み出せなかったに違いない。

自分の部屋に入ってブラウスとスキニージーンズを脱ぎ、スウェットに着替えてベッドにごろんと転がった。仰向けになって天井を見ながら、ふと考える。祖母はどうして江戸で暮らす気になったのだろう。自分のように、何かを変えようとしたのだろうか。この東京での毎日に行き詰まりを感じていたとは思えないのだが。

（日記には、そういうことは何も書いてなかったなあ）

祖母は江戸で暮らした日記を残していた。そこに書かれていたのは、昨日誰と会った、今日は何を食べたといった、何も事件のない淡々とした江戸の日常である。初めて読んだときは信じられなかったが、こうして自分が江戸で暮らすようになってみると、自分の方がはるかに信じがたい日々を送っている。

（でも、江戸暮らしは楽しかったんだよね）

祖母は亡くなる前の数年、年齢を重ねるのとは逆にむしろ若返り、潑剌《はつらつ》とさえしていた、と思う。その元気は、江戸暮らしから貰ったものだったに違いない。だが、江戸の人たちにそれとなく聞いても、祖母のことは大してわからなかった。自分に比べるとずっとつつましやかに振る舞っていたらしく、強い印象は残さなかったようだ。あまり熱心に尋ねて、祖母の素性を逆に聞かれても困るので、深追いはしていない。

まあいいや、いずれ知る機会はあるだろう。優佳は起き上がり、テレビを見ながら夕飯にしようと居間へ下りた。仏壇の前を通り過ぎようとして、ちらっと目をやった。祖母の写真がこちらに微笑んでいる。

（江戸は退屈しないよ、お祖母ちゃん。そして、江戸の私はもっと格好いいんだよ）

優佳は写真に微笑み返し、コンビニの袋を開いた。


次の日は、天城屋の件に戻って出入り商人の話を聞いた。だが、やはり大事な取引先の情報は簡単に喋《しゃべ》らない。「お絹さん相手じゃ商売も厳しいでしょう」などと水を向けても、「そうですねえ、でも商いなんてそんなもんです」というようにかわされてしまった。

それでも、続けていれば何か出て来るものだ。四人目に話を聞いた油屋が、口を滑らせた。

「はは、まあ、そうですねえ。若旦那も息抜きしたくなるのはわかります」

「息抜き？　市太郎さんは何かやってるんですか」

おゆうが反応すると、油屋は「しまった」という顔になり、「いやまあ、そんなこともあるんじゃないかと」と言って話を終わらせようとした。無論、おゆうは誤魔化されない。

「あるんじゃないか、ではないですよね。何を知ってるんです」

十手を胸元に出して睨みつけた。油屋は、取引先の信用と今の自分の立場を秤《はかり》にかけているようだったが、やがて仕方ないな、と首を振った。

「私が喋ったと言わないで下さいよ……実は、若旦那は賭場《とば》に出入りしてるって噂があるんです」

「賭場に？　誰か見た人がいるんですか」

「いや、また聞きなんでその辺は。でも火のないところに煙は、ってことで」

油屋の言い方は思わせぶりだが、さらに詳しく聞いてみてもそれ以上の情報は得られなかった。おゆうは礼を言って油屋を解放し、腕組みをして考え込んだ。お絹はこのことを知っているのだろうか。いや、あのお絹なら、市太郎をそのままにはしておくまい。隠れて賭場に通っているとすると、悪い連中に目を付けられることもあるだろう。

どうやら、つついてみる価値はありそうだ。天城屋で見たところでは、頼りない感じの男だった。自分から賭場へ行くタイプではないようだが、誘い込まれたということもあり得る。少し揺さぶれば、案外簡単に吐くかも知れない。もっとも、それが文蔵一味に繋がるかどうかは別の話だが。

その次の日は、東京に戻った。宇田川から手拭いのＤＮＡの件は二、三日で結果が出ると聞いていたので、連絡を待つつもりだった。

果たせるかな、午後一番でメールが来た。食べかけのカップ麺を脇に寄せて、メールを開く。「結果出た。来るか」と書かれていた。相変わらず、必要最低限の内容だ。そこまで字数を節約してもモバイル料金は安くならないぞ、と言ってやりたくなるが、これが宇田川のスタイルなのだから仕方がない。優佳も「行く」と究極最低限の返信を送ると、カップ麺の残りを一気食いして立ち上がった。

ラボに着き、すっかり顔馴染《なじ》みの女性事務員に会釈する。向こうも慣れたもので、「お待ちです」と軽く笑みを見せ、奥のガラス仕切りをさっと手で示してから、すぐ自分のパソコンに目を戻した。優佳はいつもの通り奥へ進み、ノックもなしにガラスドアを押し開けると、「来たよ」と宇田川に告げた。

「おう。できてるぞ」

顔も上げずに宇田川が言った。「お疲れさま」とも「待ってたよ」とも言わない。メール同様、儀礼らしきものは口にしない。優佳も「ご苦労様」とも「ご厄介かけます」とも言わない。知らない者が見れば喧嘩中なのかと思うかも知れないが、この無愛想さが近頃はなぜか安心できるものになっている。慣れとは恐ろしい。

「ＤＮＡは採れたのね」

「当然だ。何の問題もない。血液から、男一人分だ」

「被害者のDNAのみ、ってことね。皮膚細片とかは無理だった？」

「駄目だ。採れなかった」

残念ながら、犯人の痕跡は得られなかったわけだ。まあ、それは期待しすぎだろう。

「で、照合するDNAはまだないんだろ？　このままデータ保存しとくぞ」

「うん、また証拠品見つかり次第、持って来る」

「よし。それじゃ、錠前の方だ」

「え、そっちも何かわかったの」

デスクの周りに目をやったが、錠前は影も形もない。その様子を見て、宇田川が言った。

「ここにはない。専門家に預けてる。結果、聞きに行くぞ」

「聞きに……行く？」

どんな用事であれ、宇田川がこのラボから勤務中に外へ出るのは極めて珍しい。しかも優佳の都合は聞こうともせず、一緒に来るのが当然と思っているらしい。

「で、どこへ？」

「中野《なかの》の鍵屋。電車ですぐだ」

えー、車じゃないの、と言いかけたが、宇田川は車を持っていない。ＢＭＷのセダンでもメルセデスのＳＵＶでも好きに買える身分なのに、家からラボへは自転車で通っていた。聞いてみたことはないが、実は運転免許を持っているかどうかも怪しい。

宇田川は白衣を脱いで椅子の上に投げ出すと、さっさと部屋を出て、先ほどの事務員に「出かけてくる」と一言だけ告げ、一階の玄関へ通じる階段を下りて行った。優佳は事務員と目を合わせると、「大変ですねえ」「お互いさま」と目だけで会話し、大急ぎで宇田川の後を追った。


中央線の車内では、互いに一言も喋らなかった。宇田川は何だか不機嫌そうだったし、優佳も敢えて電車の中で話したいことはなかった。どうも居心地が悪く、その鍵屋とやらが八王子《はちおうじ》や津田沼《つだぬま》ではなくて、数分で着く中野にあることに感謝した。

中野で電車を降りると、ホーム下の通路を南口へ向かった。宇田川の風貌は、どう見ても北口の中野ブロードウェイ方面へ向かうオタク連中の仲間であり、反対方向に歩く彼は妙に目立った。優佳は無意識に彼から数歩の距離を置いた。

駅前に出てマルイの前を通り、五差路の信号まで来ると右に入った。入って十メートルほどのところに、鍵の絵の看板を掲げた間口の狭い三階建ての店があった。看板と表のガラス戸には、「鍵と錠前と金庫　笹山《ささやま》商店」と書いてある。宇田川は店の前に立つと、何秒か躊躇《ためら》う様子を見せた。優佳が、どうしたのかと覗き込もうとしたとき、宇田川は意を決したようにぐっと腕を突き出し、戸を開けた。チャイムが店内に鳴り響き、二人はガラスケースに入った各種の鍵や、大小の金庫が並ぶ店内に足を踏み入れた。

「はい、いらっしゃいませ」

チャイムに反応して、すぐに奥から店主らしい男が出て来た。四十五、六歳ぐらいだろうか、少しばかりメタボな体型に満面の笑みを浮かべた、愛想の良さそうな人物だ。店主は、宇田川の顔を見るなり「ああ、これはどうも、いつもお世話になりまして」と言うと、頭を下げた。宇田川は「どうも」と一言、不器用に挨拶を返した。

「あの錠前のことですね。すぐ呼びますから」

店主は優佳にもにこやかに頭を下げてから、一旦奥へ引っ込んだ。錠前を持って来るのかと思ったら、奥で「宇田川さん、来られたよー」と呼ばわる声が聞こえ、間もなく誰かが階段を下りてくる音がした。宇田川の顔に緊張が走った。いったい何が始まるんだろう？

店と奥を分ける暖簾《のれん》がめくられ、白髪の老人が姿を現した。七十過ぎと見えるその人物は、痩せてストイックな雰囲気だが、顔の特徴からすると店主の父親に違いあるまい。老人は唇を引き結び、宇田川をじろりと見た。宇田川は、不機嫌そうな顔のまま目を泳がせた。何だこの状況は。

優佳が困惑していると、老人は宇田川から目を逸らして優佳に、「どうも。笹山です」とだけ言って小さく頷いた。優佳は慌てて挨拶しようとしたが、笹山老人はさっと宇田川に向き直り、「こっちへ」と顎で奥を示した。宇田川は無言で奥へ進み、優佳もおとなしくそれに続いた。

奥は事務室兼作業場になっており、突き当たりにパソコンと電話が載った事務机と椅子、真ん中に作業台がある。その作業台に、天城屋と木島屋の錠前と鍵が並んでいた。二つとも、閂と本体が分かれた状態で置いてある。

「で、どうだった」

作業台の前に来た宇田川が、初めて口を開いた。錠前の調査を頼んでおいてこの態度は、無礼極まりない。そうでなくても相手は気難しそうな老職人なのに。はらはらしたが、笹山は気を悪くした様子も見せず、錠前を指差した。

「立派な和錠だな。近頃じゃ、こんな綺麗なのはなかなかお目にかからない」

そう言いながら木島屋の閂を手に取った。

「和錠のことは知ってるか」

宇田川は肩を竦め、優佳は「すみません、全然です」と申し訳なさそうに言った。

笹山は頷き、コの字型になった閂の、下の横棒に当たる部分を指した。正しく言えば、棒ではなく二枚の長方形の金属板だ。

「こいつは板バネだ。この部分を本体に差し込む。そうすると本体に収まりきって閂がかかったところで板バネが開いて、引き出そうとしても開いた板バネの部分が本体の中で引っ掛かり、動かなくなる。これが鍵のかかった状態、ってわけだ」

笹山は言葉を切り、理解できているか確かめるように二人を見た。宇田川と優佳は同時に頷き、笹山は満足したらしく先を続けた。

「鍵穴に鍵を突っ込んで回すと、鍵の突起が開いたバネを挟み込んで、すぼめる。それでバネが本体に引っ掛からなくなり、引っ張り出して開けられる。これが和錠の基本構造だ」

笹山はいかにも職人らしく、余計な台詞は一切挟まず淡々と説明を続けた。

「これはバネが二枚で、型としては一番単純なやつだな。こっちの方は、構造自体は同じだが、板バネが六枚も付いてる」

笹山は天城屋の閂を指でつついた。確かに木島屋のものより見た目も複雑そうだ。形はだいぶ違うものの、優佳は何となくスイス・アーミーナイフを思い出した。

「こっちの重厚なのも、開け方は同じなんだな。バネをすぼめるだけ、という」

「ああ」宇田川の問いには、ぶっきら棒な返事をした。

「シリンダー錠とは、根本的に違うな」

「当たり前だ。この手の和錠は、回転運動をするのは鍵だけだ」

「シンプルと言えばシンプルだな」

優佳も頷く。外見は重厚そうだが、現代の錠に比べると、メカニズム自体はわりあい単純だ。天城屋のはともかく、木島屋の錠前は金目の骨董などを収める蔵のものとしては簡単すぎる気がする。まあ、江戸の治安状況と木島屋の店の規模を考えれば、問題ないのだろう。

「施錠の構造を複雑にするより、鍵穴を簡単に見つけられなくしたり解錠のステップを増やしたりして安全を確保するって考え方だ。からくり錠、ってやつだな。この二つはそこまで凝ってないが」

なるほど。からくり錠、というのは江戸で耳にしている。宇田川も頷いた。

「それで、本題の方は」

「ああ。どうやってこいつを開けたか、だな」

笹山は頷き返すと、木島屋の閂の板バネを手に取り、中央部を指で叩いた。

「ここだ。よく見てみろ」

笹山は右手で閂を宇田川に突き出し、左手でルーペを摑んで一緒に差し出した。宇田川はそれを受け取ると、ルーペで笹山が指した部分を覗き込んだ。

「そういうことか」

ものの数秒でそう声を出すと、宇田川は閂とルーペを優佳に渡した。優佳は宇田川がやったのと同じように、閂の板バネをルーペでじっと観察してみた。中央部には何かで何度も擦《こす》られたような跡が見える。鍵による摩耗《まもう》だろう。だが、その付近に小さな新しい傷があった。鍵ではない。何か細い金物で引っ掻いたように見える。

「ははあ……これって、ピッキングされた傷なんですか」

「ピッキングは普通、ピッキングという道具を使ってタンブラー錠を開けることを言う。この場合、ピッキングという言い方は正しくなかろう」

笹山が注釈を入れた。やはり、どうも小難しい爺さんだ。

「まあとにかく、ピックみたいな細い金具を差し込んで板バネをいじった、ってことだろ」

宇田川が面倒臭そうに言った。笹山が渋い顔をした。

「どんな金具を使ったかまでは知らん」

「ふうん。ま、鍵が使われてない、ってことがはっきりしてりゃいい。そっちは？」

宇田川は天城屋の錠前と閂を指した。催促された笹山は、ふん、と鼻を鳴らした。

「こっちはそういう痕跡がない。自分で確かめろ」

笹山は天城屋の閂の板バネを示して言った。宇田川がまたルーペで覗き込む。

「こっちには傷がないな」

それを聞いて優佳も横から覗き込んだ。確かに、鍵による摩耗の跡はあるが、木島屋の方に付いていた傷のようなものは見えない。

「合鍵を使ったってことか」

「そうとも言えん。新しく作った合鍵なら、まだ錠前に馴染んでないから、削ったばかりの突起部分が擦れて新しい傷ができるだろう。だいたい、現役の錠前ならともかく、こんな骨董品に合鍵を作る必要があるか」

優佳は口籠《くちご》った。これが現役の錠前で、破ったのは名のある盗賊だなどと言えたものではない。しかし、新しい合鍵なら多少の傷は付くだろう、というのは頷ける話だ。

「じゃ、結論としては正規の鍵を使って開けた、ということか」

「そのようだな。つまり、普通に開けられたんだ。何でそんなことを調べる気になったのか知らんが、あんたらも物好きだな」

宇田川は肩を竦め、優佳は曖昧な笑みを浮かべて「ええ、まあ」とだけ返事した。

「それで満足か？　なら、この錠前持って帰ってくれ。なかなかいい物を見せてもらった」

それが唯一、笹山の言った愛想らしい台詞であった。それに対して宇田川は、「ああ、面倒かけた」と言った。宇田川でもお礼の言葉らしきものを口にするんだ、と優佳は変に感心した。無論それだけではあまりに失礼なので、依頼人として優佳が丁重に礼を述べた。

用事が終わったのを察して二階から下りて来た店主に見送られ、優佳と宇田川は笹山の店を後にした。笹山自身は、軽く頷いただけで奥から出ようともしなかった。

「あの鍵屋さんとは、どういう繋がりなの」

駅までの道で優佳が尋ねると、宇田川は顔も向けずにもごもごと答えた。

「ちょっと前、戦前からの旧家で何十年も放置してた古い金庫を開けてくれとあの店に依頼があった。長年の客で、相続か何かの関係だったらしい。で、あの爺さんが行って金庫を開けたんだが、中に変な薬みたいなもんが入ってた。誰も何だかわからなかったんで、うちに分析依頼があったんだ。分析してみたら、自家製の殺鼠《さっそ》剤だった」

「自家製？　毒物なんでしょ。違法じゃないの」

「違法だろう。危ないから金庫にしまってたんだ。だが、こっちで大昔のもので長年使用されてないと証明してやった。うちは警察にも顔が利くしな。うまく収めたら、感謝された。あの爺さんにも一目置かれた」

なるほど。鍵のプロと分析のプロが出会って、互いにリスペクトしたわけだ。双方とも職人で無愛想だというのもよく似ている。類は友を呼ぶ、のたぐいだろう。

「しかし、あの爺さんはどうも苦手だ。自分の専門分野についちゃよく喋るが、それ以外はまったく無愛想だろ。相手するだけで疲れる。店長やってる息子さんがいなきゃ、とうに店は潰れてるな」

あんたが言うか、それを。

六

「ほう、何かわかったようだな。聞かせてもらおうか」

いつものように座敷で胡坐をかいた伝三郎は、二つの錠前を目の前に差し出したおゆうの顔を見て、期待するように微笑んだ。

「あら、顔でわかっちゃいました？」

「ああ。いかにもよくやりました、って顔になってるぜ」

「まあ、私としたことが。とにかくご覧下さいな」

おゆうは木島屋の閂を取り上げると、笹山がやったのと同じように板バネを指し示した。

「ここをよーく見て下さい。小さな新しい傷があるの、わかります？」

示された部分を目を凝らしてじっと見た伝三郎が、頷いた。

「ああ、確かに傷があるな」

「それです。鍵で開けていればできない傷です。金具を突っ込んで中の板バ……金板を動かして、閂を開けたんですよ」

丸ごと笹山の受け売りだが、伝三郎にはわかるまい。

「そうか。ふむ。天城屋の方はどうだ」

「こっちは金板を六枚も組み合わせていて、金具で動かすのはかなり難しそうです。なのに、木島屋のものに付いていたような傷は、こちらには見当たりません。全然傷がない、ということは、新しく作った合鍵を使ったのでもないんじゃないかと」

「ほう……てことはなにか、本来の鍵をそのまま使って開けた、と言いてえのか」

「はい、そう思います。如何でしょうか」

結論はこれでいいはずだ。おゆうは膝に両手をついて、伝三郎に迫るようにぐっと身を乗り出した。そんなおゆうを見つめ返すと、伝三郎は膝を打った。

「ようし、上出来だ」

おゆうはほっとして、微笑みを浮かべた。

「どうやらお役に立てましたね」

「ああ、礼を言うぜ」

そう言ってから、伝三郎は頭を掻いた。

「実は、木島屋の門にある傷についちゃ、俺も茂三も気が付いてたんだ」

「え？　そうなんですか」

宇田川ばかりか笹山商店まで巻き込んだのに、伝三郎たちの推測を確認しただけなの？

「いや、待て待て。天城屋の門の方には傷が見当たらないんで、正直どう解釈したもんかと悩んでたんだ。お前のおかげで、すっきりしたよ。お前の言う通りだ。真っ当な鍵を使わなきゃ、ああも綺麗には開けられねえわけだな」

おゆうの膨れっ面を見た伝三郎が急いで言い足した。

「あら、そうでしたか。なら良かった」

おゆうは機嫌を直し、もう一度微笑んだ。それから、真顔に戻って言った。

「真っ当な鍵だったということなら、天城屋のは狂言だと思われますか」

「ふむ……いや、それはあるめえ」

伝三郎は少し考えて首を振った。

「そんな狂言で店の信用を下げて、何の得がある。お絹の様子だって、常日頃から肩《かた》肘《ひじ》張ってる女なんでわかりにくいが、だいぶ動揺してたぜ。番頭なんざ、すっかりうろたえてたじゃねえか。狂言って風にはとても見えなかったな」

「ええ、そうですね」

おゆうも狂言とは思っていない。可能性を潰すために言っただけだ。

「そうなると怪しいのは……」

おゆうがそう言いかけると、伝三郎も思い当たったらしい。

「倅の市太郎、か」

「はい。市太郎なら鍵の在りかは知っているでしょうから、母親の隙を見て鍵を盗み、文蔵一味に渡して蔵を開けさせてから、鍵を元通り返しておくぐらいの芸当はできると思います。他の奉公人にはそれは無理でしょう」

「するってえと、お前は市太郎が文蔵とツルんでる、と見てるのか」

「ツルんでる、と言うよりは弱みを握られて言いなりにされてるんじゃないかと」

「なるほど。何か摑んでることがあるようだな」

おゆうは「はい」と答えて、この前油屋から聞いた話を披露した。

「ほう、賭場かい」伝三郎は大いに興味をそそられたようだ。

「その賭場が文蔵一味と裏で繫がってりゃ、筋書きは出来上がりだな」

「逆に言えば、賭場を突き止めれば文蔵の居場所まで辿り着けるんじゃありませんか」

「ふむ。面白くなって来やがったな」

伝三郎の口元に満足げな笑みが浮かんだ。

「市太郎の評判をもうちっと拾ってから、ちょいと締め上げてみるとするか」

「はい」おゆうと伝三郎は、顔を見合わせて大きく頷き合った。

天城屋は、まったく普段通りに営業していた。蔵を破られてから数日しか経っていないが、少なくとも表面上は奉公人も平静に戻っているようだ。客足も変わりないように見える。

「これは鵜飼様。大変ご厄介をおかけしております。今日はまたあのことのお調べで」

応対に出た番頭の喜兵衛は、客を憚《はばか》ってか「蔵破り」とは言わなかった。

「ああ、そうだ。お絹は居るか」

「主人は蔵前の方に出かけておりますが」

蔵前か。おおかた顧客である札差の誰かに、蔵から奪われた千両の当座の穴埋めを頼みに行ったのだろう。

「そうか。それじゃ、市太郎は居るのかい」

「はい、奥に居ります。どうぞお上がり下さい。主人もじきに戻ってまいると存じますので」

喜兵衛に案内され、伝三郎とおゆうは奥に通った。座敷に座るとすぐ喜兵衛は引っ込み、代わって市太郎が姿を見せた。

「鵜飼様と、ええ、おゆうさんでしたね。先日はご無礼いたしました。本日、母は出かけておりまして、相済みません」

市太郎は二人に対座すると、丁寧に頭を下げた。こうして改めて見ると、市太郎も他の大店の若旦那と何ら違いはない。蔵破りのあった日はひどくおどおどしているように見えたが、あれは母親が居たせいか。いや、それだけではあるまい。

「いや、それはいいんだ。お前に聞きたいことがあってな」

「私に、でございますか」

伝三郎の言葉を聞くと、市太郎の顔に明らかな不安の色が現れた。

「そうだ。お前、賭場に出入りしてるそうだな」

市太郎の目が見開かれた。ほとんど無防備のところに直撃弾を受け、言葉がすぐに出ないようだ。そこへ下女の一人が茶を運んで来たが、空気を察したか茶を置くと大急ぎで部屋を出て行った。賭場、という言葉は聞こえたろうか。

「賭場……ご存知でしたか」

下女が入って来て間が空いたので、市太郎は落ち着きを取り戻したらしい。とぼけても無駄だ、裏付けは取られている、と判断したのだろう。俯いて、素直に認めた。

「申し訳ございません。悪いこととは承知しておりますが、息抜きと思ってついつい繰り返すようになってしまいまして……。これからは心を入れ替え、賭場などには決して出入りいたしません。何とぞお目こぼしのほどを」

市太郎は懸命に詫びを入れ、畳に額をこすりつけた。単に賭場に出入りしただけなら、この後でいくばくかの袖の下を渡せば、それで済む話である。市太郎はそう思ったろうが、今回はそうはいかなかった。

「お前の出入りしてたのは、井川佐渡守《いがわさどのかみ》様の中間部屋で開いてる賭場だな」

「は、はい。そうです」

「で、どれくらい借金を作った」

「えっ……」それまで素直に答えていた市太郎の顔が強張った。

「いえ、そんな。ほんの小遣い程度で賭《か》けておりましたので、借金と申しましても……」

「とぼけるんじゃねえ！　そのぐらいの調べはついてるんだ」

伝三郎が声を強めると、市太郎はたちまちすくみ上がった。やはり本性は気弱な男らしい。

「お前の借金は百両にはなってるはずだ。うまくカモにされたな。黒駒《くろこま》の仙吉《せんきち》って奴がお前の周りをうろついてたのはわかってる。奴に百両返せねえんなら言う通りにしろ、でなきゃお袋さんから取り立てる。そう言われたんじゃねえのかい」

黒駒の仙吉と言うのは、賭場に出入りして時々取り立て屋も請け負うやくざ者だ。賭場だけでなく、文蔵一味にも雇われたことは充分考えられる。市太郎の膝に置いた手が、小刻みに震え始めた。伝三郎が畳みかける。

「で、何を頼まれた」

「いえ、そ、それは……」

「蔵の鍵だろ。蔵の鍵をお袋さんの手文庫から盗み出して渡せ、仕事が終わったらすぐ返すからばれやしない、と、そういうことだな」

「そんなこと……」

「錠前を調べりゃ、ちゃんと鍵で開けたのか、道具でこじ開けたのかくらいはわかるんだよ。ここの蔵の錠前は、真っ当な鍵で開けられてた。鍵の在りかを知ってるのは、お絹とお前と番頭だけだ。気付かれずにその鍵を盗めるのは、お絹の隣の部屋に居たお前ぐらいしか居ねえ。違うか」

市太郎の顔はもはや蒼白《そうはく》だ。もう間もなく落ちる、そう思ったとき表がざわつき、廊下をこちらへ歩んで来る足音がした。市太郎がはっとして顔を上げた。数秒後、外出から戻ったお絹が座敷に現れた。

「まあ、これは鵜飼様。お待たせいたしまして申し訳ございません。本日は……」

廊下で膝をついて挨拶したお絹は、そこまで言いかけて室内の緊張に気付いた。

「あの、何か……」

タイミング悪いな、とおゆうは思った。あと少しで市太郎の自白が取れたのに。仕方なく伝三郎は方向を変えてお絹に言った。

「お絹、帰ってすぐのところでなんだが、お前は市太郎が賭場に出入りしていたことを知ってたか」

「賭場に、ですって」

お絹の顔が見る見る険しくなった。

「お前、そんなところに出入りしてたのかい」

お絹は市太郎をきっと睨みつけた。おゆうもびくっとするほど厳しい目付きだった。

「おっ母さん……」

市太郎は蒼白になったまま、呟《つぶや》くように言いかけた。が、お絹がその先を制した。

「言い訳なんかするんじゃない！　何て情けない。天城屋の跡取りが賭場なんて。商いに精を出すよう何度も言わせておいて、そんなくだらない遊び事を。だからお前はいつまで経っても一人前になれないんだよ」

きつい声音でそう言うと、お絹は伝三郎の方に向き直った。

「鵜飼様、ご迷惑をおかけいたしました。誠にお恥ずかしい限りです。市太郎は私が性根を鍛え直し、誓ってそのような場所には二度と出入りさせませんので。後ほど改めましてご挨拶に……」

「そうじゃない……」

滔々《とうとう》と述べ立てるお絹の後ろで、市太郎がぼそぼそと声を出した。それを聞いたお絹は、苛立った様子で市太郎を振り返って「黙っていなさい」と叱った。

その一言が、何かを壊したらしい。市太郎の顔つきが変わった。

「そうじゃないって言ってんだ！」

いきなり怒鳴った市太郎に、座敷に居た全員が仰天した。

「俺が悪いんじゃない。全部、全部あんたのせいだ！」

市太郎の顔色が蒼白から真っ赤に変わり、お絹を指差して叫んだ。お絹はこの豹変《ひょうへん》に呆然《ぼうぜん》とし、市太郎の顔を声も出せずに見つめた。

「旦那の言う通りだ。俺は賭場で三百両の借金を作った。お袋に尻拭いさせるのが嫌なら、蔵の鍵を寄越せと言われて、その通りにした。だけどなあ、それは脅《おど》されたからじゃない。俺はこの店とお袋に、仕返ししてやりたかったんだ」

「仕返しだと？」伝三郎が驚いて言った。

「ああ、そうさ。俺はなあ、もう二十歳過ぎの大人だ。なのにお袋は、いつまで経っても俺をガキ扱いだ。何一つ、商いを任しちゃくれねえ。揚句に俺が何をしようとしても、まだ早いだの我慢しろだのもっと精進しろだの一点張りだ。俺がどれだけ気詰まりだったかわかるか。この店は、お袋が居る限り牢屋《ろうや》も同じだ」

「市太郎、ちょっとお待ち、お前……」

「黙れクソ婆《ばば》ぁ！」

お絹はその罵声に衝撃を受けたらしく、言いかけた言葉を呑《の》み込んだ。

「あんたが考えてるのは店のことだけだ。それも、あんたが女だから大店の切り盛りは無理だと言われたくない、そのためだ。だから俺がどんな気持ちでいるかなんて、考えたこともない。それが証拠に、俺がちょっとでも息を抜こうと賭場や岡場所に出入りしてたのを、知りもしなかったろう。手文庫の合鍵を作って、ちょいちょい遊ぶための小銭を抜いてたのもだ。ほんの少し気を付けるだけでわかったはずなのに。俺は口惜しかった。だから、蔵の鍵を寄越せと持ちかけられたとき、喜んで手を貸したのさ。蔵を破るとき、俺自身が傍で見てたんだ。鍵はその場で返してもらった。とにかくこれで、あんたとあんたの大事な店に一発食らわしてやったと思うと、胸がすっとしたよ。朝になって旦那方が来たときは、ばれたらどうしようと思ってちょっとびびったが、こうして全部ばれちまえば、却ってすっきりすらぁ。こんな店、潰れたって構わねえ。へっ、ざまあみろ」

立ち上がって一気にまくし立て、市太郎は肩で息をしながらお絹を見下ろした。お絹は市太郎を見返すこともできず、腰が抜けてしまったように座り込んでいた。伝三郎さえ、唖然《あぜん》として言葉を失っているようだ。

「奉公人は」

それまで黙って聞いていたおゆうは、市太郎に向かってひとこと言った。

「え？」

市太郎は何を言われたかわからなかったようだ。おゆうは続けた。

「この店には二十人近い奉公人が居るんだよ。こんなこと仕出かして店が潰れたら、奉公してる人たちはどうなるの。あんた、それを考えたことある？」

「奉公人……」

市太郎は完全に虚を衝かれたようだ。続く言葉が出て来ない。

「やっぱりね。考えてなかったんだ」

おゆうは立ち上がり、正面きって市太郎と向き合った。実はおゆうの方が上背があるので、威圧された市太郎が一歩引いた。

「あんたねえ、さっきから聞いてりゃ自分のことばっかじゃない。これだけの大店が潰れたら、とばっちりを食う人がどれだけ出ると思ってんのよ。そんなことも思い付かないで、二十歳過ぎの大人だなんてよく言えたもんだわ。おっ母さんにまだ頼りなって思われるのも当たり前だよ。ただの甘ったれのボンボンじゃないの。あんたが賭場や岡場所にどれだけ出入りしようと知ったこっちゃないけど、承知の上で盗人に手を貸すなんて、とんでもない大馬鹿野郎だ。あんたが店を仕切ったら、盗人の手なんか借りなくたって、あっという間に店は潰れちまうよ」

面と向かってそこまで言われ、市太郎の顔色は真っ赤から再び蒼白に戻った。市太郎はしばらく口をぱくぱくさせていたが、そこから反論の言葉が出ることはなかった。なおも市太郎を睨みつけていると、おゆうの肩に伝三郎の手が置かれた。

「よし、もういいだろう」

おゆうは頷いて後ろに下がった。伝三郎が進み出て、市太郎の腕を摑んだ。

「この先は、番屋で聞こう」

市太郎は伝三郎と目も合わせず、導かれるまま黙って廊下に出て行った。おゆうも座ったままのお絹に一礼して、座敷を出ようとした。そのとき、お絹の体が傾き、そのまま畳に崩れ落ちた。おゆうはびっくりしてお絹に駆け寄った。

「お絹さん、ちょっとお絹さん、聞こえますか」

お絹は薄目を開いたまま、呼びかけには応じなかった。だが、意識はあるようだ。

「ちょっと、誰か居ますか。御寮人さんが倒れました」

大声で呼ばわると、店の者が慌てて駆けて来る足音が響いた。伝三郎も驚いて立ち止まった。

「御寮人様……御寮人様……これはいったい、何があったのです」

喜兵衛がお絹を助け起こし、おゆうに非難めいた目を向けた。お絹は全身の力が抜け、目の焦点も定まらないようだ。市太郎のことは、お絹がこれまで必死で築き上げてきた世界を、根底から一撃で破壊するほどの衝撃だったのだ。おゆうは心底、お絹が気の毒になった。

「後で番屋の方へ来て下さい。それからお話しします。今はとにかく、お絹さんを介抱してさしあげて下さい」

「あの、若旦那様は……」

「それも、番屋の方で」

おゆうはそれだけ言うと、ひどく困惑している喜兵衛を残して座敷を出た。伝三郎に摑まれたまま廊下に立っている市太郎は、倒れたお絹をじっと見ていたが、その顔には何の表情も浮かんではいなかった。

第二章　根津の千両富

七

番屋の畳に座った茂三は、仔細《しさい》を聞くと何やらすっきりしない顔つきで腕組みをした。

「そうですかい。天城屋の倅がねえ」

「何だい、何か気に入らねえことでもあるのか」

伝三郎が怪訝《けげん》な顔を向けた。

「いや旦那、気に入らねえと言うか、文蔵は今までこういうやり方はしなかったんで、ちっとどうかなと思いやして」

「文蔵はこれまで、店の者を引き込みに使ったことはなかった、ってことかい」

「へえ。商いの取引に来た商人に化けて、奉公人から錠前の様子を聞き出したことはありやす。ですが、錠前を開けるところは必ず自分らでやってたんで。天城屋みてえに鍵を手に入れて開ける、ってのは奴の流儀じゃねえと思うんですが」

横で控えていたおゆうは、首を傾げた。茂三は、錠前を自分で開けるのは文蔵の盗人としてのプライドだろう、と言いたいようだ。わからなくはないが、七年もブランクがあればそうもいかないのではないか。

何か言うとまた茂三に怒鳴られそうなので黙っていたが、伝三郎が代わりに言ってくれた。

「ふうん。だが、七年も間が空いてるんだ。市太郎が言うには、天城屋に押し入った一味は三人だけだ。人数は昔よりだいぶ減ってる。手軽な方法が見つかりゃ、そっちを使うんじゃねえか」

「時は経っても、文蔵にゃ奴なりの矜持《きょうじ》があったと思うんですがねえ……。ま、旦那のおっしゃる通り、人ってなァ変わりやすからねえ」

納得はし切れないようだが、茂三は不承不承頷いた。

「七年も経って急に姿を現したのは、それなりの理由があるはずだ。手口が変わったとすりゃ、その辺が関わってるのかも知れねえな」

伝三郎も、茂三の見方をまったく否定するつもりはないようだ。

「で、市太郎を脅した仙吉だが、まだ見つからねえのか」

伝三郎は首を回して、おゆうの隣に座っていた源七に声をかけた。市太郎の証言で、仙吉も蔵破りの一味に加わっていたことがわかっている。

「へい。やっぱりと言うべきか、天城屋が襲われた次の日から行方がわからねえんで。佐渡守様の屋敷の賭場にも、姿を見せてやせん。賭場の下っ端を一人締め上げたんだが、何も知らねえようで」

「天城屋の後であんなに早く木島屋を襲ったのは、市太郎のことが露見する前に片付けちまおうって肚だったのかもな」

「かも知れやせんが、旦那、そもそも何で木島屋だったのか、ってなァまだよくわかりやせんね」

「文蔵一味の中では、その仙吉って男だけ顔と身元が割れたってことですね」

おゆうはつい口を出した。すると案の定、茂三にきつい目で睨まれたので、さっと目を逸らせた。まったく、こんな風に何か言ったりしたりするたびに、睨まれたり怒鳴られたりしてはかなわない。茂三は、伝三郎の指示とは言え、おゆうが錠前を調べたことも気に食わない様子だ。間に挟まった伝三郎が、また困った顔をした。

「一味、と言っても今回からの新参者だろうけどな。奴は身が軽いそうだから、たぶん塀の乗り越え役じゃねえか。顔が割れたんでさっさと雲隠れ、ってわけだ」

空気を読んだか、源七がおゆうの言葉を引き取った。

「裏稼業の連中の間じゃ、文蔵が帰って来たって話で持ち切りらしい。俺たちが文蔵の仕業だってひとことも言わねえうちからだ。連中はこういうことにゃ耳が早えからな。だから、仙吉が闇に潜っても何かしら噂は聞こえてくるだろう。気長にやるしかねえな」

「そんな悠長なことは言ってられねえぞ。裏の連中が文蔵一味がまた動いてると知ってる以上、好きにさせといちゃ御上のご威光に関わる。浅はか源吾が赤鬼になるぜ」

伝三郎がたしなめるように言うと、源七は「違えねえや」と肩を竦めた。

「とにかく、次にどこかを襲われねえうちに何とかしねえとな」

伝三郎のその言葉は、そこに居る一同の思いを正しく言い表したものだった。


伝三郎が奉行所に戻ると言って出て行くと、おゆうも番屋を出て家に向かった。茂三の近くに居れば、また女はおとなしくしてろと説教されかねない。家に帰り、長火鉢の前にどしんと座ると、茂三の態度に改めて腹が立ってきた。自分としてはお荷物ではなく充分な戦力になっていると思うので、茂三の自分に対する扱いはまったく不当だ。いつかギャフンと言わせてやる。

そんなことを思って爪を噛《か》んでいると、「ごめん下さい」という女の声と共に表の格子戸が開けられる音がした。おゆうは声を聞いてぎくりとした。猪之吉の女房、おせいだった。

「あ、はあい。どうぞお上がりになって」

猪之吉の行方については、まだ全然調べてもいない。まずいなあと思ったが無下に帰らせるわけにもいかず、おゆうはおせいを招じ入れた。

「すみませんねえ、おゆうさん。でも辛抱し切れなくなって。うちの人とあの女、何か手掛かりでも見つかってないかと思いましてねえ。いや、お任せしておいて催促に来たみたいで、ごめんなさいねえ」

いや、「みたいで」って、これ絶対催促だよね。おゆうは仕方なく愛想笑いを浮かべた。

「申し訳ないんですけど、まだ何も摑めなくって。せめてどこの女かとか、女の人相とかわかってれば……」

「それなんですけどねえ、善助《ぜんすけ》さんは正面から女の顔を見なかったんで、人相はよくわからない、って言ってるし」

「善助さん？　それ、誰です。女連れの猪之吉さんを見かけたのは、大工の平三さんじゃ？」

「あれ、言ってませんでしたっけ。料理屋で女を見たって教えてくれたのが善助さん、両国橋でうちの人と女が歩いて行くのを見たのが平三さんですよ」

これだもんなあ。おゆうは頭に手を当てた。舌の回転が速いわりに、肝心のところは抜けているのだ。そんな調子で亭主を捜せと言われても。

「もういっぺん聞きますが、善助さんってどんな人？　それと平三さんも」

「ええ、善助さんは小太りでちょっと顔が大きいけど、見ようによってはいい男で。平三さんの方は小柄で細面で、目が細くてちょっと吊り目の……」

「いえ、人相じゃなくてどこの何者かを聞いてるんですけど」

「あらごめんなさい。私ったら」

おせいは自分の額を叩いた。やれやれ、これじゃ掛け合い漫才だ。

「善助さんは錠前師ですよ。うちの人が以前に弟子入りしてた錠前師の親方のところで一緒に働いてた人で、長いこと会ってなかったんだけど、私らがこっちで所帯を持った頃に偶然出会って、それ以来友達付き合いしてるんです。平三さんの方はここ一、二年の付き合いかなあ。善助さんほど親しくはないですねえ。独り者で、大工の腕はいいようですよ」

「猪之吉さんって、錠前師の弟子だったの？　それも初耳だけど」

おゆうは呆れて問い直した。いったいまだ聞いてない話がどれだけあるんだろう。

「ええ、私と出会う前に、増上寺《ぞうじょうじ》の近くの錠前師の親方のところで何年か働いてたんです。知りませんでした？」

だから、知りませんってば。

「でも猪之吉さんは錠前師にならなかったんですよね。何で辞めちゃったの」

「それがねえ、十二年くらい前だったかな。つまんないことで喧嘩して、親方の倅に大怪我《おおけが》させたんですって。それで追い出されて、他の錠前師のところにも行けず、仕方なく金物細工師に商売替えしたんですよ。錠前師としての腕は良かったらしいんですけどね」

「ふうん。それじゃ、おせいさんは猪之吉さんが金物細工師になってから知り合ったんですね。五年ほど前だっけ」

「ええ、五年前です。私がかんざしの修繕を頼んだのが、まあ出会いって言いますかね。うちの人、結構恥ずかしがり屋で、私の顔をまともに見ないんですよ。でも、かんざしを直してくれてるときの顔はすごく真剣で、その横顔がまた良くってね。それでついつい、ぼうっと眺めてたら、あの人も気が付いちゃって、お互いなんか恥ずかしくなって俯いて、その日はそれで終わったんだけど、私、すっかりのぼせちゃって、その後で何度も無理やり頼み事作って……」

ええ加減にせんかい。

「馴れ初めは置いといて、その錠前師の弟子の頃に、女が居たなんて話はないんですか」

「ええ、そういう話はなかったたって、善助さんが言ってました。付き合った女は、私が初めてだったみたいですよ。それでね、初めてお宮の縁日にでも行こうって話になったとき……」

「デート……じゃなくて縁日はどうでもいいですから、とにかくその善助さんにも話を聞いときます。住まいはどちら」

「高砂町《たかさごちょう》の新兵衛《しんべえ》店《だな》ですよ。うちの人も、たまに手伝いに行ったりしてましたね」

「手伝い？　猪之吉さんは、今でも錠前をいじれるの」

「そりゃあ、前は腕のいい錠前師だったんですから、できますよ。金物細工の合間に、錠前直しとか錠前開けとか、頼まれたりしますし」

「へえ……ちょっと待ってよ、猪之吉さんが姿を消したのは、十日前でしたよね」

「はい、そうですけど」

おゆうは首を傾げた。天城屋の蔵が破られる二日前だ。そのタイミングで、錠前師の仕事もできる猪之吉が姿を消した。手掛かりらしい手掛かりは残さずに。いや待て、天城屋の錠前は錠前師が開けたわけじゃない。単なる偶然だろう……しかし、何か気になる。

「あの、おせいさん。これからそっちの長屋にお邪魔してもいいかしら」

「え？　うちに。そりゃいいですけど」

急に言われて一瞬戸惑った様子を見せたおせいだったが、どういう形でもおゆうが動いてくれるのは大歓迎だろう。「善は急げですね」と、すぐに立ち上がった。

田所町にあるおせいと猪之吉の住む長屋へは、五町ばかりである。おせいについて木戸を入って行くと、井戸のそばで遊んでいた小さい子供たちがすぐ気付き、その中の女の子が一人、「母ちゃん」と声を上げて駆け寄って来た。おせいの娘の美代《みよ》に違いない。

「はいはい、ただいま。待たせちゃったねえ」

おせいは美代の頭を撫でて、子供を見ていてもらったおかみさんに「すいませんねえ、おまきさん」と礼を言った。

「ああ、いいからいいから。ずっとうちの子らと遊んでたから、手はかからなかったよ」

おまきはそう言うと、おゆうの姿を見て「ああ」と手を叩いた。

「あんたがあの女親分さん？　噂は聞いてるよ」

「あ、どうも。おゆうです」

挨拶しながら、どんな噂だろうと思った。おまきの様子から見ると、悪い噂ではなさそうだ。ふと目を移すと、美代が不審そうな顔でじっとこちらを見上げていた。

「こんにちは。お美代ちゃんよね」

おゆうが微笑みながら話しかけると、美代は小首を傾げた。何者だろう、と考えているようだ。

「ほれ、挨拶しな。このお姐さんはね、おっ父を捜してくれるんだよ」

「おっ父？」美代の目がぱっと輝き、おゆうを見上げた。

「おっ父、どこ？　いつ帰るの」

　おゆうは困っておせいを見た。おせいが手を合わせる。おゆうは溜息をついた。美代の期待を一身に負わされたようだ。これでこの件から逃げを打つのは難しくなってしまった。

「ごめんね、まだわかんないの。捜してあげるから、もうちょっと待ってね」

　できるだけ優しく言ったが、美代はがっかりしたらしく目線を下げた。

「ほら、美代、あんたは遊んでな。母ちゃんは、お姐さんと話があるからね」

　美代は「うん」と頷くと、おゆうを何度も見ながら子供たちの輪へ戻った。

「ほんとに、何とか助けてやって下さいね。お願いしますよ」

　おまきからも駄目を押され、おゆうは「ええ、大丈夫です」と言うしかなかった。

「さあどうぞ。汚いとこですけど」

　おせいは障子を開けておゆうを家に入れた。六畳一間の、ごく標準的な裏長屋だ。きちんと敷かれた畳は掃除されていて、おせいが言うように「汚いとこ」ではない。

「それじゃ、お邪魔します」

　おゆうはおせいに続いて畳に上がった。古びた箪笥の隣に作業台の卓があって、飾り物に使うらしい薄い金属板のようなものや、作りかけのかんざし、小さな錠前などが載せられている。卓の下の箱には、道具らしきものが並んでいた。

「これちょっと、拝見しますね」

おゆうは箱を引き出し、中の道具類を改めた。鏨《たがね》、小さな金づちなど、用途がよくわからないものを含めて五点ほどである。

「これで全部ですか。なくなったものはないですか」

「ええ、それがね、錠前直しに使ってた道具が見当たらないんです。なんでそんなの持ってったのかな、って思ってたんですけど」

錠前直しの道具が？　そういう大事なことは、早く言ってよ。

「錠前直しの仕事はたくさんあったんですか」

「ええ、飾り物の仕事が本業ですけど、留め具の修繕とかするうちに錠前も頼まれるようになって、月に一度くらいはやってましたよ。何しろ腕はいいんで、大きなお店からも頼まれたりしてましたねえ。安いし、頼んだらすぐ来てくれるからって」

なるほど、ちゃんとした錠前師を呼ぶほどではない仕事なら、便利使いとしての需要はあったのだろう。いい商売かも知れない。

「じゃあ、そういうお客さんの記録とか、取ってますか」

「ええ、ありますよ。ちょっと待って」

おせいは立って箪笥の引き出しを開け、帳面を一冊取り出した。

「はい、これです。読みにくいかも知れませんけど」

おゆうは帳面を受け取り、最初から見ていった。客の名前と請け負った仕事の中身、仕事をした日付と受け取った手間賃が、順に並べて書いてある。平仮名と数だけのつたない字だが、猪之吉は思ったより几帳面な性分のようで、善助の手伝い仕事まで記してあった。

最後は十五日前で終わっていた。客の名前は全部チェックしてみたが、大店らしいのが四、五件あったものの天城屋と木島屋の名前はなかった。さすがにそこまで期待するのは行きすぎだろう。おゆうは帳面を閉じておせいに返した。

「あの道具箱なんですけど、ちょっとお預かりしてもいいですか」

とりあえず、猪之吉の指紋だけでも採っておこうと思った。

「いいですよ。お役に立つんなら、どうぞどうぞ」

「じゃ、持って帰ります。すみません」

おゆうは懐から風呂敷を出して広げ、それで包もうと道具箱を持ち上げた。すると、紙切れが一枚、ひらりと畳に落ちた。道具箱の下に置いてあったものが、箱の底にくっついて持ち上がってから落ちたものらしい。

「あら、これ……」

おゆうは道具箱を風呂敷の上に置いてから手を伸ばし、紙を拾い上げた。見覚えのあるものだ。源七が持っていたのと同じ、明昌院の富札だった。

「富くじの富札ですね。明昌院の千両富。何で箱の下なんかに」

「あらまあ、富札ですって。どうしてそんなものが」

おせいは驚いた様子で声を上げた。

「どうしてって、おせいさんは猪之吉さんが富札を買ったのを知らなかったんですか」

「ええ。だってうちの人は、富札なんて今まで買ったことないんですよ。一枚一分くらいするんでしょう。とても買えやしません」

「お友達の、ほら、善助さんとか平三さんとかと組んで買ったんでは」

「いいえ、そんなことは一度も。善助さんも富札は買わない人だし。千両富の話くらいは、ついこの間うちでもしましたけどねえ。あんなの当たったらどうなるんだろう、なんて。あ、そう言えばそのとき、うちの人、何とかいうお寺の富くじの、あの突富《つきとみ》の箱、木札が入ってるやつ。十年くらい前にあれの掛け金を修繕したことがあるけど、その富札も買わなかったんだって言ってましたねえ」

「突富の箱を修繕？」

富くじの抽選は、箱の中に入れた木の番号札を、大きな錐《きり》みたいな道具を上の穴から入れて突き刺す、という方法で行う。大量の木札を入れるから結構大きな箱で、錐を突っ込む穴には蓋《ふた》と掛け金が付いていたりする。それの修繕もしたことがあるわけか。

（うーん、どう解釈すればいいのかなあ）

蔵破りと富くじは、まったく別の話だ。だが、猪之吉のところでそれが重なったのは偶然だろうか。いや待て、慌てて余計な方に話を広げない方がいい。まずは猪之吉が蔵破りと関わりがあるのか、単なる思い過ごしか、それから確かめねば。

今まで適当に聞き流していたのをちょっと後悔しながら、おゆうは猪之吉の周辺を本気で調べ始めた。まず、外出したおまきを摑まえた。おせいのいないところで話を聞く必要があったからだ。

「ええ、ええ、ほんとに猪之吉さんったら、どうかしてますよ。おせいさんと美代ちゃんを置いて、他の女に走るなんて。そんな馬鹿なことってないですよ」

おまきは当然おせいの味方だ。水を向けた途端、口角泡を飛ばしてまくし立てた。おゆうはその勢いにたじたじとなったが、猪之吉への罵りと恨み言を除いて整理すると、少なくとも猪之吉は鼻の下を伸ばして女に入れあげるタイプではない、ということはわかった。まして恋女房と幼い娘を捨てて、などあり得ない。この辺は、おゆうが漠然と抱いていた猪之吉の印象と一致する。

他に三人ほど聞いてみたが、言い方は違っても中身は同じだった。こうなると、女を見たという善助と平三の証言を再確認してみなければなるまい。

まず高砂町へ行ってみた。生憎《あいにく》、善助は留守だった。内藤新宿《ないとうしんじゅく》への出仕事で三日ほど帰らないという。改めて三日後に来ようと思い、平三の家へ回った。こちらは本所《ほんじょ》緑町《みどりまち》で、おせいも詳しい場所は知らないと言う。仕方なく緑町で聞き回り、やっと見つけたらなんとこちらも出仕事で、しかもだいぶ遠方でひと月以上は帰らないらしい。日も暮れてきたので、おゆうは落胆して聞き込みを打ち切った。

（まったく本所の奥まで無駄足させられるなんて。もっと近くの友達なら良かったのに）

心中でぼやきながら両国橋を渡る。どうやら、証拠品の分析の方を先に済ませた方が良さそうだ。

次の日の朝十時、優佳は早くも宇田川のデスクの脇に立っていた。

「何度も悪いねえ。今度はこれなんだけど」

優佳はトートバッグから風呂敷に包んだ猪之吉の道具箱を出した。

「へえ。こりゃ何だ」

風呂敷を開いて道具類を示すと、宇田川は目を輝かせた。今までにない品物の登場に、興味のほどを隠そうとしない。

「あんまり目にしない代物だな。江戸の道具か。もしかして錠前師が使うもんか」

「正しくは金物細工とか飾り職人が使うやつ、かな。あー、ちょっと。間違っても切断したりしないでよ。返さなきゃいけないんだから」

舌舐《な》めずりをするような宇田川の様子に、優佳は忘れず釘《くぎ》を刺した。放っておけば、分子レベルにまで分解しかねない。

「ふうん。じゃ、何を調べる」

「とりあえず、指紋。自分で採ろうとしたんだけど、道具が細いうえに幾つも指紋が重なってるみたいで、難しそうだからやめた。証拠を潰しちゃ大変だし」

「何だ、また指紋だけか」

表情の乏しい男だから顔つきは変わらないものの、宇田川は不満そうな声を出した。

「ごめんね。あとは壊しさえしなきゃ、撫でても舐めても構わないよ」

そう言ってから、彼ならマジでやりそうな気がして身震いした。

「誰が舐めるか、不衛生な。で、照合は？」

「例の錠前の指紋。あれ、採ってくれてるでしょ。正直、大勢の手垢《てあか》が付いたようなブツだったけど、どうだった」

「ああ、錠前ね。あれは本体の方より板バネに付いた指紋の方が確実だと思って、そっちを採った」

なるほど。優佳は頷いた。板バネの方なら閂を開けた人間、つまり店の主人と蔵破りの実行犯と捜査官だけしか触れていないはずだ。しかも平板で指紋が付きやすい。

宇田川もちゃんと頭を使ってくれているようだ。

「さすが。それとの照合お願い。悪いけどちょっと急ぐんで、明日でもいいかな」

「わかった。明日の午後イチで来てくれ」

宇田川は、用事は済んだとばかり手を振った。いつもながら愛想のかけらもない。それは優佳も承知のことで、それじゃあね、とだけ言って研究室を出た。正直、こんな風に次々と勝手なことを頼みまくっても文句を言わない宇田川には、本人が好きでやってることとは言え、優佳は心から感謝しているのだ。もっとも、それを口に出しても宇田川は戸惑うだけだろうが。


結果は、優佳の期待、と言うより恐れていた通りだった。

「結論だけ言うと、一致指紋ありだ」

「一致……したのね」

猪之吉の指紋が破られた錠前の板バネに付いていたものと一致した。猪之吉自身が錠前破りを行わない限り、付くはずのない指紋だ。

「つまりは、この道具類の持ち主が錠前破りだと、そういう結論になるのか」

言わずもがなだったが、優佳は宇田川の言葉に頷いた。

「正直、そうじゃなきゃいいと思ってたんだけどねえ」

優佳はおせいと美代のことを考えた。亭主が蔵破りとなれば、もうまともな暮らしはできなくなってしまう。優佳は唇を噛んだ。

(女に騙されたのかな。ほんとに猪之吉さんったら、なんて馬鹿なことを)

「それで、この道具は返さなきゃいかんのか。いろいろ調べると面白そうなんだが……」

「ダメダメ、借り物なんだから」

我に返った優佳は、急いで目の前に並んだ猪之吉の道具を片付けてバッグに入れた。

「とにかく、ありがとう。望ましい方向かどうかは別にして、大きな進展だよ。今回の事件、どうもまだまだいろんなブツが出そうな気がする。期待しといて」

お菓子を取り上げられた子供のような顔をする宇田川に、優佳は宥めるように言った。しかし宇田川はともかく、猪之吉のことをどうしよう。指紋のことは伝三郎に説明できないし、猪之吉が追われるようになってはおせいさんが気の毒だ。何かうまく収める方法はないだろうか。おゆうの頭の中を、様々な思いが渦巻いた。

八

道具をおせいに返したおゆうは、運河沿いに緑橋《みどりばし》の方へぶらぶらと歩いていた。おせいには、とりあえず調べてみたが特に手掛かりは得られなかったと話しておいた。

おせいもそれほど当てにしていたわけではないようで、そうがっかりはしなかったが、いつもの威勢の良さが衰え始めているのが気にかかった。亭主がいなくなってもう十二日。収入も途絶えているだろうし、不安が膨らんでいるのはわかる。

「ほんとに、うちの人はどうしちまったんですかねえ。ちゃんと飯食えてるのかな」

おせいは、そんなことまでふっと口にした。このままもう帰って来ない、ということも心の底では覚悟しかけているのだろうか。そう思うと、おゆうもやり切れなくなる。大丈夫、相手がどんな女か知らないけど、可愛《かわい》い女房子供を捨てていつまでも辛抱できるもんですか、きっと見つけますよと言ってはみたが、問題は見つけた後どうするかだ。

（とりあえず番屋でも寄ってみるか）

緑橋を渡ってから、深い考えもなくふとそう思った。茂三と顔を合わすのは嫌だが、源七が居れば仙吉の足取りとか何か聞けるかも知れない。

馬喰町に入って番屋の戸を「お邪魔しますよ」と言って開けてみると、期待通り源七が足を組んで座っていて、おゆうを見ると「よお」と手を上げた。

「何だい、蔵破りの方で何か見つかったのかい」

隣に腰を下ろしたおゆうに、源七は軽く聞いてきた。

「いえ、ちょっと別口の頼まれごとで田所町へ行ってきたとこです。源七親分の方は、仙吉の居場所とか摑めましたか」

「いや、さっぱりだ」

源七は苦笑して顎を搔いた。

「奴の行きそうなとこはだいたい当たったんだがな。こうも綺麗に消えちまったってことは、文蔵一味がどっかへ匿《かくま》ってるんじゃねえかな。あるいは始末されちまったか」

それだけはあってほしくないが、可能性はある。

「黒駒の仙吉って、どんな奴なんです」

「まあ、大物とは言えねえな。年は二十七か八だ。十六、七のとき親が死んでから、やくざ者の下働きとかをやってた。真面目にこつこつやるのは苦手みてえでよ。そのくせ、大物になりたがってる。だから粋がって黒駒なんて大層な二つ名を自分で付けてやがるんだ。まあそれでも、それなりに使える奴だから仕事にあぶれることはねえようだが。今度の一件にどこまで関わってるか、そいつはまだわからねえ」

見栄っ張りの半グレというところか。確かにボンボンの市太郎を脅す役にはちょうど良さそうだ。

お茶でももらおうかな、と思って奥の隅っこに座って舟を漕いでいる木戸番の爺さんの方を向きかけたとき、表に気配がして戸がガラリと開けられた。

「お、何だ。おゆうも源七も居たのか。丁度いいや」

番屋の中を覗くなりそう言って、伝三郎が入って来た。源七が「あ、こりゃあ旦那」と挨拶し、席を譲って脇に寄った。

「鵜飼様、丁度いいって、何かあったんですか」

腰を下ろした伝三郎に早速尋ねると、伝三郎は前置き抜きですぐ話し始めた。

「大番屋で市太郎を調べたんだが、賭場のことで妙な話が出てな。あいつが通ったのは佐渡守様の屋敷の賭場で間違いねえんだが、そこで百両ほど負けが込んじまったとき仙吉が声をかけて来て、もっと稼げる上客ばかりの賭場がある、そこなら百両取り返せる、って誘われたんだと。で、口車に乗って行ってみたら、百両取り返すどころかたった一晩でさらに二百両負けちまった、ってぇのさ」

「一晩で二百両！　いったいどれほど賭けてたんですかねえ」

源七が呆れたように言った。モナコのカジノじゃあるまいし、常識外れの賭け方だ。

「あ、それで三百両……」

おゆうは膝を打った。天城屋で市太郎を詰問したとき、伝三郎が百両は負けてるだろう、と言ったのに市太郎は三百両負けている、と言ったのだ。そのときは、それほど重要とは思わなかったのだが。

「どこの賭場なんですか、それ」

「おう、それがな。市太郎が言うにはだ、平永町《ひらながちょう》界隈の町家だった、ってんだよ。どうやら空家を使ってるようだと思ったそうだ」

「はあ？　平永町？　町のど真ん中じゃねえですか。そんなとこに賭場があるなんて」

おゆうも源七も驚いた。賭場はだいたい、町方が踏み込めない武家屋敷か寺社地で開かれるもので、平永町のような中心街近くの密集地で開かれるなど、聞いたことがない。そんなところで賭場を開けば、目明《めあか》し連中に気付かれないはずはないのに。

「だから妙だ、ってんだよ。で、これから行ってみようと思うんだが」

「へい、わかりやした。お供しやす。あの辺は小柳町《こやなぎちょう》の儀助《ぎすけ》の縄張りですね」

「途中で寄って、儀助も呼び出そう。じゃ、行くとするか」

三人は一斉に立ち上がった。木戸番の爺さんは、舟を漕いだまま三人には全然気付いていない。


平永町、と言っても市太郎が行ったのは夜に一度だけで、どの家かまでは覚えていないとのことだった。だが、儀助を呼び出して聞いてみると、賭場が開けるほどの大きさで空家というのは一軒しかないそうで、一同はすぐその家に向かった。

「へえ、ここかい」

その家の前で、源七が感心したような声を出した。それは間口は狭いがちゃんとした表店《おもてだな》で、空家にしておくのは勿体《もったい》ない物件だった。

「いつから空家なんだ」

伝三郎が儀助に聞いた。

「へい、七年前からです。前は小さな米屋だったんですがね。ある日突然閉めちまったんで」

儀助は源七と同じ年格好で、体型はずんぐりむっくりだが、油断ならない目付きはいかにも岡っ引きのそれである。

「七年前、か」

伝三郎が呟く。おゆうも源七も、その意味はわかっている。

「わりにいい場所じゃねえか。これが今まで空家ってのはなあ……」

源七が首を捻ると、儀助も「そうなんだよ」と賛同した。

「その気がありゃあ借り手はすぐ見つかると思うんだが、そんな気配がねえんだ。で、俺もおかしいと思っていっぺん町名主に聞いてみたんだが、町入用《ちょういりよう》も公役《くやく》もきちんと払われてるんで、他人が口を出すことでもあるまい、何か考えがあるんだろう、って、それで終わっちまった」

町入用は共益費、公役は税金のようなものだ。家持《いえもち》の町人なら町ごとに支払わねばならないが、無収益の空家に経費だけ払い続けるとは、どんな家主なのか。

「家主はどこのどいつだ」

おゆうと同じ疑問を持ったらしい伝三郎が聞いた。

「下谷の近江屋八兵衛《おうみやはちべえ》、となってやすが、あっしは見たことはありやせんねえ」

「そうか。何者か調べとけ」

　もしかすると、文蔵と関わりのある人物かも知れない。

「さて、それじゃ家に入ってみるか」

　伝三郎が促すと、儀助が了解して裏へ回り、ほどなく「開きました。どうぞ」と呼ばわった。一同は隣家との間の狭い隙間を抜け、裏の戸口から中へ入った。

　裏口の横は米蔵だったらしく、もみ殻や藁《わら》くずが散らばったままになっている。表側へ進むと、店先にかけて三間続きの部屋が並んでいた。中は襖も障子も外され、大きな一部屋のようだ。これなら、賭場を開くに充分な広さがある。儀助が閉じられていた店先の戸を二枚ほど開け、室内を明るくした。これで隅々まで見えるようになった。

「旦那」源七が畳の隅を指した。そこには蠟燭《ろうそく》の蠟が落ちて固まっている。よく見るともう二カ所ほど、同じように小さな蠟の塊があった。

「ふむ。古いもんじゃねえな。畳に埃もねえ。やっぱりここが賭場に使われたようだな」

「そのようですね。しかし旦那、ずいぶん大胆な連中ですねえ。こんな場所じゃ、すぐ近所に知られちまいそうだ」

「その通りだ。よし、それじゃあ源七、儀助と二人でこの近所を回って、賭場に気付いた者が居ねえか調べてくれ」

「承知しやした」

源七と儀助は、開いた表の戸口から連れ立って出て行った。残ったおゆうは、畳の上に上がってもう一度全体を見渡した。七年空家だったとは言え、秋葉権現裏の隠れ家のように傷んではいない。町の真ん中のちゃんとした家だから当然かも知れないが、こんな家をわざわざ空家のまま維持しているのはなぜだろう。

そう考えながら、天井を見上げて何か異常はないか調べていると、畳のへりに躓《つまず》いた。

「おっと」バランスを崩しかけて思わず声が出た。伝三郎が振り向く。

「何だ。どうかしたか」

「いえ、ちょっと畳に躓いて……あれ？」

躓いたところに目を落とす。その部分の畳がわずかに浮いて、へりに三ミリくらいの段差ができていた。跪《ひざまず》いて、指で畳を押してみる。すると、畳が上下に動いた。

「この畳、何だか変です」

伝三郎が傍に来て、おゆうの触れた畳のへりを指でなぞった。それから、へりの段差に指をかけた。畳がさらに数ミリ、浮き上がった。

「何かありそうだな。畳を上げるぜ」

隙間に十手を突っ込み、梃子《てこ》にして畳を浮かせ、片手でぐいっと持ち上げる。おゆうも手伝って畳を横にどけ、その下の板敷きもはがしていく。板をどけて地面が見えるようになると、二人で覗き込んだ。真下に、板で作られた把手《とって》付きの蓋があった。

「ほう。こいつは面白えもんが見つかったな」

伝三郎は笑みを浮かべ、手を伸ばして把手を掴むとその蓋を引き開けた。現れたのは、階段だった。

「あらまあ、こんなものが」

おゆうはびっくりして階段を見つめた。何やら、自分の家の押し入れの奥にある時空階段を思い出して落ち着かなくなる。一方伝三郎は、この発見に目を輝かせている。

「どっか家の中に蠟燭と火打石はねえか、探してくれ。なけりゃ隣で借りてくれ」

「わかりました」

急いで家の中を探したが、最初に見た通り何一つ物はない。仕方なく隣へ行って十手を見せ、手燭《てしょく》を二つ借りて来た。

「おう、ありがとよ。それじゃ早速、穴ぐらに潜るとするか」

火の灯された手燭を受け取った伝三郎は、楽しそうに言うと地下への階段を下り始めた。おゆうも、もう一つの手燭を持ってその後をついて行った。

下りたところは、ちゃんとした地下室だった。壁と床にはきちんと板が張られ、棚まで設《しつら》えてある。その棚には、丸めた黒っぽい着物らしいものが幾つか置いてあった。

「見ろよ」

伝三郎が手燭で反対側の棚を示した。そちらには、束ねられた縄と鳶口《とびぐち》や鉤爪のような道具が並んでいる。もっと小さな鉤型の道具や古い錠前などもあった。もはや説明は不要だ。これらは全て、侵入窃盗に使用する装備品だった。

「それじゃこれは、盗人装束ですね」

おゆうは棚の着物を取った。広げてみると、やはり真っ黒の厚手の着物で、黒い手拭いのようなものも一緒に丸められていた。どうやら頬かむりに使う布のようだ。

「これ、文蔵一味の隠れ家だったんでしょうか」

だとすると、大いに納得のいく話だ。秋葉権現裏の小屋は、やはり市中から遠すぎる。ここなら、襲われた各所まで十町内外の距離だ。小屋の方は専ら盗んだ金の隠し場所として使われていて、襲撃拠点にしていたのはこの家だったのだ。

「名前が書いてあるわけじゃねえが、十中八九そうだろうな。だがここ数日で使った様子はねえ。文蔵の隠れ家だとすると、七年前に姿を消すまでは使ってたが、今度の天城屋と木島屋の一件には使ってねえようだな」

「どこかに新しい隠れ家を見つけたんでしょうか」

「たぶんな。なぜ別の場所を使うのかはわからねえが」

「でも使わないんなら、この家さっさと処分しちゃえば良かったのに」

「どうやって？　まさか火をつけるわけにもいかねえだろう。上の建物を壊したらこの入り口が丸見えだし、こんなものが下にあったんじゃ新しい借り手を探すわけにもいくめえ。それに、その装束と道具だ。こんなもんまとめて処分しようとしたら目立っちまうし、急いで雲隠れするなら、このままここへ隠しとくのが面倒がなくていいじゃねえか」

なるほど、言われてみればそうだが。

「じゃ、どうして賭場なんか。この家、目立っちゃまずいでしょう」

「さあな。その辺はわからん」

伝三郎は肩を竦めた。

「それと、どうして米屋だったんでしょうね。何かわけがあるんでしょうか」

「それなら見当はつくぜ」

伝三郎はニヤリとしておゆうを見た。

「千両箱を盗んでここへ戻る。だがここは狭いし、出入りの多い町中にずっとは置いておけねえ。隠し場所はあの秋葉権現裏の小屋だとすると、さあどうやって運ぶ」

「どうやってって……荷車に積んでいくしかないですよね。まさか剥き出しでは積めないなあ。何か千両箱に見えないような工夫を……あっ、そうか」

閃《ひらめ》いたおゆうは手を叩こうとして手燭を落としかけ、伝三郎が笑った。

「米俵に見せかけたんですね。大口の客に米俵を届けるように見せて、ここから運び出した、と」

「相変わらず頭の回り方は速えなあ。頼もしい限りだぜ」

伝三郎が冗談めかして言い、おゆうは「嫌ですよ、もう」と手を振った。そのとき、上の方から「旦那ぁ、どこですかい」と源七の呼ぶ声が聞こえた。聞き込みから戻って来たらしい。

「おう、床下だ。今行く」

伝三郎が大声で返事すると、源七が「床下ですってぇ」と派手に驚いた声を上げた。伝三郎は、何を素っ頓狂な声を上げてやがんだ、と言いながら階段を上り始めた。おゆうはそれを見送ると、懐から風呂敷を引っ張り出した。

「な、何でぇその格好は」

地下室から上がって来たおゆうが風呂敷包みを背負っているのを見て、源七が啞然とした。伝三郎も驚いている。

「おいおい、お前何を持って来たんだ」

「盗人装束です。ちょっと調べてみたくて。盗人装束なんて見るの、初めてですし」

おゆうは照れ笑いを浮かべた。源七は目を丸くして伝三郎に「いいんですかい」と聞いている。伝三郎は当惑した顔になったが、錠前のこともあるので、まあいいかと思ったようだ。

「装束だけかい。全部じゃねえな」

「ええ、装束四人分ほどです。道具の方は奉行所でお調べになるんでしょ。そっちは手をつけてません」

「ふうん。後でちゃんと返せよ」

「はい、わかってます。ありがとうございます」

黒一色で特徴のない着物などは、江戸での証拠価値はあまりない。誰のものとも決められないからだ。だがもちろん、科学捜査の世界では微細証拠の宝庫である。

「それで、近所の連中の話はどうだったんだ」

伝三郎が水を向けると、おゆうの方に気を取られていた源七と儀助は、慌てて報告を始めた。

「それがですね、両隣の家じゃあ、ここで騒がしい人の声がしたのはひと月近く前の一度っきりだそうです。その日以外は静まり返ってたそうで、何度も賭場が開かれてたような様子はまったくねえんですよ」

「ひと月近く前の一度っきり？」

儀助の話を聞いて、伝三郎は眉間に皺を寄せた。

「じゃ何か、ここの賭場は市太郎が二百両巻き上げられたその晩の、一度しか開かれなかったってのか」

「そういうこってす。でなきゃ、両隣でも裏店でも、とっくに気が付いてまさぁ。一度っきりですから近所の連中も、まさか賭場だとは思わなかったようで」

「へえ、こいつはずいぶんと臭うじゃねえか」

伝三郎は顎に手を当てた。思うところがあるようだ。

「鵜飼様、もしやここの賭場は、市太郎さんを嵌めるだけのために開かれたんじゃないかとお考えですか」

おゆうが声をかけると、伝三郎は頷いた。源七も儀助も驚いた顔を見せない。彼らも同じことを考えていたようだ。

「賭場そのものがからくり大仕掛け、ってわけですかい。ずいぶんと手が込んでやすねえ。ま、天城屋から盗った千両となら引き合うかも知れやせんが」

儀助は納得しかけているようだが、源七は首を傾げている。

「文蔵もややこしい手を使ったもんだな。茂三父っつぁんは何て言いやすかね」

「ふむ。しかしこの家はどうだ。床下には盗人の道具。しかも七年前から使われてねえ。以前に文蔵に襲われた店からも近くて便利だ。どう見ても文蔵の隠れ家じゃねえか」

「へい、そいつはおっしゃる通りですねえ」

源七は、どう解釈したものか迷っている様子だ。だがそれは、伝三郎も同様らしい。

「いろいろ出て来たが、今はまだ考えがまとまらねえな。まずは八兵衛とかいう家主を当たろう。それと、罠《わな》の仕掛けで作った賭場なら、客も胴元も壺《つぼ》振りも、その場限りの雇われ者に違いねえ。お前たちはその連中を見つけ出せ。雇い主を突き止めるんだ」

「わかりやした」

「よし、今日のところは引き上げるか」

伝三郎はそう言って表戸から外に出た。おゆうは風呂敷を背負ってその後に続くと、出たところで近寄って伝三郎に耳打ちした。

「あの、実はちょっとお耳に入れておきたいことが」

「うん？　そうか、それじゃお前の家に行こう」

伝三郎はすぐ承知して、神田川の方へと足を向けた。おゆうも並んで歩き出した。背中の風呂敷が結構重い。源七がすぐ後ろについて来ているのを割り引いても、古着屋の行商みたいなこの格好では、伝三郎と仲良く道行きという気分になれないのが残念だった。

おゆうの家に上がった伝三郎は、表側の六畳に胡坐をかくと、ちらりと奥の部屋へ目を向けた。それを見ておゆうはくすっと笑った。

「今日は夜具は片付けてありますよ」

「え？　いやいや、そいつはわかってるって」

伝三郎は急いで視線を戻した。先日の悪戯がまだ利いているようだ。

「それで、俺に聞かせたいことって何だい」

「ああ、それです。失礼しました」

笑っている場合ではないのを思い出して真顔になった。

「実は、田所町の猪之吉さんという職人が姿を消したので捜してくれって、女房のおせいさんから頼まれたんですけどね……」

おゆうは猪之吉の顚末《てんまつ》を全て話した。錠前師の仕事もしていたこと、富くじの抽選箱にも関わっていたことは、特に詳しく説明した。

「ふうん……それだけか」

一通り聞き終えた伝三郎は、どうにも物足りなそうな様子で言った。おゆうは眉根を寄せた。

「それだけって……猪之吉さんが居なくなったのは、天城屋が襲われる二日前ですよ。昔の文蔵一味は七年前に散り散りになったんでしょう。錠前を破れる人を新しく調達する必要があったんじゃないですか」

「けどなあ、江戸に錠前を扱える人間がどれだけ居ると思う。たまたまその一人が見えなくなったからって、いきなり文蔵と結び付けるのは乱暴じゃねえのか。第一、その猪之吉って奴は女と逃げたってみんな言ってるんだろ」

「みんなじゃありません。そう言ったのは二人だけです。あいにくまだ話を聞けてませんけど、明後日には女を見たって言う善助って人を摑まえられると思いますから」

「お前、その女が文蔵の仲間で、猪之吉をたぶらかして引き込んだと言いてえのか」

「まあ、かも知れない、ってだけですけど」

伝三郎の反応は思ったより良くない。おゆうは落ち着かなくなってきた。

「でも、ちゃんとした錠前師を引き込むより猪之吉さんのように片手間でやってる人の方が、目立たなくて狙いやすいんじゃないでしょうか。それに、タイミン……いえあの、時期が符合するのはやっぱり気になります」

「うん、時期は合ってるが偶然とも言えるしなあ……」

「もしかして、市太郎さんを手の込んだ仕掛けで引き込んだのは、頼れる錠前師を雇う目途が立ってなかったからじゃないですかね」

「あ、なるほど……それは考えられるな」

伝三郎は、これには興味を引かれたようだ。だが、すぐまた腕組みをする。

「ま、しかし、どっちかと言やあ富くじの方が気になると言えば気になる」

「ええ、富くじ。そっちの方もですよ」

「誰かが明昌院の富くじにちょっかいをかけるつもりで、突富の箱をいじったことのある猪之吉を引き込んだ、と考えられなくもねえ。ああいう箱を作る職人は限られてるし、変な細工をしないようちゃんと目が届いてるからな。猪之吉みてえにたまたま修繕を請け負った、なんて奴はそうは居ねえだろう。しかしお前、それと文蔵とを結び付けてるのか」

「と言うかその、そういうことも考えられなくはないかなと」

「そりゃあさすがに突飛だろうぜ。蔵破り専門の文蔵が、なんで富くじに手ぇ出さなきゃならねえんだ」

(うーん、そう言われたら、ちょっと話に無理があったかなあ)

伝三郎に抵抗されては、トーンダウンせざるを得ない。指紋のおかげで猪之吉が蔵を破ったことははっきりしているのだが、それを江戸では説明できないというジレンマにまたしても陥ってしまった。疑いの根拠は多い方がいいと富くじを持ち出したのは、却って話を混乱させるだけでまずかったかも知れない。今日は引き下がって、もっとそれらしい根拠を見つけた方がよさそうだ。

仕方なくおゆうは、「考えすぎましたかねえ」と呟いてうなだれた。おゆうのがっかりした様子を見た伝三郎は、悪いと思ったか殊更に明るい顔になって言った。

「まあいいじゃねえか。目の付けどころは悪くねえよ。さ、日も傾いてきたしここで一杯ってのはどうだい」

「あ、そうですね。それじゃ、はい、冷やでよろしいですか」

「ああ、いいともさ」

気遣いを向けてくれる伝三郎にちょっとほっこりしながら、おゆうは台所に立った。

九

珍しく中型のキャスタ付きバッグを引きずって現れた優佳に、事務員の女性は怪訝な顔を見せたが、愛想笑いと共にクッキーの袋を差し出すと、いつもの笑みに戻って「どうぞ奥へ」と宇田川の部屋を示した。ガラスの仕切り越しに見る宇田川の後ろ姿は、どこかの自治体のゆるキャラに白衣を被せたようだ。

さすがに比喩《ひゆ》としては酷いかな、などと思いながらガラス扉を押し開け、「お土産だよぉ」と声をかけた。宇田川はのっそりと振り向き、すぐキャスタ付きバッグに目を留めた。

「大荷物だな。これがお土産か」

「そうだよ。まあ見て」

優佳はバッグのジッパーを開け、例の盗人装束の入った風呂敷包みを取り出した。

「何だいこりゃ」

宇田川はそれまで見ていたパソコンの画面を壁紙に切り替えると、傍らの空いたテーブルを顎で示した。優佳はテーブルの上で風呂敷を広げた。

「うん？　こりゃ着物か」

「そう。いわゆる盗人装束よ。時代劇で鼠小僧《ねずみ》が着てるような」

「ほう！　そいつは面白い」

宇田川の目がらんらんと輝き出した。引き出しからラテックスの手袋を出して嵌め、丸めた着物を開き始める。

「ふーん、木綿かなこりゃ……お、頬かむりかこれは。ふむ」

そのまま没頭してしまいそうな宇田川を、声を強めて呼び戻す。

「はいはい、後でゆーっくり調べて。これ、蔵破りの犯人が着てたもの。遺留品ってわけよね。ただ、七年経ってるけど」

「その間、どこにあった。大勢触ったのか」

「ううん、封鎖された隠れ家の中に放置してあった。たぶん、七年間誰も触れてない。私以外はね。地下室だから湿気はあったかも」

「確かに一部はカビが生えてるな。お、髪の毛も繊維の間に残ってるぞ。こいつは犯人のものだろうな」

「その調子で、手に入る証拠は何でも拾っといて。ズタズタに切り裂くんでなければ、どう扱ってもいいから」

「こいつを着てた連中が、この前の錠前を破ったのか」

「うーん、そうだとは思うんだけど、七年もギャップがあるからねえ」

「ふん、まあいい。とにかく調べよう。しばらく預かる」

「うん、お願い」

猪之吉の道具類をさっさと取り上げた代わりに、これでたっぷり遊んでもらうとしよう。そう思って優佳がニヤリとしたとき、ふいに宇田川が言った。

「ところでこの前の錠前だが」

「え、何？」

錠前に話が戻るとは思わなかった。何か不審点でも思い出したのか。

「和錠に関しちゃ笹山の爺さんはプロだ。だからあれだけのことがわかった。けどな、あの爺さんの腕前は二十一世紀だからこそ値打ちがあるんだ。江戸時代なら、錠前屋はみんな和錠の専門家だろ。笹山の爺さんが見つけたことは、江戸の錠前屋なら誰だってわかるはずだ。なのにあの同心、伝三郎だったか、あいつはなぜ錠前屋じゃなくあんたに調べさせたんだろうな」

「さあ、それは……」そんなことは、特に考えなかった。

「それだけ私を信用してくれてるってことでしょう」

「ふうん、そうかな」

宇田川は納得していないように見えたが、すぐに肩を竦めた。

「ま、いいや。どうでも」

それで唐突に話を終わらせると、優佳の存在など忘れたように着物に神経を集中し始めた。宇田川にしては妙なところに関心を示したが、すぐいつも通りに戻ってしまった。優佳もまた肩を竦めると、「じゃ、よろしく」と言ってガラスの宇田川城から出た。宇田川の方は、優佳が出て行ったのにも気付いていないるまい。


職人の朝は早い。そう思って早起きしたつもりが、高砂町の新兵衛店に着いたときには五ツを過ぎていた。大丈夫かなと思って善助の住まいの戸を叩いてみると、幸いなことに善助は起きたばかりだった。昨夜、内藤新宿の出仕事の帰りが遅くなったので、今日は遅出にしたという。おゆうはほっとして、十手を見せると早速、猪之吉と女の目撃情報を確かめにかかった。

「あなたが小料理屋で見たっていうその女、何か特徴はなかったんですか。髪はどうです。着物は」

「へい、髪はごく普通の島田結いですが、着物は、その……黒襟《くろえり》で格子柄だったような」

「柄の色は覚えてますか」

「あー、赤っぽかったですねえ」

「年格好はどうです。おせいさんぐらい？　私ぐらい？　それとももっと若い？」

「いやその、顔は見なかったんで。後ろ姿をちらっとしか。何せ小上がりの衝立《ついたて》の向こうでしたんで。猪之吉はこっちを向いてたんでわかったんですがね」

「あなた、そのとき店に入るところだったの」

「え、ええ、そうです。猪之吉を見てあれっと思ったんですが、こいつは邪魔しねえ方がいいかなと横を向いて、奥へ通ったんで」

「それじゃ、店に入って、衝立越しに猪之吉さんの顔と女の後ろ姿を見て、そのまま横を向いてそれっきり、ってことですね」

「へい、そうなんで。帰るときにゃあ、もう二人とも居ませんでした」

「そうですか……どのくらいの衝立でした」

「え？　へえ、高さはこんなもんですかね」

善助は手で自分の肩口を指し示した。それを見たおゆうは眉間に皺をよせ、十手を善助の方に向けた。善助の目に、一瞬怯《おび》えの色が走った。

「善助さん、正直に言って下さいよ。これは御上の御用なんです」

「えっ……あっしは正直に」

「善助さん！」おゆうは語気を強めた。

「あんた、猪之吉さんと女は衝立の向こうに居たって言いましたよね。土間からその高さの衝立越しに見たら、女の頭しか見えないでしょう。着物の柄、どうしてわかったんです」

善助の顔が蒼白になった。


念のため大工の平三の証言も確認したいが、戻るのはまだだいぶ先らしい。とりあえず善助だけの証言で充分と思い、おゆうは急いで馬喰町へ戻った。番屋へ向かおうとすると、折よく役宅から出て来たらしい伝三郎と行き合った。

「おう、何だい、朝からバタバタしてるようだな」

顎を撫でながら気楽に声をかける伝三郎に駆け寄ると、おゆうはその腕を摑んだ。

「鵜飼様！　猪之吉さんの話、おかしなことになってきましたよ」

「おかしなこと？」

いきなり摑まえられた伝三郎は、当惑しながらもおゆうに引かれるまま番屋へついて行った。

「さて、何がわかったんだ」

番屋の上がり框に腰を下ろすと、伝三郎が問うた。おゆうはぐっと顔を近付けた。

「猪之吉さんは、女と逃げたんじゃありません。そんな女、居なかったんです」

「え？　しかし小料理屋で見られてるんだろ。それに両国橋でも」

「でっち上げです。女を見たと言った善助さんは、猪之吉さんに頼み込まれておせいさんに嘘《うそ》を言ったんです。さっき白状しました」

「猪之吉が頼んだだと？」

伝三郎はわけがわからないという顔になった。

「そりゃあ話が逆だろ。女を見なかったことにしてくれ、ってんならわかる。なんで手前《てめえ》の女房に女と逃げたなんて話を吹き込まなきゃならねえんだ」

「まさしく善助さんも、頼まれたとき同じことを言ったんです。そしたら猪之吉さんに、これは女房と娘を守るためなんだ、何も言わずに頼まれてくれ、って言われたそうです」

「女房と娘を守るだと。穏やかじゃねえな。お前はどう思ってるんだ」

「はい、猪之吉さんはやっぱり、文蔵一味の蔵破りに巻き込まれたんじゃないでしょうか。女に騙されてついて行ったのかと思ってたんですけど、もしかすると、手を貸さなきゃ女房と娘がどうなるかわかんねえぞ、って脅されたのかも知れません。それで、おせいさんが余計な詮索《せんさく》をしないよう、女と逃げたように装ったんだと思います」

「平三って奴も、頼まれてたのか」

「間違いないでしょう。当人はまだ摑まりませんけど」

「二人も使うとは念入りなこった。ふうむ……」伝三郎は腕組みをして考え込んだ。

「一応の筋は通ってるが……富くじの方はどうなんだ。それはどう繋がる」

「さあ、それは」

文蔵と富くじの関わりについては、おゆうも明確な考えを持っているわけではない。だが、猪之吉が普段買わない一分もする富札をわざわざ買ったというのは、やはり何か意味があるとしか思えない。

「やっぱり文蔵とは関わりなく、富くじで悪さしようとしている誰かに目を付けられたんじゃねえのか」

（いや、文蔵の蔵破りに加わったのだけは間違いないんだけど）

そう言いたいが、それをはっきり裏付けるのは指紋だけだ。

「富くじの方も文蔵が狙ってるってことは、本当にないですか」

「おう、前にも言ったが蔵破り専門の奴が富くじを狙うなんて、そんな面倒くさいことをするとは思えねえ」

それについてはおゆうにも反論できない。抽選箱に細工するなら当たり札を操作するのが目的だろうが、札を現金化するには所定の手続きが要る。蔵から千両箱をかっさらう方がずっと手っ取り早い。何と言っても文蔵はその道のプロなのだ。

(確かにどこか変だよねえ)

そう思って考え込んでいると、伝三郎の方が先に動いた。

「どうもすっきりしねえが、富くじの方はやっぱり気になるな。何しろ評判の千両富だ。もし何かあったら、江戸中の騒ぎになっちまう」

伝三郎は立ち上がり、おゆうに顔を向けて言った。

「上の耳には入れておいた方がいいかも知れねえ。奉行所へ行ってくらあ」

「はい、お願いします」

おゆうは番屋の戸口に立って、伝三郎を見送った。奉行所、特に浅はか源吾がこれに取り合うかどうかはわからないが、とりあえず伝三郎の疑念を呼び起こせたことで、おゆうはいくらか安心した。

その安心も、あまり長くは保《も》たなかった。翌日の七ツ半頃になっておゆうの家に現れた伝三郎は、表から入って来るなり「いやあ、やっぱり駄目だな」と声を上げた。

「駄目って、猪之吉さんの話、奉行所の方々は得心されなかったんですか」

伝三郎の差し出す大小を預かりながら尋ねる。

「一応話してはみたんだがな。目に見える証しでもあるならともかく、その程度の曖昧なことで猪之吉を文蔵一味に結び付けるのは無理がある、まして富くじの方は疑いと呼べるほどですらなかろう、ってさんざんだ。まあ正直、そうじゃねえと自信を持って言い返せるほどのものは、俺も持ち合わせちゃいねえからな」

「そうですか……私はどうしても引っ掛かるんですけどねえ」

仕方がない。指紋のことがなければ、おゆうにしてもこれだけの根拠で猪之吉の関わりを断言はしなかったろう。方向を変えて、他の根拠を見つけるしかあるまい。

そう考えながら、おゆうは大小を座敷の隅に置くと、伝三郎と向き合って畳に座った。

「ねえ鵜飼様、千両富の明昌院って、どんなお寺なんですか」

「何だ、知らねえのか。根津にあるでっかい寺だ。由緒ある寺だとは聞いてるぜ」

「どんな由緒があるんですか」

「あー、それは……知らん」

おゆうは吹き出した。

「なあんだ、鵜飼様も大してご存知ないんですね」

「町方が寺社のことなんか知るかい」

伝三郎はそう言ってとぼけた顔をしたが、すぐ言い足した。

「けど、富くじのことについちゃ少しは知ってるぜ。これまでは江戸、京、大坂の三カ所で年三回、と決まってたのが今年になって緩められたが、そしたら明昌院が真っ先に手を挙げたんだ。名目は本堂の修繕だが、一番富を今までにない千両って大金にしたんで、江戸中が目の色変えた。これがうまく行きゃ、これから先、あっちこっちの寺社が富くじを売り始める。そうすりゃ、寺社の修繕は御上の金に頼らず自前でできるから、御上の懐は大助かりって寸法だ。だから町方としても、この千両富で変な騒ぎが起こってほしくねえんだよ」

そうか。財政支出削減のため、射幸心《しゃこうしん》を刺激して庶民の懐に手を突っ込もうという作戦か。いつの時代も、政府はこうやって気付かれないうちに市民から巻き上げようとするんだな。

「そう言えば、源七親分も一枚買って、お栄さんに叱られてましたよ」

「へえ、あいつも買ってたのか。ま、あいつの運じゃ千両は当たるめえよ」

伝三郎は鼻先で笑い、おゆうもつられて笑いながら「ですよねえ」と相槌《あいづち》を打った。

（さて、どうしたもんかな。これ以上の材料は持ってないし……でも、このままには

しておけないよね）

おゆうは膝に手を置いて、伝三郎にぐっと迫った。

「鵜飼様、やっぱり気になりますよ。明昌院の富くじ、もう少し追ってみましょうよ」

畳みかけてお願いすると、伝三郎もその気になったらしい。

「うーん。よし、ちょいと探ってみても悪かねえだろう。千両富での厄介事は願い下げだ」

「はい！」思い通りに運んで、おゆうはにっこり微笑んだ。

「さて。そうと決まりゃ、帰ってどう動くか算段するか。暗くなってきたしな」

伝三郎は思い立ったが吉日とばかりに背筋を伸ばした。あら、またいい感じになりかけたのに帰っちゃうんだ。でも、ここで期待して押しすぎると却ってマイナスになることは学習済みである。おゆうは立ち上がり、素直かつにこやかに伝三郎を送り出した。

（で、私の方はどこから攻めようかな）

一人になった後でおゆうは考えた。富くじの仕組みをあまりよく知らない自分が、まずするべきことは何だろう。

飲みかけの〝第三のビール〟の缶をデスクの端に置くと、優佳はパソコンを立ち上げた。やはり手っ取り早く知らないことを学ぶには、ネットに頼るのが一番だ。

まずはメールを開けてみた。今日も三十通ほど溜まっているが、幸い返信の必要なものはない。このごろは数日に一度しかメールチェックできないので一括処理しているが、気のせいかスパムメールすら数が減ってきたようだ。スマホの友人からのメールも、だんだん間隔が開き始めていた。

優佳はふと眉をひそめた。江戸での暮らしが充実していくにつれ、何だか本来の居場所であるはずの東京での存在感が、次第に希薄になっているような気がする。行き詰まったOL生活に倦んで新天地を求めた結果、今は望み通りのものを手にしていると思うのだが、このまま走り続けて本当にいいのだろうか。

（いや、今はそういうことを考えるのはやめよう）

気を取り直して、ネット検索を始めた。「富くじ」でググると、記述は山ほど現れた。焦点を絞らないと、知りたいことを探すのが大変そうだ。まずは「明昌院」「千両富」で検索する。すると、確かに文政《ぶんせい》の江戸でそれが興行されたという記録は出て来た。だが、それほど詳しい内容はない。続けて「富くじの不正」で調べると、こちらは面白そうな話が幾つか見つかった。

江戸で富くじに関する犯罪と言えば、代表的なのは陰富《かげとみ》らしい。富くじ興行が行われると、正規の富札以外に私製の札を作って売り、本来の抽選結果に合わせて私製版も当たりを出す、というものだ。本物の富くじに勝手に相乗りするという省エネ犯罪だが、これが結構流行《はや》って、取り締まり側とのいたちごっこになっていたようだ。他に、犯罪ではないが当たり札を読み上げる係が札を読み間違え、気付かず進行させてやり直しの騒ぎになり、担当者がクビになったという笑える記録もあった。

いずれも興味深いが、今回の明昌院の件には当てはまらない。そればかりか、明昌院の千両富で何らかの問題が発生したという記録もどこにもない。どういうことだろう。

（摘発されたならそんな記録がどこかに残ってそうだけど。何もないってのは、逆に気になるなあ。どう解釈したらいいんだろ）

何度も首を捻ってみたが、二百年後のネットでは限界がある。やはりこの先は、江戸で生の捜査をするしかないようだ。優佳はあきらめて「シャットダウン」をクリックしようとした。が、ふと思ってその指を止めた。

指を止めて、そのまま数秒逡巡《しゅんじゅん》した後、改めて検索を始める。富くじの、当たり番号。そんなものが出てくるかどうかわからないが、もし見つかったら……。

三十分かけて検索したが、結局そんなものは出なかった。悪魔の囁《ささや》きは空振りに終わる。

（やっぱり、そうはいかないか）

椅子から立って大きく伸びをし、窓の外へ目をやる。ビルの隙間に、ほんのり赤くライトアップされたスカイツリーが見える。

（変な欲は出さずに、江戸のことは江戸で地道に調べなさいってことかなあ）

ほっと溜息をつくと、スカイツリーの照明が「そうだよ」と言うように点滅した。

十

次の日、伝三郎は朝からおゆうの家に現れた。

「あら、今日はお早いですね。これからどちらかへお調べに？」

伝三郎は頷きながら、上がり框に腰かけた。

「ああ、富札屋にちょいと話を聞こうと思ってよ。この先の広小路《ひろこうじ》に一軒あったのを思い出したんだ。お前も聞いといた方がいいだろう」

「ああ、富札屋ですか。はい、ご一緒させていただきます」

両国広小路なら歩いてすぐだ。おゆうは伝三郎と連れ立って表通りへ向かった。

その富札屋は、両国橋のすぐ手前を広小路から北に入ったところにあった。間口は狭く、二、三人入れば店は一杯になる。店頭に本が並べられているところを見ると、本業は貸本屋らしい。柱や壁には、扱っている富札の内容を書いた紙が貼られていた。奥に座る店主が注文を受け、戸棚の引き出しから富札を出して売っているようだ。紙の富札の他に小さな木札がたくさんあるのは、富札を数人の分割で買う場合の引換証になる割り札だろう。

「あ、これは八丁堀の旦那。御役目ご苦労様です」

店を覗き込んだ伝三郎の姿を見て、店主が急いで頭を下げた。幸い、他に客は居ない。

「おや、こちらはおゆう姐さんですね。お初に。甚兵衛《じんべえ》と申します」

「あ、はい。お邪魔します」

おゆうはこの男に会うのは初めてだが、向こうは知っているようだ。やはりこの一帯では、おゆうを知らぬ者はないらしい。何だか少し落ち着かなくなる。

「ちょいと聞きてえことがあってな。明昌院の富札は扱ってるだろ」

「ええ、もちろん。今年の一番人気ですよ。千両ですからねえ」

そう答えた甚兵衛の顔には、深い皺が何本も刻まれている。五十過ぎの年寄りかなと一瞬思ったが、よく見れば目力も強く肌艶もあり、もっと若そうだ。きっと波乱の多い人生を送って来たのだろう。

富札屋の商売は実はグレーゾーンである。富札は主催する寺社の境内で売るのが原則なのだが、実際問題として境内だけでは大量の富札を捌《さば》けず、業者に依頼するのが暗黙の了解になっているのだ。そんな事情で、この商売をやるのは世知に長けて腹の据わった連中が多い。甚兵衛もそうした筋金入りの一人と見えた。

「売り出したのは何枚だい」

「花鳥風月の四組でそれぞれ九千九百九十九枚、忌み番なんかは抜いてますが、ざっと四万枚ですね」

「一番の千両以外の当たりはどうなってる」

「一番と言うか、明昌院の一の富千両は最後の突留《つきどめ》の方です。最初の一番富は二百両ですね。詳しくはこちらに」

甚兵衛は引き出しから、瓦版くらいの大きさの紙を出して伝三郎に渡した。覗き込んでみると、富くじ興行の案内パンフレットのようなもので、当選金一覧表が載っている。それによれば、一番富から突留の百番富まで、抽選は百回行われるようだ。一番と五十番が二百両で、十番ごと、五番ごとの賞金は十両以上と高くなっている。突留の組違い賞は百両であった。前後賞は五十両だ。二番富の百両、三番富の五十両など他にもいろいろだ。

（へえ、組違い賞とか前後賞もあるんだ。宝くじみたい）

そう思ったが、実際は現代の宝くじの方が江戸の富くじの伝統を受け継いでいるのだ。

「こうして見ると、結構な大盤振る舞いですねえ」

表を見ながらおゆうが呟いた。甚兵衛は得たりと頷く。

「そうなんですよ。突留の千両以外に百両超えの当たりが七本もある。当たりの総額は二千五百両近くになります。大したもんですよ」

「だから一枚一分も出してみんなが買うんですね」

おゆうは頭の中で勘定を始めた。単純に計算すれば千両は六、七千万円くらいだが、年収をベースに考えてみる。大工の一年の稼ぎがだいたい銀一貫五百匁《もんめ》くらい、つまりおよそ二十五両だ。千両は大工の四十年分の稼ぎに相当する。大工は江戸でも稼ぎのいい方だから、現代に換算すると年収六百万から七百万くらいだろうか。その四十倍なら二億数千万。年末ジャンボ宝くじの一等七億円の、四割ほどだ。その代わり、年末ジャンボの発行枚数は数億枚。明昌院の一万倍以上である。四万枚のうち百枚に高額の当たりが出るなら、当選確率は現代の宝くじがぼったくり詐欺に見えるほど高い。

「確かに大盤振る舞いだが、こいつはどうなんだい。今までの富くじと比べて、何か変だと思うようなことはねえのかい」

「変なこと、ですか」

甚兵衛は怪訝な顔をした。

「何かご不審がおありで？」

「いや、不審ってんじゃねえんだ。ただその、今までになく大きな金が動くんで、つい気を回したくなるんだよ」

聞き方がまずかったと思ったか、伝三郎は一歩引いた。だが甚兵衛は、それを聞いてわずかに顔を曇らせた。

「大きな金、ねえ。おっしゃる通りだ。実はね、大きすぎるんじゃないか、ってえ気はしてるんですよ」

「何？　どういうこった」

「明昌院の富くじの名目は、本堂の修築です。ですがね、売り出した富札は四万枚、全部売り切ると、売り上げは一万両になります。二千五百両を当たり金として、他に興行のもろもろの費用を引いても六千両から七千両は残るでしょう。修築どころか、立派な寺を丸ごと建ててもお釣りが出ます。余りを何に使うんでしょうねえ」

言われておゆうも目を丸くした。勘定すれば、甚兵衛の言う通り儲《もう》けすぎである。

「そうか、大きすぎるか。なるほど」

伝三郎は何やら考え込む様子で天井を睨んでいたが、おゆうが声を掛けようとすると甚兵衛の方を向いて、「邪魔したな。ありがとうよ」と言った。甚兵衛はすぐ立ち上がり、「お役に立てましたら幸いです」と言いながら伝三郎の脇に寄って、さっと紙包みを取り出し、伝三郎の袂《たもと》に入れた。グレーゾーンの商売をする者としては、お約束の袖の下だ。伝三郎は軽く体を揺すると、「まあしっかり稼ぎな」と言葉を掛けて店を出た。その後に続こうとすると、甚兵衛は小声で「姐さん、お世話になります」と囁き、そっと紙包みを差し出した。おゆうはいささか戸惑ったが、伝三郎の立場もあるだろうと思って、そのまま「すみません」と受け取った。平成の警察なら一発でアウトだが、文政の江戸ではこれが普通なのだ。そう自分に言い聞かせ、いくぶん心地悪い思いをしながら、おゆうは伝三郎の後を追った。


「さてと、どう思われますか」

馬喰町の番屋に落ち着いてからおゆうが聞いた。富札屋からの十分足らずの道中、伝三郎はずっと何事か考え続けていたので、話しかけるのを遠慮していたのだ。

「うーむ」伝三郎は唸《うな》り声を上げた。

「甚兵衛が言ったように、やっぱり一万両ってのは富くじ興行としちゃ多すぎると思う。と言っても明昌院にどんな事情があるかはわからねえからな。実は左門《さもん》にここへ寄ってくれと言ってある。四ツ頃には来るだろう」

「ああ、境田《さかいだ》様が」

境田左門は伝三郎の同僚で、最も親しい友人である。小柄で童顔という見かけによらず相当な切れ者で、江戸市中の情報にかけては伝三郎よりずっと詳しい。考えに行き詰まってきたので明昌院のことについて事情通の境田に意見を聞こうというのだろう。

おゆうは了解して、まだ思案を巡らせ続けている伝三郎の横におとなしく控えていた。すると、四ツの鐘が鳴っていくらもしないうちに、「伝さん、居るか」と声がして戸が開けられ、境田が入って来た。ほぼ時間通り現れるあたり、やはり律儀な男だ。

「おう、来たか。まあ座れや」

伝三郎は自分とおゆうの間を示し、境田はおゆうにも「やあ」と笑みを向けて腰を下ろした。

「で、何か話があるのか。この前奉行所でちらっと言ってた千両富のことかい」

「おう、そいつだ。さっき両国広小路の甚兵衛のところに行って来たんだがな……」

伝三郎はこれまでの経緯に甚兵衛の話を加え、境田にざっと説明した。境田は時折りふんふんと頷きながら黙って耳を傾けていたが、一万両のくだりになると頬をぴくりとさせた。

「一万両か。そいつは大きいな」

「明昌院はそんなに金が要るのかね」

「ふむ……。伝さん、明昌院の住職を知ってるかい。玄璋《げんしょう》ってんだが」

「いいや、知らねえ。どんな坊主だい」

「まあ、何だな。評判はどうも良くねえ。随分と金にこだわるらしい」

「欲深坊主、ってことかい。今日びは珍しくもあるめえ」

「こいつはかなり度が強いらしいぜ。貧乏人は相手にせず、金持ちの檀家には吹っかける、裏金も賄賂も大好きときてる。大きな声じゃ言えねえが、寺社方の役人にもだいぶ金を回してるようだ。もともとはどこか遠くの寺に居たのが何かあって逃げ出して、小梅の辺にある安徳寺《あんとくじ》って小さな寺に転がり込んだんだと。何年かしてそこの住職になったんだが、それから本山の上の方に金を撒《ま》いて明昌院の住職に出世したのさ」

「なるほど。貯《た》め込んだ金をうまく使って、もっと貯め込める地位に上がったか。それじゃ、さらにもっと上を狙ってるのかな」

「ああ。噂じゃ、ええと本山の権大僧正《ごんのだいそうじょう》だったかな、いや宗派が違ったかな……あ、京の大きな寺って話もあったか。とにかくそういう高い位を狙って動いてるらしい。そのために富くじの上がりを使おうって気なのかも知れねえな」

「ははあ、位を金で買うのに富くじを使うわけか」

伝三郎は納得したらしく顎を撫でた。

「しかしお前、さすがだな。どこからそんなネタを集めてくるんだ」

「そこはそれ、蛇の道は何とやら。言わぬが花さ」

境田は得意げに笑うと、木戸番の爺さんが運んで来た茶を啜った。

「あのう、境田様。安徳寺は小梅の小さな寺とおっしゃいましたよね。そんなところで、大きなお寺の住職の位を買えるだけのお金が稼げるんでしょうか」

おゆうは話を聞きながら思っていた疑問を口にした。境田は湯呑を置いて手を持ち上げ、壺をふる仕草をした。

「これだよ、これ。貧乏寺じゃ、よくある話だ」

「ああ、賭場を開いてたんですね。お寺の賭場ってそんなに儲かるんですか」

「まあ、やり方次第かな。玄璋和尚はうまく立ち回ったらしいね。安徳寺の賭場にゃあ、岡っ引きの長次が関わってたらしい。奴が上客を引いてきて分け前を貰ってたんだろう」

「何、長次？　下谷の長次か。奴がそんなとこに関わってたのか」

「ああ。縄張りから遠いのは確かだが、和尚と何かの縁があってツルんでたんじゃねえかな。後ろ暗いところの多い奴だし、驚くようなことでもあるめえ」

境田はそう言って肩を竦めた。長次のことなんか気にするほどでもなかろう、と言いたげだ。だが、伝三郎とおゆうは眉をひそめて顔を見合わせた。

「どうも奴は、いろんなところにちょこまか首を突っ込んでいやがるな」

「何だい、何の話だい」

境田が身を乗り出した。伝三郎は、天城屋の現場に長次が現れたことを伝えた。七年前の弥吉殺害の第一発見者だったことは境田も知っている。だが、境田は終《しま》いまで聞き入っていたものの、強く興味を引かれるほどではなかったようだ。

「いろいろ妙なことに関わってるのはわかったが、みんなバラバラじゃねえか。ただの偶然じゃねえのかい」

「かも知れねえが、どうも気になるなあ」

伝三郎はいかにもすっきりしない、という顔をしている。

「それで、長次は今でも玄璋和尚と繋がってるのかい」

「いや、そいつはどうかな。玄璋は今じゃあれだけの寺の住職だ。少なくとも表立っては近付けねえだろう」

境田はいくらか真顔になった。

「なあ伝さん、何を考えてるんだ。明昌院の富くじに長次が関わって何か悪さしようとしてる、ってのか。そりゃあ話を端折《はしよ》りすぎだろう」

「それに文蔵のこともあるんですよ」

おゆうが付け足すと、境田はさらに困惑したようだ。

「文蔵だって？　いくらなんでも奴と富くじをくっつけるのは乱暴じゃねえか」

「まあ、そっちは置いとこう」

伝三郎がおゆうを止めた。

「とにかく考えはいろいろあるんだが、お前さんの言うようにうまく繋がらねえんだ。

もうちっと調べてみるわ。まずは安徳寺の方かな」

「文蔵の方はいいのかい。そっちを捜すのが先だろ」

「そいつは茂三と源七が何人か使ってやってる。足跡を嗅ぎ回るのは連中に任せて、俺は搦《から》め手でこっちを使うことにするよ」

伝三郎は自分の頭を指で叩いた。

「そうかい。それじゃ、手伝うことがあったら言ってくれ。と言っても、俺も暇じゃねえけどな」

境田はそう言い残して、曖昧な表情を浮かべたまま帰って行った。

「安徳寺をお調べになるんですか」

境田を見送ってからおゆうは伝三郎に聞いた。町方が寺を調べるのはご法度のはずだが。

「玄璋が開いてた賭場のこととかな。出入りしてた連中を摑まえて聞いてみる。その辺なら、寺社方からうるさく言われることもねえだろう。猪之吉の方は、お前に任せる」

「わかりました」

おゆうは微笑んで胸をぽんと叩いた。だが一方、別のことも考えていた。伝三郎は立場上明昌院へ乗り込むわけにはいかないが、自分なら何かできるかも知れない。

根津は現代では谷中《やなか》、千駄木《せんだぎ》と合わせて「谷根千《やねせん》」と呼ばれ、古い町並みの情緒を楽しむ観光地として賑《にぎ》わっているが、文政の今は寺と武家屋敷が集まる閑静な地区である。おゆうは現代の不忍《しのばず》通りと思われる道を、北の方へ向かった。

根津権現の杜《もり》が正面に見えた辺りで右に折れ、しばらく歩くと立派な山門が現れた。周りの寺のものより二回りは大きな門だ。築地塀の長さから見当をつけると、境内の広さは寛永寺《かんえいじ》や傳通院《でんつういん》には遥《はる》かに及ばないにしても、回向院《えこういん》より上かも知れない。開いている山門から中を覗くと、周囲を圧するほどの本堂の他、二層の仏塔など幾つかの建物があり、七堂伽藍《しちどうがらん》と呼んでいいくらいの立派さである。

おゆうは伽藍を見て溜息をついた。これはどうも敷居が高い。前の事件では、ある寺を調べるのに大店の御寮人に変装して住職に面談までしたのだが、この大寺院はそういうレベルではなさそうだ。少々の大店でも数ある檀家の一軒、という程度の扱いだろう。

とりあえず参拝しておこうと境内に足を踏み入れると、意外に町人の姿が多い。そんなに御利益のある寺なのかと思ったが、よく考えれば千両富の効能に違いない。富札を買った上に、当たりますようにと仏様にお願いしているのだ。横に目をやると、お札などを売っている脇に数人の人だかりがある。あそこが富札直売所だろう。納得して本堂の前に行き、賽銭《さいせん》を出して拝んだ。ついつい、ここでも「伝三郎との仲が進展しますように」とお祈りしてしまう自分が可笑しい。

せっかくだからと、境内の一般人が入れる部分を一通り見て回った。本堂も講堂も仏塔も、格式ありそうな立派な造りだ。おゆうの知る限り、本堂は現代もそのまま残っている。もし江戸初期に遡《さかのぼ》れるほど古いものだったら、重文指定されていてもおかしくない構えだが、見た感じそれほど古くはなかった。

(何千両もかけて修繕しなきゃいけないようには、見えないなあ)

本堂をつぶさに見ながら首を傾げた。新規にお堂を増築するとかいうならわかるが、そんな様子もない。やはり境田の言うように、本山へばら撒く金を調達するのが目的なのか。

疑いが募るまま表側に戻ってみれば、参道の左右に参拝客が集まり出している。何が始まるんだろうと思って、参拝客に交じって参道脇で待っていると、本堂の脇から僧侶の一団が現れた。先頭中央の僧は錦の袈裟《けさ》をかけ、その頭上に若い僧が傘をさしかけている。どうやら玄璋和尚のご出座らしい。

玄璋が近付くと、参道に並んだ人々が順に手を合わせて拝んだ。境田から聞いた話の通りなら到底拝むに値する人物ではないが、ここは目立たないようにと周りと一緒になって拝み、真ん前に来たときちらりと目を上げて盗み見た。四十代半ばか後半だろう。僧としては大柄で、目尻の皺が深く、背筋を伸ばして正面を向いた横顔にはそれなりの威厳を漂わせている。だが、ほんの一瞬玄璋の目を見たおゆうは、直感的に嫌な奴だと思った。その目は、爬虫類《はちゅうるい》を思わせる光を帯びていた。

僧侶たちを従えた玄璋は、ゆったりした足取りで山門を出ると、そこで待機していた黒塗りの乗物に乗り込んだ。どこかで法要でもあるのだろう、僧侶の半数が乗物に付き従い、残りが並んで見送った。参道で玄璋を拝んでいた人たちは、三々五々離れて行った。

一通り観察を終えたおゆうは、脇の門から外へ出て、築地塀に沿って山門と反対側へ歩いた。外周も一応見ておこうというつもりだ。塀はなかなか尽きず、境内の奥行きは山門から見た印象通りのようだ。

三分ほど歩いてようやく塀の角に着いた。そこから裏路地が伸びている。二、三十間先に通用口のような小さな裏門があった。おゆうは裏路地に入ろうとしかけたが、裏門が開いて誰か出て来るのに気付き、反射的に身を隠した。隣の寺の塀の陰に入って、様子を窺う。出て来た男が、寺の下男に何か言い、手を振ってからこちらを向いて歩き出した。その顔を見たおゆうは、あっと思った。下谷の長次だった。

長次は裏路地から出ると、おゆうが隠れているのと反対側、つまり山門の方へ向かって通りを進んで行く。おゆうは充分な距離を取ったと思ってから、長次の後を尾《つ》け始めた。

昨日、境田や伝三郎と話した後、おゆうは長次のことをもう少し知っておきたいと思って、知り合いの岡っ引きや下谷の住人に話を聞いていた。源七と茂三は忙しいようで摑まらなかったが、得られた話によると、長次は裏の連中との付き合いが多く、そいつらを通じて儲け話があれば、縄張りの外でもどこでも出張って仕事をするらしい。強請りだけでなく、賭場の共同経営者みたいなこともやっている。要するに殺しと盗み以外は何でもやりそうな男で、そんな奴によく十手を持たせてるもんだと思うが、岡っ引きとは警官ではなく、基本的に情報屋である。裏の情報に詳しい長次は、役に立つことも多いのだろう。

そんな長次が、人目をはばかるように明昌院から出て来た。やはり安徳寺以来の玄璋との腐れ縁は、切れていないのだ。

(下谷へ帰るのかな。明昌院にどんな用事があったか、推測だけでもできればいいんだけど)

まさか明昌院ほどの寺で賭場はあるまい。もしや、玄璋の汚れ仕事でも請け負っているのか。長次は尾けられているのには気付かない様子で、ずんずん歩いて行く。おゆうが来たのとは違う道だ。やがて左手に上野《うえの》の山が迫ってきた。

（あれ、ちょっと距離が開いたぞ）

長次の足が心持ち速くなった。おゆうも急ごうとしたが、尻を端折って股引姿の長次のようには歩けない。次第に離され、不忍池が近付いて道が緩やかにカーブしているところで見失った。

（変だな。寛永寺へ上る裏道に入ったかな）

見回したが、もともと人家が途切れて人通りの少ないところだ。誰の姿も見えなかった。

仕方ない、と思ってそのまま歩きかけたとき、山の斜面からばらばらと数人が下りて来て、道を塞がれた。えっと思って振り向くと、後ろにも人がいた。前に四人、後ろに二人。囲まれている。いずれも比較的若く、強面《こわもて》風だ。背筋に冷たいものが走った。

「何？　何か用なの」

怖いのを抑えて精一杯胸を張り、十手を出した。これで恐れ入ってくれればいいのだが。

「馬喰町の姐さんだろ。知ってるよ」

前に立つ一人が、着物の前を払って十手を見せた。なんだ、同業者か。だが、安心しかけたのもつかの間、その男が言った。

「あんた、長次親分を尾け回してるそうじゃねえか。何のつもりだい」

「尾け回してる？」

「とぼけんなよ。昨日も嗅ぎ回ってたよな。俺たちゃ知ってんだ」

昨日、長次についてあちこち聞き歩いたのを知られたようだ。口止めしながら聞いたわけではないから知られても仕方ないが、それだけでトラブルになるとは思わなかった。不用心だったと後悔したが、もう遅い。

「親分の何を調べてやがんだ、あァ？」

こいつは長次の下っ引きだろう。だが同じ下っ引きでも、源七のところの千太や藤吉が真っ直《す》ぐな若者らしいキラキラした目をしているのに、こいつの目は暗く淀んでいる。長次同様、悪事に手を染めているのは間違いあるまい。他の五人は、どう見てもやくざ者だ。

「さっさと言えよ、こらァ！」

黙っていると、凄んできた。また冷や汗が吹き出す。

「調べられて困ることでもあるの」

辛うじて言い返した。が、却って苛立たせたようだ。

「何だと、このアマ」

やくざ者の一人が間合いを詰めて来たので、思わず一歩引いた。

「へっ、女のくせに十手風吹かしやがって。ふざけんじゃねえぞ」

さらに迫ろうとするやくざ者を、兄貴分らしい男が手で制した。

「まあ、待てや」

兄貴分は、薄笑いを浮かべておゆうを上から下までじろじろと見た。舐めるような目線に、寒気がした。

「へへ、よく見りゃなかなかいい女じゃねえか」

あら、それはどうも。いや、そんな場合じゃない。弟分の方もニヤリとした。

「ちょいと年増ですがね」

ほっとけ。

「強がりてえんなら、まあいいさ。俺たちで、手前《てめえ》が女だってことを充分わからせてやらあ」

兄貴分の言葉に、全員が下卑た笑みを浮かべた。さすがに青くなった。危険が予想されるときは現代の武器、スタンガンを護身用に持つのだが、今日はこんなこと予定してなかったから、丸腰だった。いや、持っていたところで、短機関銃《サブマシンガン》ならともかくスタンガン一挺《いっちょう》では六人も相手にできない。男たちは、笑みを浮かべたまま間合いを詰める。いたぶるのを楽しんでいるようだ。逃げ場はない。おゆうは足が震えてきた。

「おい、何やってやがる」

背後から、突然太い声が飛んだ。やくざ者たちが、驚いて振り向いた。おゆうも慌ててその救世主を見た。何と、茂三だった。

「な……茂三の爺さんか。何でこんなところに」

下っ引きの男が、ぎょっとして呻《うめ》くように言った。

「お前《めえ》、長次の下っ引きの庄吾《しょうご》だな。その女、どうするつもりだ」

「何か勘違いしてねえか。親分を尾け回してやがるから、どういうことか聞こうとしてただけだ」

ふてくされたように言うのを茂三が睨みつけた。

「駄法螺《だぼら》吹くんじゃねえ。お前ら、こいつの口を割らせて手籠めにする肚だろう」

ぞっとするようなことを、随分さらりと言ってくれる。

「おう爺さん、出しゃばるのも大概にしな。大怪我してえのか」

兄貴分が前に出て凄んだ。茂三は、鼻で嗤《わら》った。

「俺を知らねえらしいな。お前みてえな三下に怪我させせられるほど老けちゃいねえぜ」

「何だとォ、この爺い」

真っ赤になった兄貴分が、腕をまくった。そのとき、庄吾と呼ばれた下っ引きがその腕を摑んだ。

「やめとけ。面倒なことになる」

止められた兄貴分は、何を、と言う顔を庄吾に向けた。庄吾がもうひとこと言う前に、茂三が追い討ちをかけた。

「言っとくが、その姐さんは八丁堀の情婦《いろ》だ。手ぇ出すと、ただじゃ済まねえぜ。わかってんのか」

それを聞いて、兄貴分の動きが止まった。舌打ちをして腕を下ろし、「ふざけやがって」と吐き出すように言いながら茂三を睨み返す。だが、どうやらもうこの連中は、これ以上事を荒立てる気はないようだ。

「さっさと消えな。余計なことしやがったら、長次まで厄介なことになるぞ」

やくざ者たちは、庄吾の顔を見た。これでボスが誰かはっきりわかった。庄吾は何も言わず、くるりと背を向けて歩き出した。

「覚えてやがれ」

やくざ者たちは、これ以上ないほど陳腐な捨て台詞を残し、庄吾の後を追って立ち去った。茂三は、連中が曲がった道の先に消えるまで、じっとその場に立って鋭い視線を送り続けていた。

(はあああ、マジでヤバかった……)

おゆうはようやくほっとして、大きな溜息を吐いた。そのまま地面にへたり込みそうになったが、茂三の手前、辛うじて耐えた。おゆうは礼を言うため振り向いた。

「すいません茂三さん、ほんとに助かりま……」

そこまで言いかけたところで、左手で胸ぐらを摑まれた。

「何やってやがんだ、この大馬鹿野郎！」

怒鳴り声とともに右手が上がりかける。ビンタが飛んでくる、と思って覚悟したが、それは思いとどまったようだ。代わりに胸ぐらを摑んだ手に、さらに力が入った。

「女のくせに十手風吹かしやがって、と奴ら言ってやがったが、その通りだ。身の程を知りやがれ。どれほど危なかったかわかってんのか、馬鹿野郎！」

馬鹿野郎の反復攻撃だ。野郎じゃないんですけど、などと言えた雰囲気ではない。

だが今日の状況は、どう怒られても文句が言えない。

「は、はい……すみませんでした」

しゅんとして目を伏せると、ようやく茂三は手を放した。

「いってえ何をする気だったんだ。長次を尾けてどうしようってんだ」

「いえ、考えがあったわけじゃなく、明昌院の裏門から長次親分が出て来たんで、それで……」

「明昌院から？」

茂三の目付きが変わった。今の一言で、親父モードから警官モードに切り替わったようだ。だがそれも一瞬だった。茂三は再びおゆうを睨むと、腕を摑んでぐっと引いた。

「とにかく馬喰町の番屋まで来い」

そう言い捨てると、茂三はおゆうを引きずるようにして歩き出した。おゆうは何も言えず、引かれるままに付き従った。

馬喰町までの二十五町、つまり三キロ弱、茂三は怒り収まらぬ様子で、真っ赤になったまま一言も喋らなかった。おゆうは自分より茂三の血圧が心配になってきた。番屋に着くと、茂三は運悪く居合わせた町年寄の下男に、鵜飼の旦那を呼んで来いと怒鳴るように命じた。下男は困惑の表情を浮かべたが、茂三の顔色を見て慌てて飛び出した。

「あのう、茂三さん……」

「黙ってろ」

取りつく島がない。おゆうは仕方なく黙って待った。

小半刻ほどで伝三郎が現れた。何事かと戸惑っているようだが、茂三が「旦那、お話が」と言って先刻の不忍池近くでの一件を語り始めると、顔色を変えた。俯くおゆうの方をちらちら見ながら詳細を聞き終えると、「すまねえ。世話をかけた」と茂三に頭を下げた。

「いえ、旦那。頭を上げて下せえ。恐れ入っちまいます」

「お前が居合わせなきゃ、本当に危なかったようだな。助かったよ」

それから伝三郎は、おゆうに目を移してじろりと睨んだ。

「まったくお前は、あれだけ言ってるのにまた危ねえ真似を……」

「いえ、あの、そういうわけじゃ……」

「ぐだぐだ言うんじゃねえ！」

言い訳しようとするおゆうを、茂三がまた一喝した。

「さんざん旦那に心配かけやがって。旦那の助けになるどころか心配の種を増やしてるだけじゃねえか。お前みてえな奴に十手持ちの資格はねえ。さっさと十手をお返しして、家でおとなしくしてやがれ！」

おゆうは思わず口をつぐみ、伝三郎はその剣幕に呆気《あっけ》に取られたようだ。茂三もさすがに伝三郎の前で言いすぎたと思ったのか、溜息をついて咳払《せきばら》いをすると、「それじゃ、あっしはこれで。ごめんなすって」と言い残して帰って行った。

後に残された伝三郎は、目を泳がせて頭を掻いた。おゆうを叱るつもりが、茂三のおかげで毒気を抜かれたという風だ。おゆうがどう詫びたものかともじもじしていると、伝三郎は腕組みをしておゆうの隣にどかりと座った。

「さてと、最初から話してみろ」

「はい……」

おゆうは昨日長次の評判を聞いて回ったことから始め、明昌院から不忍池に至る一部始終を語った。伝三郎は黙って聞いていたが、明昌院から長次が出て来たと聞いて、茂三と同じく目付きが鋭くなった。

「長次はまだ玄璋と切れてねえってことか」

「だと思います」

おゆうは控えめに意見を述べた。全部聞き終えた伝三郎は、しばらくそのまま黙っていた。おゆうは怒声が飛ぶのを神妙に待った。

「うーん……今まで聞いたところじゃ、特に無茶したわけでもねえようだな」

伝三郎は意外にも怒らなかった。おゆうはそれでやっと気付いた。そうなのだ。囲まれたときの恐怖と茂三の激怒で判断力が鈍っていたが、冷静に考えれば伝三郎の言う通りだ。別に危険な場所に足を踏み入れたわけでも、強面連中に喧嘩を売ったわけでもない。

「思い直してみると、これって長次が自分から怪しいですよと言ってるみたいなもんですね」

「そうだな。尾け回されただけで脅しにかかるなんざ、嗅ぎ回られちゃ困ることを今やってるって白状したのと同じだな。馬鹿なことをしたもんだ」

「ですよね。やっぱり長次の周りをもっと調べましょう」

元気が出たおゆうは、畳みかけるように言った。が、伝三郎は急に険しい顔をした。

「浮かれるな。お前、襲われたばかりなんだぞ。下手に動いてまた狙われたらどうするんだ」

「あ……そうでした。すみません」

冷や水をかけられて、おゆうはまた小さくなった。そんなおゆうを伝三郎はじっと見ていたが、やがてその手がおゆうの肩に置かれた。

「なあ、おゆう。茂三はああ言ったが、お前の働きは充分助けになってる。それは間違いねえ。けどな、だからと言って調子に乗っちゃいけねえ。岡っ引きの周りにゃ、いろんなことがあるんだ。どこで恨みを買うか、狙われるか、わからねえ。確かにそう滅多なことはないが、自分の足元にはいつも気を付けてなきゃいけねえんだ」

「はい……」おゆうは膝に手を当ててじっと聞いていた。

「何度も言うが、無茶だけは絶対にするなよ。お前に何かあったら……」

おゆうは、はっとして伝三郎の顔を見た。険しい表情は消え、優しい視線がおゆうに注がれている。

「俺はお前に十手を渡したことを、一生後悔することになる」

胸がぎゅっと締め付けられた。

「はい、決して無茶はしません。鵜飼様にこれ以上ご心配かけません」

そして俯き、呟くように言った。

「ごめんなさい……」

おゆうは伝三郎の手の温もりを肩に感じながら、じっとそのまま動かずにいた。気付かぬうちに、涙がこぼれかけていた。

十一

指物商、武蔵屋《むさしや》の店は、日本橋平松町《ひらまつちょう》にあった。おゆうは駕籠《かご》を店の前に乗りつけると、ゆったりした所作で降り立ち、気付いた手代に恭しく迎えられて暖簾をくぐった。

「おいでなさいませ。何かお探しでございましょうか」

手代は揉み手をするように愛想よく言った。手代が丁重になるのもよくわかる。今日のおゆうはきっちり島田に結って着物は京友禅、前回の事件でも使ったセレブ風スタイルだ。

「はい、ちょっと拝見させていただきます」

おゆうは鷹揚に告げると、ざっと店の中を見渡した。帳場に番頭、店先に手代と丁稚が五人。商談中の客が二人。構えも立派で、なかなかいい店のようだ。店頭に出ている商品は、箪笥に文机《ふづくえ》に火鉢。棚には種々の箱。指物とはこういう木工品全般をいう。

「ご無礼をいたします。初めてのお越しでいらっしゃいますね」

手代が目で合図したのか、番頭が傍らに寄って来た。新規の上客、と踏んだようだ。

「はい。深川から参りました。小梅に寮を建てることになりまして、それで道具類を拝見しております」

「さようでございますか。手前どもをお選びいただき、ありがとうございます」

番頭は満面の笑みを浮かべた。江戸指物では指折りの店だけに、商品には絶対の自信を持っているらしい。おゆうはしばらく番頭に付き合って、箪笥やら文机やらを順に見ていった。番頭の熱心な説明は、申し訳ないがほとんど右の耳から左の耳に抜けている。おゆうの目的は、もちろん箪笥を買うことではない。

二十分ほど番頭の口上を聞いた後、おゆうはふと文机の奥に並んでいる刀掛けに目を留めた。他のものと同じくシンプルな造りだが、刀が載る部分の曲線の仕上げが、いい味わいだ。漆塗りの品で、伝三郎の大小を置くと見栄えが良さそうだ。番頭に値を聞いた。

「お目が高い。あれは江戸でも五本の指に入る職人の仕事です。お値段の方も、その、二両になりますが」

げ。単純換算で十三万円、年収ベース換算だと五十万円！　こりゃ高級品だ。だが、信用を得るためにこのぐらいの投資は必要だろう。おゆうは財布を出した。

「そうですか。では、大きな道具類は後日改めさせていただくとしまして、本日はあれを買わせていただきましょう」

「これは、早速にありがとうございます。本日中にお届けいたします。お住まいは深川のどちらでございましょう」

言い値で即金と聞いて、番頭の笑顔がさらに濃くなった。

「いいえ、ついでがありますので、後でうちの者に取りに来させます。ご心配なく」

配達されては偽装がばれる。後で芝居好きの藤吉に駄賃をやって、手代か何かに化けさせよう。番頭は了承し、さらに良い商品を見せようとし始めた。もうこの辺で充分だ。おゆうは番頭を遮って本題に入った。

「ところで番頭さん、ちょっと小耳に挟んだのですが、こちらでは明昌院の千両富の富箱を作っておられるとか」

番頭の顔つきが一瞬硬くなった。この件は部外秘らしい。だがそのくらいは、当然想定内だ。

「実はそれを聞きまして、明昌院の富箱をご用意されるほどのお店ならと思い、伺ったのですが」

番頭は複雑な顔になった。商売に繋がる上客のリクエストならばと天秤にかけているのだろう。おゆうは期待の眼差しを注いでしばし待った。

「はい……どなたにも申し上げていないのですが、おっしゃる通り明昌院様からのお仕事をお受けしております」

数秒で番頭は目先の商売を優先することに決めたようだ。しかし、どなたにも申し上げていないというのは、勿体ぶっているだけだろう。現におゆうは、富札屋の甚兵衛から順に伝手を頼って聞き込んだ結果、割合簡単に武蔵屋が請け負ったことを摑んだのだ。

「無理を申すようですが、できればちょっと拝見させていただけないでしょうか。富箱を拝見するだけでも何かご利益がありそうな気がしまして」

おゆうは小娘のように照れ笑いを浮かべ、恥ずかしそうに言った。番頭は困った顔になった。だが頭の中では、再び天秤が稼働しているに違いない。おゆうは「駄目でしょうか」と言いながら、照れ笑いしたまま上目遣いに番頭を見た。これで、この若奥さん可愛いから言うこと聞いちゃおうなどと番頭が思ったら、大勝利だ。

「困りましたな……ええ、しかしまあ、よろしゅうございましょう。ご覧になるだけなら」

果たして番頭は折れた。おゆうは胸の内でVサインを出しながら、「まあ、それはありがとうございます」と丁寧に頭を下げた。

通されたのは、店の奥にある商品倉庫のような場所だった。土蔵ほど頑丈ではないようだが、入り口の引き戸には錠前が内蔵されている。取り扱い商品の中でも、高額品を収めるところだろう。

「あれでございます」

番頭が示したのは、倉庫の真ん中に置かれた巨大な立方体の箱だった。一辺が一メートル半くらいはありそうだ。天辺の蓋の中央には、番号札を突き刺す錐を差し込む四角い穴が、ちゃんと開けられている。

「思ったより大きゅうございますね」

「はい、これだけの大きさになりますと、持ち上げて揺するのも十何人かでかからねばなりません」

「持ち上げて揺する?」

「はい、何度か突富をしますと、一旦止めて木札をかき混ぜるために箱を揺するのです」

ああ、シャッフルするわけね。

「あの突富をする穴には蓋があるのですか」

「そうです。掛け金が付いています。十年ほど前のある富くじで、箱を揺すったとき掛け金が外れて木札がこぼれ落ちたことがございまして、それ以来、ここは特に気を付けるようお達しがありましたので、私共でも念入りに細工しております」

ははあ。その事件で富箱の一斉点検か何かがあって、猪之吉も手伝いに駆り出されたのかも知れない。それも手が空いたときに確かめておこう。おゆうは近付いてじっくり箱を検分した。少なくとも外見上、不審な点は何もない。

「この箱は、ここで武蔵屋さんの職人の方々がお作りになったんですよね」

「あちらの奥に工房がございます。そこで三人がかりで組みましたもので」

ならば、何か不正な細工をしようとすると、店ぐるみでやらねばならない。さすがに、武蔵屋がそこまでするとは思えない。

「ここで突富の当日まで置いておかれるのですか」

「さようでございます。何かあってはいけませんので、ここには厳重に鍵をかけて、不寝番も置いております。明昌院様には、手前ども主人と寺社方のお役人様が立ち会いまして、前日に運び入れさせていただきます」

「運び入れてからは、突富を始めるまで明昌院のお坊様が見張られるのですね」

「明昌院ご住職のお望みで、寺社方のお役人と、特に選ばれた検視役の方も付かれます。突富の際は、検視役の方々が五、六人立ち会われます」

ふうん。普通の富くじよりかなり厳重だ。玄璋のパフォーマンスの可能性もあるが、それだけの人数を全員買収しているとも考えにくい。

ふと気付くと、番頭の顔が幾分曇っている。不審を感じ始めたのかも知れない。これ以上、根掘り葉掘り聞くのはまずい。

「どうもご無理を申しまして。大変ありがとうございました。ご厄介をおかけしました」

おゆうは丁寧に礼を述べ、番頭はほっとしたように、いえいえ、とんでもございませんなどと愛想を言った。とにかく、箱そのものに細工がされる心配は少なそうだと納得し、おゆうは武蔵屋を後にした。


「あらあ、おゆうさん、見違えたわあ」

島田姿で店に入るなり、お栄が歓声を上げた。ここはお栄の経営する居酒屋で、現在はランチタイム営業中である。店の名は「さかゑ」。お栄の「栄」から取ったものだ。

「普段からそうしてればいいのに。いいとこの御寮人に見えますよ」

一応着物だけは京友禅からもっと地味なのに着替えて来たが、お栄からもそう見えるなら上出来だ。

「ありがとう。でも、やっぱり十手持ちは洗い髪の方が似合うかなあって」

「まあ、おゆうさんならどっちでもいけますよ。ちょっとお前さん！」

お栄は源七の前の卓を、平手でばんばんと叩いた。

「何をぼうっと見とれてんのさ。いつまでも油売ってないで仕事に行っちゃどうだい」

「見とれてるって何だよ。おゆうさんの島田は初めて見るわけじゃねえぞ。だいたい、たった今昼飯を食い終わったばかりじゃねえか」

源七が文句を言うのを聞き流し、お栄はおゆうの注文を聞いて厨房へ入った。中では、初老の雇われ包丁人が黙々と仕事をこなしている。

「それにしても、三日前だっけ。大変だったねえ」

厨房からお栄が話しかけた。不忍池近くでの一件のことだ。

「ええ、茂三さんが来てくれなかったら、かなり危なかったです」

思い出してもぞっとする。そのせいもあり、調べの方向を長次の周辺から外し、富くじの方を追って武蔵屋に行ったのだ。

「まったく、ふざけた話だぜ。下っ引きがやくざ者を連れて、他の岡っ引きに手え出すなんざとんでもねえ」

源七は話を聞いて以来、ずっと憤慨している。お栄も、そうよほんとに、と相槌を打つ。源七はさらに何か言い足そうとしたが、突然ぎょっとして言葉を呑み込んだ。目はおゆうの背後、店の入り口を向いている。何事かと振り向いたおゆうも、あっと声を上げそうになった。縄のれんをくぐって入って来たのは、噂の長次だった。

長次はまっすぐおゆうの脇に来て、源七に「よう」と一声かけると、隣の卓から腰掛を引いて座った。そして、怒りと戸惑いの表情を浮かべる三人をさっと一瞥《いちべつ》してから、おゆうに頭を下げた。

「この前は、俺のとこの下っ引きが余計なことをして迷惑かけたな。すまねえ」

意外にもいきなり謝られて、おゆうは一瞬、毒気を抜かれた格好になった。が、すぐに立ち直って長次を睨んだ。

「余計なこと？　あれが単に余計なことって言うんですか」

気色ばむおゆうに、長次がさっと手を上げた。

「皆まで言うな。わかってる。あんたとしちゃ面白くねえだろうが、庄吾の奴はあんたが俺の後ろを黙って嗅ぎ回ってるのが気に食わなかったらしい。なあに、本気であんたをどうこうしようってんじゃなく、ちっと脅かしただけさ。効き目がありすぎたようだが」

長次はそう言ってニヤッと笑った。詫びておきながら、まるでおゆうが大袈裟に騒ぎ立てたような言い方だ。

「とにかく事を荒立てるのはよそうや。こいつで収めてくれ」

長次はそう言うと、さっと懐に手を突っ込んで紙包みを出し、おゆうの目の前に置いた。

「何です、これ」

その様子からすぐ何かわかったが、承知の上で聞いた。源七の目も険しくなった。

「詫び料だ」

長次は悪びれもせず、はっきり言った。形からすると、一分金で二両くらいだろう。おゆうはますますむっとして、紙包みを長次の方へ押し返した。

「受け取れませんよ、こんなの」

長次はどうするかと思ったが、表情を変えずにしばしおゆうの顔を見つめた後、「そうかい」と言って紙包みを懐に戻した。そしてすぐに立ち上がった。

「ま、今日はこれで帰るわ。お手柔らかに頼むぜ、おゆう姐さん」

「姐さん」という語に嫌味な抑揚をつけてまたニヤリと笑うと、長次は源七とお栄を無視したまま背を向け、さっさと帰って行った。

「何だあいつ……塩撒いときな！」

憤懣《ふんまん》やる方ない、という顔で、お栄は下女に怒鳴った。

「あの野郎……あれで詫びに来たつもりかよ」

半ば無視されたこともあって、源七も怒りを露わにした。

「あいつ、おゆうさんが金を取らねえと承知で出しやがったな」

「格好だけつけようとしたんですかね。おあいにくさまです」

おゆうは、ふん、と鼻を鳴らした。長次の肚は読める。尾けられたぐらいでおゆうを襲わせるほど長次は馬鹿ではあるまい。奴の言う通り、長次のガード役の庄吾が暴走したのだ。それで今日は、火消しを兼ねてこちらの様子を窺いに来たのだろう。だが、途中で本音が出て、火消しどころか挑発しに来たも同然になった。

(私を怒らせたね。必ず尻尾、摑んでやる)

おゆうは言いつけ通り塩を撒いている下女を見ながら、拳を握りしめた。

(何が脅かしただけよ。茂三さんが居なきゃ、ほんとに……)

あのときの恐怖と怒りが混ざり合い、おゆうは卓を叩きそうになった。

そこで突然、ふっと思った。茂三は、どうしてタイミングよくあの場に居合わせたのだろう。たまたま通りかかっただけなんだろうか。


昼ご飯を食べて「さかゑ」を出たおゆうは、途中で藤吉を摑まえて武蔵屋への使いを頼むと、馬喰町の番屋へ向かった。そろそろ伝三郎が立ち寄る頃と思い、長次のことを話しておくつもりだった。

番屋には、思ったより早く伝三郎が来ていた。楊枝を咥《くわ》えているところを見ると、伝三郎も昼食後すぐに立ち寄ったらしい。

「あら、今日はお早いですね」

　脇に腰を下ろすと、伝三郎はおゆうの島田姿をしげしげと眺めた。

「うん、やっぱり島田もいいな。洗い髪と半々にしねえか。月ごとに替えるとか」

「お褒めにあずかりましてどうも。でもやっぱり、私は洗い髪の方が気に入ってるんです」

「戻すのは勿体ねえ気もするがなあ。しかし島田に結ったってことは、また変装してどっかへ行ったな」

「慧眼《けいがん》恐れ入ります。明昌院の富箱を見て来ました」

「え、明昌院へ行ったのか。よく見せてくれたな」

「いえいえ、明昌院から箱の注文を受けた武蔵屋さんに行ったんです」

「ああ、なるほど。明昌院は富くじ興行は初めてだから、富箱も新調しなくちゃならねえわな。いいところを狙ったな」

　伝三郎は感心したように頷いた。

「で、何かわかったのか」

「いいえ。正直、箱に細工して富くじをどうこうしようってのは難しそうですね。武蔵屋さんはきちんとしたお店だし、箱も厳重にしまい込まれています」

「だろうな。突富のときには検視役が何人も立ち会うし、見物だって千人は居るぜ。

その目を誤魔化すとなると、一筋縄じゃいかねえ。突富の不正ってのは誰でも考えるし、そうならねえように目を光らせてるからな」

「ですよねえ」

時代劇ドラマや漫画ではそういう話が出て来るが、実際に行われた記録はネット検索で拾えなかった。

「それと、さっき長次が私のところに来ましたよ」

おゆうは「さかゑ」であった一件を話した。伝三郎は苦い顔になった。

「長次の奴め。何を企んでやがる」

「茂三さんは長次親分が文蔵とツルんでるんじゃないかって、ずっと疑ってたんですよね。その証しは、結局見つからなかったんですか」

「ああ。見つかってりゃとうにお縄になってる。文蔵一味の誰かと会った様子がないか、茂三もあちこちつつき回ったんだがな。そもそも、文蔵一味の人相自体もはっきりわからねえんだから、会ってたとしても、誰も気付かなかったかも知れん」

「だったら……やっぱり、私に周りを嗅ぎ回られると文蔵との繋がりが露見しかねないと思ったんですかね」

「少なくとも、長次はともかく庄吾はそう思ったんじゃねえか」

「いっそ締め上げて吐かせるとか……」

「あっさり言うな。はっきりした証しもなしに岡っ引きを締め上げるとなると、それなりの覚悟が要るぜ。そもそも、少々締め上げたぐらいで口を割るタマじゃねえや」

やれやれ。やはりそう簡単にはいかないか。

「しかし、このまま好きにさせておくわけにもいかねえ。茂三が折々で長次の動きに目を光らせてるが、誰かずっと張り付けた方がいいかも知れんな」

そうか……茂三が不忍池裏に現れたのは、彼も長次を監視していたからなのかも。

「あ、お前はやめとけよ。この前のことがあるしな」

また危ないことに巻き込まれては困るとばかりに、伝三郎が急いで付け足した。

「ええ、わかってます。じゃあ、違う話を。鵜飼様、安徳寺はお調べになったんですか」

「うん、相手は寺だから大っぴらに覗き込むわけにゃあいかねえが、近所で聞いた話じゃあ、最近は何事もねえそうだ。賭場なんぞ開いて羽振りよくやってたのは、玄璋が住職だった間だけのようだぜ」

「長次親分は、やっぱりその賭場に？」

「ああ、左門の言う通りだ。賭場に客を送り込んだり、用心棒の真似事もしてたらしい」

「だったら、それでしょっ引けませんかね」

「もう何年も前の話だぜ。第一、そんな程度で岡っ引きをしょっ引いてたんじゃ、江戸の岡っ引きが半分に減っちまわぁ」

「それもそうですねえ」

江戸の岡っ引きなんて、確かにそんなものだ。文蔵との繋がりがわかれば大ごとだが、それ以外で長次がやっていることは、さして異常ではない。

「賭場を開く寺も珍しくないんですよね」

「安徳寺みてえな小せえ寺は、檀家も少なくて貧乏だからな。天城屋ぐらいの檀家が十軒もありゃあ、だいぶましになるだろうけどな」

そう口にしてから、伝三郎は急に黙った。おゆうは、おや、と首を傾げた。何かを思い付いたのだろうか。数秒待って「鵜飼様？」と問いかけようとしたとき、唐突に伝三郎が言った。

「宗門人別帳」

「え？　何です」

宗門人別帳は、各寺の檀家が記載されている帳面で、そもそもは隠れ切支丹《キリシタン》の摘発のため作られたのだが、泰平の世が続くうち、戸籍簿のような役割に落ち着いているものだ。寺ごとではなく村や町ごとに作られ、江戸のような大都市では、町年寄か町名主が保管して更新も行っている。

「天城屋と木島屋はどの寺の檀家か、調べてなかったんだ。人別帳を見るだけでいいのに、忘れちまってた」

「檀家……」

なるほど、そうか。天城屋と木島屋が、明昌院か安徳寺の檀家という可能性は確認していなかったのだ。ひどく単純な話だったのに。

「町年寄のところへ行ってくる。お前も来るか」

はい、と言いかけて思いとどまった。町年寄のところなら、傘下の町の人別帳の写しは揃っているだろう。だが江戸の人間でないおゆうは、その人別帳に載っているはずがない。いわゆる無宿人である。おそらくおゆうの周辺では、誰もそうだと思ってはいるまい。人別帳に記載されていないことを伝三郎に知られたら、どう説明しよう。

「いえ、私はお待ちしておきます」

「そうかい、すぐ済ませる」

伝三郎は不審に思う様子もなく、すぐに出て行った。

それから伝三郎が帰って来るまでの半刻近く、おゆうはずっと人別帳の言い訳を探していた。しかし、どうもすっきり得心のいきそうな説明が見つからない。いっそ、無宿人であることを打ち明けて十手を返した方が無難かと思い始めたとき、伝三郎が勢いよく番屋の戸を開けた。

「おい、天城屋は明昌院の檀家だぜ」

「あ、やっぱりそうだったんですね」

明昌院と天城屋が繋がった。富くじと蔵破りが繋がったとまでは言えないが、一歩前進だ。

「で、木島屋さんは」

伝三郎は首を横に振った。

「違うな。谷中の常泉寺《じょうせんじ》だ。木島屋と明昌院の繋がりは、木島屋本人に聞くのが手っ取り早い」

それはそうだ。やましい繋がりでなければ、当然すぐに答えるだろう。

「木島屋へ行ってみよう。お前も来い」

「はい、お供します」

木島屋へ行くのに異存はない。どうやら伝三郎は、馬喰町界隈の人別帳は見なかったようだ。おゆうの心配は杞憂に終わった。

「急に邪魔して悪いな。ちょいと確かめたいことがあるんだ」

奥の座敷に通されて一息ついてから、伝三郎が言った。木島屋幸治郎は、事件が進展したかという期待と、何を探られるのだろうという不安が入り混じった、複雑な顔になった。

「はい、どのようなことでございましょう」

「お前、根津の明昌院を知ってるか」

かなり意外な質問だったようで、木島屋の答えは一拍遅れた。

「ええ……はい、存じ上げております。今般は千両富でえらく評判になっておいでで」

「お前のところは、明昌院と何か付き合いはねえのか。商いの上でもそれ以外でもいいが」

「は？　はあ、ございます。近いところでは、一年ほど前になりますか、ご不要の骨董をお売りになるということで、お伺いしたことがございます」

「なに、商いで関わりがあったのか」

色めき立った伝三郎に、木島屋は戸惑ったようだ。無理もない。蔵破りと明昌院に繋がりがあるかも知れないなど、夢にも思うまい。

「その骨董とやらはどうなったんだ」

「はい、手前どもでお引き取りいたしまして、もう売りました。屛風《びょうぶ》を一双と軸が二本だったと思います。値は全部で五十両ほどであったかと」

「それは、玄璋和尚から声がかかったのかい」

「左様でございます。手前どもの他、ひと月ほどの間に骨董を扱う店が三軒、順に呼ばれましたようで。明昌院には襖絵の他、掛け軸や屏風、衝立などいろいろと良い品がございます。それらのうち、中程度のものを何点かお売りに」

「一年ほど前から、骨董を売り始めたのか」

玄璋が住職に就いてからそれほど経っていない時期だ。骨董の処分は玄璋の方針か。

「玄璋様は、お金が入り用だったのでしょうか。何かそのようなお話は」

おゆうの問いには、木島屋は答えられなかった。

「さあ、それは手前どもには何とも……。ただ、それまでにこういうことはなかったと思います。手前どもも、かつて明昌院様に骨董をお売りしたことはございますが、買ったのは初めてでして」

今までにはないこと、ね。おゆうは考えた。玄璋はどうやら就任直後から資金調達に動いていたようだ。おそらく、過去に明昌院と付き合いのあった骨董商を順に呼んで、重要性の低い所蔵品から処分にかかったのだろう。金の使い道は想像するしかないが、玄璋が猟官運動のようなことをしているなら、そのために使ったのに違いあるまい。しかし、寺の財産をそんな私欲に使うのは、どう誤魔化しても限界がある。

「明昌院からものを買ったのは、その一度きりですか」

「はい。品物はしっかりしたものでしたから、次の御用があればすぐに参じましたものを、それきりお話はございませんでした」

　ということは、やはり別の資金調達方法を考えたのだ。つまり、富くじ。伝三郎とおゆうは、明昌院と行われた取引についてもう少し詳しく聞いてから、礼を述べて木島屋を辞した。


　通りに出て、木島屋が見えなくなった辺りでおゆうが話しかけた。

「これで、天城屋さんも木島屋さんも明昌院と繋がりましたね」

　伝三郎は懐手をして難しい顔をしている。

「そうだな。そこまではいいが、その繋がりにどういう意味があるのか、もう一つよくわからん」

「うーん……やっぱり富くじ絡みなのでは」

「だからその、富くじと天城屋や木島屋がどう関わるんだ。俺たちにわかってるのは、猪之吉が蔵破りと富くじの両方に関わってるかも知れねえって、ただそれだけだぞ。しかも、何となく怪しいってぐらいの話だ。両方を繋ぐ糸は、蜘蛛《くも》が乗っかっただけで切れちまいそうだぜ」

　おゆうは心中で呻いた。今のところ、伝三郎の言う通りだ。おゆうには錠前の指紋という決定的証拠があり、猪之吉が残した富札と、富箱の修理の話を考え合わせれば、両者の繋がりはかなり濃いと思える。しかしおゆうにしても、その繋がりが何を意味するかまでは解けていない。何かが閃《ひらめ》くまで、伝三郎の興味を繋ぎ止めておかなければ。

「とにかく、明昌院の周りをもうちっと探るか。どうも玄璋って奴は、あんな立派な寺の住職としちゃ胡散《うさん》臭すぎるからな」

伝三郎がそう言ってくれたので、おゆうはとりあえずほっとした。では、自分はそろそろ宇田川のところへ行って、平永町の空家で押収した着物の分析結果でも聞いてみるか。

翌日の午後、東京へ帰るため島田を洗い髪に戻したおゆうは、その前にちょっと寄ってみようと、馬喰町の番屋へ足を向けた。源七の捜査状況も聞いてみたい。

「ご免なさいな」

いつものようにそう声掛けして戸を開けた。思った通り源七と、他にちょうど境田も居た。おゆうは微笑み、あら境田様、御役目ご苦労様ですと決まりきった挨拶をしようとした。が、彼らの雰囲気はいつもと違った。

「あの……境田様、何かあったんですか」

ひどく硬い顔をして座っている境田に、思わずそう聞いた。見れば、源七も常に似合わず厳しい顔をしている。

「そうか、まだ聞いてねえのか」

源七がやけに抑揚のない声で言った。おゆうは不安になった。

「いったい何が……」

眉根を寄せて問いかけるおゆうに、境田が重苦しく言った。

「伝さんが、謹慎を言い渡された」

第三章　蔵前の活劇

十二

「謹慎……ですって？」

　おゆうは言われたことがよく飲み込めなかった。

「どうしてそんなことに」

「今朝、寺社方から大検視《だいけんし》の中塚某《なかつかなにがし》とかいうのが奉行所に来てな。伝さんが寺社方の領分に入り込んで、こそこそ嗅ぎ回ってると文句を付けてきたんだ。聞いた話じゃ、明昌院と安徳寺の周りで、人の出入りとか和尚の動きや評判を調べてたらしい」

　境田はざっくりとそう説明したが、おゆうは納得がいかなかった。確かに伝三郎はおゆうにも、明昌院の周りを探ってみるとは言っていた。しかしこの程度で謹慎にまで至るものだろうか。

「あの、それだけなんですか。それで謹慎って、ちょっと大袈裟では」

「ああ、俺もそう思う。けどな、その中塚ってのがやたらと強腰でよ。寺社方に断りもなく、明昌院のような由緒正しき寺を、千両富を控えた大事な時期に探るとはどういうことか、これは南町奉行所としての行いか、って押し込んできたんだ。大検視と言やあ、かなりのお偉方だ。大名家の用人だからな。御奉行もちょぃと困ったようだが、浅はか源吾がすっかりびびっちまってよ」

「そんなんで、ご自分に火の粉がどっとかからねえうちに、鵜飼の旦那をおとなしくさせようって肚なわけさ」

境田の後を源七が引き取った。筆頭同心浅川が、寺社方の抗議に動転して過剰反応した、ということらしい。源七もこの処分には憤慨しているようだ。

「それで、鵜飼様は」

「役宅に引っ込んでるはずだ。しばらく出仕はできないからな」

役宅でじっと辛抱か。どうしようかとおゆうは思った。見舞いに行きたいが、謹慎中に役宅に女が出入りするのは印象が悪いだろう。境田に伝言を頼もうか。

「とにかく伝さんには、あんたが心配してたと伝えとく。他にあいつに報《しら》せておくことはねえか」

境田が察して、自分から言ってくれた。

「ありがとうございます。今日のところはございませんが、この一件で何か見つかり次第、お報せをお願いいたします」

「そうか」境田は源七の方を向いた。

「お前、何かあるか」

「へい。旦那のお指図で、長次の様子をちょいと窺ったんですがね。あいつ、ここしばらくおとなしいんですよ」

「おとなしい？」

「普段は賭場の用心棒とか強請りとか、裏で小金稼ぎに精出してやがるんだが、この三月《みつき》くれえは何もしてねえようなんで。表の御上の御用の方は、文句を言われねえ程度にやってますがね」

「ふうん。それなら、何で尾けられただけでおゆうさんを取り囲んだりしたんだろうな」

「庄吾の言う通り、ただおゆうさんが気に食わなかっただけかも知れやせんねえ」

違うな、とおゆうは思った。不忍池近くでの一件は、そんなレベルではない。

「あるいは、何か大きなことを企んでいて、それまでおとなしく見せているだけかも。鵜飼様も、身辺を調べられて文蔵と繋がりがある証しを摑まれたくなかったんじゃないかと見ておられました」

「けどなあ、少なくとも今は、長次の周りから文蔵と繋ぎを取ってる様子は見えねえぞ」

「ま、奴のことだ。本当に文蔵とくっついてるなら、ちょっと嗅ぎ回られたくらいでボロは出すめえ」

境田は溜息をついてから立ち上がった。

「じゃあ、一回りしてから伝さんの役宅に寄ってみるわ。明昌院はともかく文蔵を追いかける方は、これまで通り性根入れてやってくれ」

おゆうと源七は、はいと答えて境田を見送った。当面、文蔵一味に関する捜査指揮は境田が取るようだ。源七はおゆうに慰めの言葉をかけてきたが、おゆうの頭は明昌院のことで一杯だった。寺社方が度を超して苦情をねじ込んできたのなら、玄璋が寺社方に手を回したのかも知れない。だとすれば、伝三郎の謹慎を解くには玄璋の企みを見破り、白日の下に曝《さら》すしかない。

（私が、必ず助けてあげるから）

おゆうは腹にぐっと力を込めた。


家に帰ると、次の動きを思案した。長次は尻尾を出さないし、私を警戒している。明昌院と安徳寺周辺も、伝三郎が動いたのにすぐ反応したぐらいだからやはり警戒しているだろう。しかし十手を隠して多少変装すれば、自分なら捜査できそうだ。いや、その前にとりあえず、宇田川のラボに行かなくては。おゆうは立って押し入れの襖に手をかけた。そのとき、表の戸が開く音がして「おう、入るぜ」といつも通りの声がした。

「えっ、鵜飼様？」

おゆうはびっくりして迎えに出た。謹慎中のはずではなかったのか。

「よう、何を驚いた顔してるんだ。さては謹慎のこと、聞いたな」

「ええ、聞きました。なのに、出歩いてよろしいんですか」

大小を受け取りながら心配して問うおゆうに、伝三郎は快活な笑みを向けた。

「なあに、謹慎ったって蟄居《ちっきょ》閉門じゃあねえんだ。おとなしくしてろとは言われたが、家から一歩も出るな、なんて言われてねえぜ」

今日の伝三郎は、羽織も十手もなしの着流し姿だ。なるほど、十手を持たなければ公務ではないのだからと言い訳はできるだろう。

「そうなんですか。ちょっと安心しました」

おゆうは大小を武蔵屋で買った刀掛けに置いた。そこで伝三郎が初めて刀掛けに気付いた。

「お、ずいぶん立派なものを買ったんだな。大身旗本のお屋敷にでもありそうな品だな」

「うふ、ちょいと張り込みました。お気に召しましたか」

「何だか刀の方がみすぼらしく見えるなあ」

「いえいえ、充分見栄えがしますよ。これでいつお泊まりになっても大丈夫です」

他人がこの座敷の刀掛けを見たら、裕福な侍の妾宅だと思うだろう。

「あ、そっちへ行ったか。後は絹の夜具に着替えが一揃い、ってか」

伝三郎は軽口で返して来た。謹慎になっても、まったく消沈した気配がない。おゆうはすっかり安堵した。

「良かった。いつも通りの鵜飼様ですね」

「へっ、謹慎くらいで恐れ入るもんか」

そう言い合ってから、二人は真顔になった。

「鵜飼様、寺社方を怒らせるような何か、なさったんですか」

「いいや、そんな心当たりはねえぜ。安徳寺の周りで玄璋が住職をやってた頃のことを聞いて、明昌院の檀家を二、三軒回って、使いに出て来た明昌院の近所の寺の寺男を摑まえて話を聞いたぐれえかな。勝手に寺へ入り込んだり、明昌院の坊主に話しかけたりはしてねえぞ」

「だったら、寺社方のこの動きはおかしいですよね」

「ああ。俺も正直驚いてる。しかし寺社方の役人をこんな風に動かしたとなると、玄璋が小細工したとしか考えられねえ」

「明昌院の富くじ、ますます怪しくなってきましたね。鵜飼様が動けないなら、私が明昌院の方をもっと調べてみます」

「うむ……そうだな。お前のことだからうまく立ち回れるだろうが、充分気を付けろよ」

「ええ、わかってます。任せて下さい」

私がついてるから安心してね。おゆうは力強く頷いた。


厄払いにと、二人で料理屋に出かけて夕飯にした。回向院の傍の名のある店で、一刻近くかけて差しつ差されつを楽しんだ後、伝三郎は役宅へ引き上げていった。泊まってほしいところだが、謹慎中に外泊はやはりまずかろう。伝三郎との宴と引き換えに、ラボへ行く機会を失してしまったが、まあそれは急がずともいい。

翌日、伝三郎は四ツ前にやって来た。天気が良かったので、おゆうはちょうど洗濯物を裏に干しているところだった。

「おう、洗濯してたのか。邪魔して悪いな」

「いえいえ、もう干しちゃいましたから。さ、どうぞ座って下さいな」

「そうか……盥《たらい》が見当たらねえが、もう片付けたんだな」

おゆうはぎくりとした。実は、盥などたまにしか使ったことがない。この洗濯物は、朝早くに東京の家の全自動洗濯機にぶっ込んだものだった。

「そ、そうですね、はい」

おゆうは急いで座敷に上がり、洗濯物から気をそらそうとした。

「とってもいいお天気ですねえ。お出かけ日和というか」

「ああ、いい日和だなあ」

伝三郎は腕枕をして、のんびりと外の洗濯物に目をやっている。さて、何か違う話はないか。おゆうは左右に目を走らせた。すると、ちょうど塀の上に近所の猫が現れ、二人の前をたったっと横切って行った。

「あ、猫」

「うん？　ああ、猫だな」

「えーと、鵜飼様、猫はお好きですか」

「え？　まあ、好きでも嫌いでもねえが」

「あー、私は結構好きなんですけど……あれはその、裏の長屋に出入りしてる猫で……」

ああ、駄目だ。会話にならない。伝三郎が怪訝な顔でこちらを見ている。何かもっと興味を引きそうなことは……。

「ご免。邪魔をするぞ」

おっ、いいタイミングで誰か来てくれた。あれ、この声って？

「え？　戸山《とやま》様ですか」

南町奉行所内与力《うちよりき》の、戸山兼良《かねよし》だ。声を聞きつけた伝三郎が、慌てて起き上がった。おゆうは驚きを隠せないまま、表で戸山を出迎えた。

「おゆう、しばらくだな。鵜飼は居るんだろ？　すまんが、ちょっと上がらせてもらう」

「あー、はい、ど、どうぞ」

どぎまぎしながら招じ入れた。謹慎中なのに女の家に来ている伝三郎を咎めに来たのだろうか。だが、戸山の顔を見ると、怒っているようには見えない。

「これは戸山様、こんなところまで如何されましたか」

正座した伝三郎も、この訪問は意外だったようだ。戸山は出された座布団に鷹揚な動作で座ると、伝三郎の顔を正面からじろりと見た。

「謹慎中に女の家で寛《くつろ》いでいるとは、なかなか結構な身分ではないか。こんな謹慎なら、儂《わし》もやってみたいわ」

「あー、いえその……申し訳ございません」

珍しく伝三郎は赤くなっている。戸山がそれを見て破顔した。

「ははっ、お前でもそんな顔をするか。まあいい、お前をからかいに来たわけではない」

そこへおゆうが茶を持って行くと、戸山は手で、おゆうもそこで聞いておれ、と示した。おゆうは茶と盆を置いて正座した。

「此度《こたび》の寺社方からの苦情だが、いささか大袈裟だとは思わなんだか」

「は、確かにそう思いました。それほどのことをしたつもりはございません」

「そうだろう。儂もそう思ってな。寺社方小検視《しょうけんし》の柳原《やなぎはら》殿を覚えておろう」

「柳原様ですか。はい」

小検視の柳原克重《かつしげ》は、戸山と伝三郎が前に捜査した某藩の御落胤に関わる事件で、ある寺への調べに立ち会った人物だ。

「昨夜、柳原殿と飲んでな。此度のことについて、いろいろ聞いてみた」

「え、あれ以後も柳原様とお付き合いがあるのですか」

おゆうは思わず聞いた。この前の事件では、あまりいい感触ではなかったのに。

「うむ。例の一件の後、いろいろご迷惑をと言ってお誘いした。無論、儂の奢《おご》りだ。それ以後、二度ばかり一緒に飲んでいる」

そう言ってから、思わせぶりな笑みを浮かべた。

「寺社方の役人を抱き込んでおいて、損はあるまい」

なるほど。相変わらず食えないおっさんだ。

「此度の大検視中塚殿の抗議には、柳原殿も少々驚いておる。やんわり注意を促して、寺社方の立場を知らしめておく程度でいいのに、御奉行のところに押しかけるとは。寺社方の中でも、何か勘繰る向きがあるようでな」

「勘繰る、と申しますと」

「どうも中塚殿は、明昌院とかなり深く関わっておるらしい」

「ははあ……そういうことですか」

伝三郎は顎に手を当てて何度か頷いた。つまり中塚は、充分な袖の下を貰って玄璋の意のままに動いているのだろう。思った通りだ。

「さて、そこでだ」

戸山は、茶を啜ってから改まった様子で言った。

「明昌院が中塚殿を使ってこちらの動きを封じようとしたのは間違いあるまい。とすると、明昌院にはかなり後ろ暗いところがあるわけだ。もしそれが千両富に関わるものであれば、町方としても捨ててはおけぬ。しかし表立っては、浅川が処分を出してしまったので、奉行所として明昌院の周辺を探ることはできん」

それから戸山は、意味ありげに伝三郎の顔を見た。

「だが、お前は謹慎中だから、動き回ってもそれは奉行所の指図ではない。わかるな」

「なるほど」

おゆうも戸山の意図を理解した。十手は使えないが、私的に調べるのは勝手で、奉行所は見て見ぬふりをする、というわけだ。

「謹慎中、勝手に動き回って大丈夫でしょうか」

「何を今さら。現にこうして女の家に来ておるではないか」

「はあ、それは」伝三郎が頭を掻き、おゆうはそれを見て笑った。

「このこと、御奉行よりの内々のお指図だ」

「え、御奉行の、ですか」

そうか。処分を出した浅川の立場もあるので、奉行がそれを取り消すわけにもいかない。さりとて、明昌院も放置できない。そこで謹慎を逆手に取って、利用することにしたのだ。さすが切れ者と評判の、筒井和泉守《つついいずみのかみ》だ。

「ただし、くれぐれも僧侶に接したり寺に入り込んだりは慎むように。慎重にやれよ」

「承知仕《つかまつ》りました」

戸山は使者の役目を果たすと、足早に帰って行った。戸山を見送ったおゆうは、再び伝三郎と向き合って座った。

「良かったですね、内々とは言え、御奉行様からお調べのお許しが出て」

「ああ。しかし明昌院にばれないよう、こそっと、うまく立ち回らなきゃあな」

そう言いながらも伝三郎は嬉しそうだ。やる気がみなぎっている。おゆうも嬉しくなってきた。だが、浮かれていてはいけない。自分も慎重に動かねば。

「玄璋和尚の狙いって何なんでしょう。突富で仕掛けをするのは難しそうだし」

「お前、猪之吉が以前に富箱をいじったのを気にしてたんじゃねえのか」

「ええ。でも、調べれば調べるほどそっちは無理筋のような気が」

「猪之吉は関わりねえってのか」

「いえ、そういうわけでも……」

うーん。とりあえず、猪之吉が富箱をどんな風に修繕したか、武蔵屋の番頭あたりが知らないか聞いてみるか。本当はそれより、何か違う切り口がほしいんだけど。そう思ったとき、表で「旦那」と源七の声がした。

「おう、居るぜ。入んな」

「お邪魔しやす」

源七には連れがあった。小柳町の儀助だ。

「さっきこの先で、内与力の戸山様をお見かけしたんですが、旦那にご用だったんですかい」

そう聞く源七は心配そうだ。謹慎に関して何かあったのかと思ったらしい。

「ああ、ここに見えたよ。それが面白いことになってな」

伝三郎は、さっきの戸山とのやり取りをかいつまんで話した。聞き終えると、源七の顔が晴れやかになった。

「そうですかい。そいつぁ良かった。おゆうさんも一安心だな」

「おかげさまで」

にっこり微笑むおゆうに頷きを返すと、源七は本題に入った。

「あの平永町の家ですが、家主の近江屋八兵衛なんて男は、居ませんぜ」

「居ねえだと？」

眉を上げた伝三郎に、源七に代わって儀助が続けた。

「へい。下谷の方にゃ、今も昔もそんな奴は住んじゃいません。名前だけの幽霊でさ」

「それじゃ、町入用や公役は誰が払ってたんだ」

「それがですね……神田松永町《かんだまつながちょう》の清八《せいはち》って遊び人が、八兵衛の雇人のふりをして払いに来てたんでさ。で、そいつを叩いて誰の差し金か聞いたところ、思いがけねえ名が出て来やした」

「勿体をつけるな。誰だそいつは」

「へい、下谷の長次です」

「長次？」

伝三郎の目が見開かれた。おゆうも驚きの声を上げた。

「それだけじゃありやせん。例の一晩限りの賭場で雇われた壺振りを見つけたんです。そいつを雇ったのは黒駒の仙吉ですが、仙吉が壺振りを探してるから行ってみろ、って声をかけたのは長次なんです」

「何だと……」

伝三郎とおゆうは顔を見合わせた。ここでも長次、あそこでも長次。どうやら全ての要になっているのは、あの男だ。しかも自分が直接手を出すのではなく、何重にもクッションを入れている。

「鵜飼様……」

おゆうは伝三郎を促した。もうこれ以上、長次を放ってはおけない。伝三郎も目で了解すると、源七に言った。

「今長次を見張ってる奴は居るか」

「千太が張ってます。ですが、相手も岡っ引きですからね」

「よし、わかった。俺は今のところ、謹慎中なんで指図は出せねえ。だが、言いてえことはわかるよな」

「へい。人数を集めて、昼も夜も奴を見張りやす。こいつはあくまであっしらの考え、ってことで」

源七と儀助は、したり顔で応じるとすぐに手配のため出て行った。

「明昌院と文蔵、長次を介して繋がりましたね」

二人の後ろ姿を目で追いながら、おゆうは高揚を隠さずに言った。ようやく何かが見えて来そうだ。

「ああ。しかし富くじと蔵破りがどう結び付くか、長次次第だな」

伝三郎はおゆうほどテンションが上がっていない。事態をまだ楽観視はできないという思いだろう。結局伝三郎が正しかったことは、数日後にわかった。

十三

それから三日過ぎても、長次は新たな動きを見せないらしく、見張っている源七たちからは特段の報告はなかった。伝三郎は、役宅に居てもしょうがないと、おゆうの家に毎日四ツ頃に来て暮れ六ツを過ぎてから帰って行く。まるで出勤しているようだ。調べに出向くときも、二人揃ってである。公式には謹慎処分を受けているので、あまりはしゃぐのは悪いと思うが、これだけ長く伝三郎と一緒に過ごせる機会に恵まれて、おゆうは大喜びだった。

だが、唯一問題もあった。伝三郎とずっと一緒だと、東京へ帰れないのである。ラボに預けたブツも気になるが、当面仕方がない。メールチェックとか郵便物の処理は、夜中にこっそりやるしかない。

事態が急変したのは、四日目の昼前だった。

「だっ、旦那、姐さん、大変《てぇへん》ですっ！」

千太が叫びながら転がり込んできた。何度も繰り返された情景だが、さすがにこれほど切羽詰まった様子は珍しい。

「何だ、何事だ」

声音に驚いた伝三郎とおゆうが表口に出ると、よほど急いで来たのか、千太は三和土に座り込んで荒い息をつきながら、途切れ途切れに言った。

「大川に……長次親分が……浮いてるんで……殺しです……」

「何だとォっ！」

さすがに伝三郎も色を失った。

「大川のどこだッ」

「吾妻橋の下手、竹町《たけちょう》あたりです。うちの親分がそっちに」

「よし、案内しろ」

着流し姿の伝三郎は、大小を差すとすぐに駆け出した。おゆうも大急ぎで後を追った。

大川左岸、吾妻橋から一町半くらい川下の堤に、二、三十人ほどの人だかりができている。そこが現場らしい。伝三郎がそれを見て腰に手をやったが、謹慎中で十手を持たないのに気付き、おゆうを先に行かせた。

「はい、ご免よ。通して」

十手を突き出すと人垣が割れたが、野次馬の目はおゆうに釘付けになった。やはり女の十手持ちは人目を引く。ちょっと注目を楽しみながら、人の輪の中央にある筵《むしろ》に近寄った。源七がしゃがみ込んでいる。

「おう、来たか。見てみろよ」

源七は十手で筵の端をめくった。おゆうはぐっと身構えたが、現れた長次の顔は、擦り傷だらけではあるものの、それほど酷く傷んではいなかった。

「溺《おぼ》れたんでしょうか」

「違うな」

源七は死体の頭を持ち上げた。それを見たおゆうは、反射的に目を背けた。後頭部が潰れている。鈍器か石で殴りつけ、倒れたのを大川に放り込んだのだろう。

「擦り傷の具合からすると、それほど遠くから流されたんじゃねえな。水戸《みと》様の屋敷裏かその上手の牛ノ御前《うしのごぜん》あたりか、五、六町ってとこだろう。藤吉にその辺の様子を見に行かせてる。そこで殺《や》られて投げ込まれたが、それに引っ掛かったんだ」

源七は目の前の水中から突き出している杭《くい》を指した。

「見つけたのは、誰です」

源七が答える前に、野次馬の中にいた職人風の男が「あっしです」と声を上げた。

「仕事に行く途中、ここで小銭を落としやして。で、川の中を覗き込んだら、杭に着物みてえなものが引っ掛かってて、よくよく見たら人だったんで、びっくり仰天でさあ」

「何刻ぐらいのこと？」

「へえ、五ツ半頃です」

午前九時頃か。この辺り、もっと朝早くから通行はあったろうが、この男の言うように覗き込んでよく見ないと、死体には気付けまい。

「源七」

それまで黙って後ろでやり取りを聞いていた伝三郎が呼んだ。源七とおゆうは立ち上がって野次馬の輪の外に出た。

「長次をずっと見張ってたんじゃねえのか」

野次馬に聞こえないよう、伝三郎は声を落として聞いた。源七は渋い顔になった。

「申し訳ありやせん。さすがに夜通し張り付くのは人手が足らなくて。長次が家に帰ったんで、見張りは引き上げたんでさあ。長次は見張りが居なくなるのを待って出かけたようです。面目ねえ、しくじりやした」

やられた、と思った。殺されたのはほぼ間違いなく昨夜。源七が推定する殺害現場は、夜には人気がほとんどない。そんな場所へ気まぐれで出向くはずはない。誰かに呼び出されたと見るのが妥当だろう。だとすると、考えられる動機は。

「これは口封じ、ですかね」

おゆうが思ったことを口にすると、伝三郎と源七も同意した。

「だろうな。俺たちが長次を本気で疑い出したのを見て、まずいと思ったか」

「へい。しかし見張り出してまだ四日も経ってねえし、こっちは何も摑めてねえってのに、せっかちな話ですねえ」

「それだけ事が大きいか、用心深いってことだろうな」

そう話していると数人の足音が近付いてくるのが聞こえ、振り向くと境田が戸板を持った小者を連れて到着したところだった。

「おう、伝さん。謹慎中だってのにそっちの方が早いじゃねえか」

「大きな声で言うなよ。俺の方が近くに居ただけだ」

近く、がどこを意味するか、おゆうの顔を見てわかった境田は笑い、伝三郎の脇腹を小突いた。

「こんな結構な謹慎なら、俺もやりたいね」

「この前、戸山様に同じことを言われたよ。それより、下っ引きの庄吾はどうしたか知らねえか」

「ああ、呼びにやってる。どうも岡場所に居たらしくてな、ちょいと手間取ったが」

「やれやれ、親分が殺られたってのに手前はお楽しみの最中か」

伝三郎が肩を竦めると、噂をすればで、吾妻橋の方から駆けてくる庄吾の姿が目に入った。

「少なくとも、あの野郎は無事らしいや」

源七が呟いたところへ、庄吾は息せき切って駆け込んできた。

「お……親分は」

伝三郎が筵の方を目で示した。庄吾は飛びつくようにして筵をめくり、凍り付いた。

「だ……誰がこんな……何でだ」

真っ青になって、呻くようにそう漏らした。境田はゆっくりその横に歩み寄ると、庄吾に声を掛けた。

「そいつは俺たちも知りてえな。その誰が、と、何でだ、についてだが」

声に反応して振り向いた庄吾の鼻先に、境田は十手を突き出した。

「心当たりがあるんだろ。この先の番屋で、とっくり聞かせてもらうぜ」

「えっ、そんな。あっしは何も……」

仰天した様子の庄吾を促して立たせ、小者に脇を固めさせると、境田は伝三郎の方を向いて、任せとけ、というように笑みを浮かべた。伝三郎は右手で、すまんというように拝む仕草をした。謹慎中である以上、番屋での取り調べは境田に頼むしかない。その間に、他の小者が長次の死骸を戸板に乗せた。源七は、藤吉の様子を見に川上へ向かった。

「先手を打たれちゃいましたね」

死骸が運び出され、野次馬も散ってしまった堤の上で、大川を見つめながらおゆうは言った。最大の手掛かり、あるいは証人が、これで失われた。

「うむ。ちょっと甘く見てたな。だが、長次が全部の要だっていう俺たちの見立ては、間違っちゃいなかったわけだ」

伝三郎の声には張りがあった。証人が失われたことより、事態が進んだことを前向きに捉えようとしている。うん、そうでなくちゃ。

「さあ、それじゃ鵜飼様、この後は」

「おう、血なまぐさいことは左門に任せて、俺たちはもうちっと上品なところを廻《まわ》ろう。何せ俺は謹慎中だからな」

処分などものともしていない風だ。そんな伝三郎の横顔が、眩しい。おゆうは、はい、参りましょうと伝三郎に寄り添った。


明昌院の檀家の一人、新石町《しんこくちょう》の米穀商川越屋《かわごえや》は、細面の顔に愛想笑いを一杯に浮かべて二人を迎えた。

「八丁堀の旦那様ですか。これはこれは、御役目ご苦労様です」

そう言って早くも袖の下を出そうとするのを、伝三郎が手を振って止めた。

「まあちょっと待ちねえ。ご覧の通り、俺は今日は十手も持たずの付き添いだ。用事があるのはこっちのおゆうだよ」

伝三郎に主役を振られて、おゆうは微笑を浮かべながら頭を下げた。

「そういうことで、よろしくお願いします。川越屋さん」

「は、承知しました。それでどんなご用でしょう、女親分さん」

愛想笑いは崩していないが、女が主役と聞いて川越屋は興味津々の様子だ。

「はい。川越屋さんは根津の明昌院の古くからの檀家でいらっしゃいますね」

「左様でございます。四代前が江戸に出てまいりまして以来の檀家でございます」

何の話だろう、と思ったようだが、顔に出たのは一瞬だった。

「ずばりお聞きします。今のご住職、玄璋様についてはどのようにお思いでしょう」

飾り気なしの、直球勝負である。さすがに川越屋は、「えっ」と驚きを声に出した。

「あの、それは……どういうことで」

「川越屋さんのお考え通り、正直におっしゃって下さればよろしいのです。どこにも漏らしたりはいたしません」

おゆうはじっと川越屋の目を見た。が、川越屋は目を逸らさない。信用して話すべきか、思案しているのだろう。たっぷり三十秒ほどそのまま向き合っていたが、やがて川越屋が微《かす》かに頷いた。

「どうやらある程度はご承知のようですね。はい、確かに玄璋様につきましては、思うところがございます。しかし、町方のお役人様がなぜ、ご住職のことをお調べにな

ない。
それは当然聞かれるだろうと思っていた。とは言え、事情を全て話すわけにはいか
るのです」

「寺社方の領分に入ろうというのでは、もちろんございません。町方で起きました一
件に絡み、いささかの関わりがある、とだけ申しておきます」
すんなり納得させられる言い方ではないが、川越屋はそれ以上追及しなかった。
「わかりました。玄璋様が明昌院に来られたのは一昨年のことです。一旦副住職にな
られて、半年後には住職に就かれました。もちろん、これだけの名刹の住職に上られ
た方ですから、ご立派なお方と心得ております。ですが、その……」
川越屋は口籠った。やはり、檀家になっている寺の住職に関して役人にあれこれ言
うのは、抵抗があるのだ。それは当然の反応なので、おゆうは辛抱して待った。
逡巡は長く続かず、川越屋は自分からその先を話し始めた。
「玄璋様は、高僧に似合わぬ粗野な振る舞いが、時折出るという評判がございます。
以前は小梅の方のお寺の住職で居られたそうですが、急なご出世で明昌院に来られた
のは、やはりその、徳ではなくお金の力だという専らの噂で」
やはり、檀家の間でも知られているのだ。ここに来て正解だ、とおゆうは思った。
これまで明昌院の檀家を何軒か回ったが、いずれも口は重く、承知していたとしても

町方に寺の恥を話すような雰囲気ではなかった。だが檀家の中にも明昌院の状況を憂えている人々がいて、特に川越屋は折々に玄璋の信用について懸念を漏らしている、と耳に挟んだのである。

「やはり、そうですか。その小梅の安徳寺というお寺では、あまり大っぴらに言えないことで相当稼いでいた、という話もあるようですね」

遠回しに言うと、川越屋は口元に笑みを浮かべた。

「賭場でございますね。お気遣いなく。その辺は、承知しております。ですが、ちょっと気になることもございまして」

「気になること？　賭場についてですか」

「いいえ。実は、玄璋様が明昌院のご住職に就かれるに当たっては、千両を超える金が動いた、という噂があるのです」

「えっ、千両ですか」

おゆうと伝三郎は、揃って声を上げた。それほどの賄賂が動いたのか。

「はい。しかし、数年賭場をやったぐらいで、それほどのお金が貯まるとはとても思えません。いったい千両ものお金を、どこから調達したのでしょうか」

「うーん、それはとても気になりますね」

おゆうは伝三郎と顔を見合わせた。川越屋の言う通り、安徳寺の賭場の規模なら、寺の経営を安定させた上で百両くらいの上納金を出すのが関の山だろう。千両はあり得ない。

「それだけではございません。どうも玄璋様は、お金に貪欲なお方のようでして。昨年には、明昌院で所蔵していた骨董を何点か、御一存で処分なされたそうです。寺宝と言うにはだいぶ格下の品に限られてはいますが、僧侶の皆様の中にも眉をひそめる方がいるようで」

木島屋ら骨董商が呼ばれたのはその件だ。やはり玄璋の一存だったか。

「しかも、です。これはまだほんの噂に過ぎませんが、玄璋様は近々、京の門跡寺院の副住職に推されるという話がございます。正直、それほどの徳をお持ちの方とも思えませんし、序列から申しましても首を傾げる話です。そして、この噂が囁かれたのと相前後して、手前どもを始めとする檀家の供養料やお布施が値上がりしました。諸《しょ》色《しき》高騰の折柄、とのことですが、どうも得心がいきません」

「それはつまり……その京での副住職の位を得るため、またお金を集め出したということですか」

門跡寺院とは、皇族や摂関家の公卿《くぎょう》が住職を務めるような、最高の格式を持つ寺院である。金の力でそんな地位を手に入れるには、どれほどの額が必要だろう。

「はい、もしやと疑ってはおるのですが、それこそ何千両という額が必要になりましょう。骨董やお布施で用意できるものではないと存じます。ところが、そこへ湧いたのが……」

「千両富、ですか」

「まさかとは思いますが。本堂修築と言いましても、本堂の傷みはそれほどでもございません。売り上げの余剰金は相当出るはずです。それをどうなさるおつもりか、まことに不遜《ふそん》なことながら、勘繰りたくもなろうというものです」

おゆうは先日の境田の話を思い返した。さすがの情報通、ほぼ境田が聞き込み、睨んでいた通りの話だ。富札屋の甚兵衛の見方とも一致する。名目があるので本堂にまったく手を付けないわけにはいかないから、修繕に二千両ほど使うとすると、余りは四千両ないし五千両。これだけあれば、門跡寺院の副住職は買えるだろうか。

「川越屋さん、とても大事なお話、誠にありがとうございました」

「いえいえ、お役に立ちましたでしょうか」

そう言ってから川越屋は、どこかほっとしたような顔になって続けた。

「正直、聞いていただけて良かったと思います。明昌院の今の在り様につきましては、心ある人々は心配しております。お寺のことですので、なかなか口には出せませんでしたが。もし明昌院の周りで何か良くないことが行われているなら、何とぞ正して下さいますよう、よろしくお願い申し上げます」

川越屋は畳に手をつき、愛想笑いを絶やさなかった最初とは打って変わった真摯な態度で、深々と頭を下げた。おゆうと伝三郎は頷き合い、「どうかご安心を。悪事があるようなら、私たちが必ず取り除きます」と告げ、川越屋を辞した。

「鵜飼様、あの明昌院の位を買った千両の話、どう思います」

紺屋町《こんやちょう》の料理屋の二階座敷に座ったおゆうは、女中が置いて行った徳利を持ち上げた。伝三郎は盃を出して受けながら、それだよ、と目で返事した。

「賭場の稼ぎでないとしたら、玄璋はどこで千両手に入れたか、ですが」

「お前の考えてること、当ててやろうか。文蔵だろ」

おゆうはそれを聞いてにっこりした。

「さすが鵜飼様。玄璋と文蔵がツルんでたとすれば、秋葉権現裏のあの小屋に隠していたお金から千両出してやって、玄璋は引き換えに、ずっと文蔵を匿って面倒を見る、そういう寸法じゃないかって」

「間を取り持ったのが長次ってわけか」

「ええ。長次は文蔵と関わってた。一方で安徳寺の賭場にも関わってた。筋は通りますよね」

「するってえと、文蔵と弥吉の仲間割れもそのせいかも知れねえな。ふむ……」

　伝三郎はおゆうの考えを肯定したが、まだ充分でないらしく、里芋の煮つけを箸《はし》で転がしながら、何か考えている。

「なあ、玄璋に匿ってもらったなら、文蔵はなぜ今ごろ動き出したんだ。しかも襲ったのは、明昌院と関わりのある店だ。市太郎の引き込みには長次も裏で手を貸してる。奴ら、仲違いでも始めたのか」

「仲違い……うーん、ちょっと違うような。天城屋と木島屋で盗ったのは千何百両かですし、富くじのことがあるから、明昌院とはくっついてた方がずっとお金になるでしょう」

　そうなのだ。文蔵はどうしてリスクの高い蔵破りなんかする必要があったんだろう。おゆうは焼きシイタケを箸でつまんだ。何のための蔵破り……。

「おい、どうした。何か浮かんだか」

　焼きシイタケをつまんだまま黙ってしまったおゆうを見て、伝三郎が問いかけた。おゆうは、はっと我に返ってシイタケを口に持っていくと、たった今思い付いたことを聞いた。

「あの、鵜飼様。富札の売上金って、どうなるんです。賞金を渡すまで、明昌院に置いておくんですか」

「売上金?」

唐突な話に、伝三郎は首を捻った。

「さてな。明昌院で直に売った分は、明昌院の蔵に入れるだろう。けど、寺の蔵は札差や両替屋の蔵ほど頑丈なもんじゃねえからな。売り上げ全部を入れとくわけじゃねえ。富札屋での売り上げは、帳面と突き合わせて確認してから両替屋に預けてるはずだ」

「その両替屋、一軒だけですか」

「ああ。明昌院の取引先は、確か蔵前の佐野屋《さのや》だ。富札を全部売り切ったら、突富が終わって明昌院に運ぶまでは佐野屋に……」

そこまで言いかけて、伝三郎の顔色が変わった。

「おい、おゆう、そういうことなのか？」

「ええ、文蔵は佐野屋の蔵を破って、富札の売り上げをごっそり盗むつもりでは」

「うーん……だがそれじゃ、やっぱり文蔵は玄璋と袂を分かったってことだろ。だったら天城屋と木島屋のことは、何なんだ」

「いえ、袂を分かったんじゃなく、文蔵と玄璋が仕組んでるとしたらどうです」

「奴らが組んで？　何でまた」

「鵜飼様、佐野屋がもし襲われて、富札の売り上げを盗られたとしたら、今度の富くじはどうなります。中止しますか」

「いや、中止になって富札が紙切れになったら、買った連中は収まらねえ。大騒ぎになるのを避けるために、何としても興行するだろう。盗られた金は、預かった責任がある以上、佐野屋が立て替えるしかねえな」

「そこです。佐野屋が襲われても、明昌院は損をしません。そこで、玄璋と文蔵が組んで佐野屋から売り上げを盗めば……」

「玄璋たちは二重の丸儲け、ってことか！」

伝三郎は目を見張り、盃を卓に叩きつけた。

「やっと読めたぜ。天城屋と木島屋を襲ったのは、佐野屋を襲う前振りだな。文蔵一味が帰って来たと世間に知らせるためだったんだ」

佐野屋だけが襲われれば、捜査は富くじ周辺に集中する。だが、文蔵による連続強盗事件の形にすれば、捜査の焦点は文蔵に向けられ、明昌院は単なる被害者と見られるだろう。カモフラージュとしての連続強盗を作り出すため、明昌院を通じて内部情報を得られた天城屋と木島屋が標的に選ばれたのだ。

「そして猪之吉さんです。普通まず買わない明昌院の富札を残して消えたのは、このからくりに解錠役として無理やり引き込まれたことに気付いてもらうためですよ。猪之吉さんは元錠前師で、富箱を修繕した経験もあったから文蔵たちも目を付けやすかったんじゃないでしょうか」

「ふーむ。一応の筋は通るな。で、長次はこの企みにどっぷり浸かってたわけだ。だが、俺たちが奴を追い込み始めた。それで、面倒なことになる前に始末した、と」

「どうやらバラバラに見えたこの一件、全体がまとまってきましたね」

おゆうははしゃぐように言った。だが伝三郎はまだ慎重だ。

「だが待てよ。証しは何一つねえぞ。この話だけで奉行所を動かすのは無理だ。長次が死んじまった以上、文蔵を見つけ出さねえ限り、証しは取れねえ」

うっ、と言葉に詰まる。伝三郎の言う通りだ。全ては推測である。それどころか、科学的証拠も猪之吉の指紋しかない。このままでは、現代の検察でさえ納得はしないだろう。

「庄吾はどうなんです。何か知ってませんか」

「いや、駄目だろう。あんな三下、大事なことは何も聞かされちゃいるめえ。もし知ってたら、長次と一緒に始末されてる。黒駒の仙吉ならもうちっと知ってるとは思うが、奴もまだ見つからねえしな」

「えー、それじゃどうします。このままじゃまんまと大金、持ってかれちゃいますよ」

「わかってるって。このままで置いときゃしねえよ」

伝三郎の目が光った気がした。おゆうは身を乗り出した。

「何かお考えが？」

伝三郎は不敵な笑みを浮かべると、おゆうが注いだ酒を一気に呷《あお》った。

「ああ。一つある」

十四

蔵前、と通称されるのは、大川べりに並ぶ浅草御蔵《あさくさおくら》の西側にあたる地域で、御蔵に集まる年貢米を商いにする札差が軒を並べる。両替商佐野屋は、その札差などを顧客とする店で、庶民ではなく大名、大店相手の両替を行う「本両替」の中でも上位を占める大店だ。その表構えも半端ではない。

（こんな厳重そうな店を狙うなんて、大胆不敵だなあ。猪之吉さん、本当にこんな店の錠前、破れるのかな）

おゆうは佐野屋の向かいにある蠟燭屋の二階で、障子を細めに開けて佐野屋をずっと見張っていた。時刻は子《ね》ノ刻、つまり午前零時を少し過ぎたところ。東京ではまだ盛り場が賑わっているが、江戸の町は闇に包まれ、時折り犬の遠吠《ぼ》えが聞こえるほど静かだ。空は雲が多く、雲間からわずかに半月の弱い月明かりが漏れている。

おゆうは手にした道具をゆっくり持ち上げ、目に当てた。変な緑色に染まった世界が目の前に広がる。肉眼では夜空に家々の屋根のシルエットが浮かぶ他は暗闇だが、緑色の世界では昼間同様、通りに並ぶ建物の様子が全て見通せた。

（異常なし。やれやれ、眠くなってきたなあ）

おゆうは暗視スコープを下ろして溜息をついた。さすがに飽きてきた。じっと待つだけは、辛い。それに、いちいち双眼鏡のようにスコープで覗くのも面倒だ。頭部に装着するハンズフリータイプなら世話ないのだが、あれは軍用レベルの代物で一台三十万円くらいするから、とても手が出ない。この通販で買った二万四千円の品でも、大変な出費だ。それでも今日のような夜間の監視には、どうしても必要だった。

（伝三郎も、眠いんじゃないのかなあ）

伝三郎は、佐野屋の中庭で不寝番を続けている。先日、伝三郎とおゆうは佐野屋に出向き、内密だと断って襲撃の可能性を話した。佐野屋は驚いたものの、さすがに名のある両替商だけあって、蔵は大丈夫、ご心配には及びません、必要なら用心棒も揃えます、と自信たっぷりに言い切った。盗人何するものぞという気構えだ。伝三郎はそこで食い下がった。盗みを阻止するだけでは駄目だ、陰謀を暴くには文蔵をその場で捕らえるしかない、ついては自分が張り込んで現場を押さえるから、協力してくれと頼み込んだのだ。佐野屋はだいぶ渋ったが、最後は折れた。

おゆうは自分も一緒に、と言ったが、伝三郎はとんでもない、危険だと許さなかった。それでもなんとか説き伏せ、向かいの店から見張りを手伝うくらいなら危険は少ないと、ようやく納得させたのだ。だが無論、おゆうは見張りだけで終わるつもりはない。文蔵一味が現れたら、すぐに襷掛《たすき》けで駆け付けるつもりで、スタンガンも用意してあった。

もっと人数が居れば安心なのだが、奉行の内意は得ているとは言え、奉行所に無断で謹慎中に動いている状況では、岡っ引きや捕り手を動員するわけにもいかない。それに、大勢で監視すれば向こうが警戒して断念するかも知れない。源七は黒駒の仙吉を捜して走り回っているし、茂三は年寄りだ。せめて境田に、と言ってみたが、あいつに迷惑をかけるわけにいかないと却下された。

(本当に今晩、来るんだろうか)

今夜は、富札の販売終了から三日目の夜である。江戸各所の富札屋から集まったのは、手数料を差し引いた売上金およそ七千両であった。小銭が多かったが、そこは両替商ということで、まとめて小判に替えられていた。それはつまり、盗む方にも好都合なのだ。その両替作業は、昨日終了していた。

「運び込まれてすぐは、佐野屋でも充分緊張して備えている。二、三日経って緊張が緩みかけたところが危ねえ。と言って、明昌院に運び出す直前も警戒が厳重になる。小判への両替が終わった三日目から四日目あたりが、狙いどころだな」

伝三郎はそう言っていた。何となく説得力はあるな、とそのときは思ったが、こうして手持無沙汰に待っていると、不安になってくる。

(思惑通りになるのかなあ。三晩も四晩も徹夜ってのは、勘弁してよ)

おゆうはまた、無言でぼやいた。蠟燭屋の主人夫婦は階下でぐっすり寝ている。犬の遠吠えも止み、静寂が辺りを満たしていた。おゆうは軽く身震いした。

時間はごくゆっくりと進む。一時にはなったろうか。時計だけでも持って来るんだった、と後悔しつつ、もう何百回目だと思いながら暗視スコープを目に当てた。左から右へとゆっくりスコープを回し、もう一度戻って、はい、また異常なし……。

一瞬、緑色の世界の端にさっきはなかったものが見えた。急いでスコープを戻す。佐野屋の右隣、その向こうの屋根。何かが動いた。じっと焦点を当てて待つ。やがて、屋根の上に人の頭がはっきり確認できた。三人だ。敵機《バンデイット》、二時方向、距離四〇。とうとう、本当に現れた。

三人は屋根を飛び移り、隣家の軒先から裏路地に飛び降りて、姿が見えなくなった。佐野屋の裏で、縄をかけて塀を乗り越え、裏口を開けるといういつもの手口を踏襲するらしい。よし、私も現場に行こうと動きかけたそのとき、スコープの端にまた新たな人影が現れた。えっ、と思ってそのまま人影を追う。現れたのは六人。盗人装束で通りを駆け抜け、裏路地へ走り込んだ。これで総勢九人になる。

迂闊《うかつ》だった。天城屋も木島屋も三人くらいの仕事だったから、今度も同じと思っていたのだ。だが、今夜運び出すのは七千両。よく考えたら、三人やそこらで運べるわけがない。佐野屋の者には、危険だから何があっても出てくるなと言ってある。いくら伝三郎の腕が立つとは言っても、暗闇の狭い庭で、たった一人で九人も相手にするのは無理だ。このままでは、伝三郎が危ない！

おゆうは暗視スコープを摑み、懐にスタンガンを入れて帯に十手を差すと、裾をまくり上げて急な階段を一気に駆け下りた。

表の潜り戸を蹴り開け、暗視スコープで前方を確認しながら通りを横断して、佐野屋の脇の裏路地に駆け込む。奥へ進むと、塀の中からばたばたと人が走り回る音が聞こえてきた。「くそっ」とか「おうっ」とかいう声も飛んでいる。どうやら立ち回りが始まっているようだ。だが、一一〇番も無線機もないから応援は呼べない。気付けば呼子すら、持っていなかった。

ええいままよと突き進みかけたとき、裏木戸が突然開いて、盗人装束の男が飛び出して来た。あっと思ってその場に止まると、相手も暗闇ながら気配を感じたのだろう、ぎょっとして動きを止めた。今だ。

おゆうは右手でスタンガンを突き出し、男の首筋に数秒、電撃を放った。無防備だった男は、硬直してその場に倒れた。とりあえず、一丁あがりだ。

不忍池のこともあったし、強盗団の真ん中に飛び込もうというのだから、本来なら怯えて震えるような状況だ。だが、今のおゆうは伝三郎のことで頭が一杯で、アドレナリン全開状態になっている。開いたままの裏木戸に、自分から突っ込んだ。

それと鉢合わせに、木戸からもう一人が現れた。相手はこっちが見えていない。もろに衝突して、スタンガンを落としてしまった。驚いたのはおゆうより相手の方だ。誰か居るとは思わなかったのだろう。だが、態勢をすぐに立て直すと、おゆうを突き飛ばして逃げようとした。スタンガンを拾う暇はない。おゆうはさっと十手を抜いて振りかざし、その男の頭に思い切り叩きつけた。ゴツッと鈍い音がして、男が前のめりに倒れた。うまい具合に脳震盪《しんとう》を起こしたらしい。スタンガンを探して拾い上げると、おゆうは倒れた男の尻を踏んづけて、佐野屋の敷地に入った。

中ではまさしく立ち回りの真っ最中だった。刀を構えた伝三郎が中央に、その周りを七人の盗賊団が取り囲む格好だ。うち四人は、匕首を抜いている。おゆうはぞくっとしたが、ごく弱い月明かりしかないので互いがよく見えないのだろう、全員動きは慎重だった。

どう動こう、と考えたとき、賊の一人がじりじりと後ろに退がり、背中を向けたままおゆうのすぐ前に来た。千載一遇のチャンス。おゆうは近付いた賊の首筋に、スタンガンをお見舞いした。バチッと火花が飛ぶ。賊は倒れたが、さすがに火花はこの暗闇で目を引かないわけにはいかなかった。

「な、何だ今のは」

賊の一人が声に出した。それは重大な失策だった。声に反応した伝三郎の刀が一閃《いっせん》し、その賊を打ち倒した。血が出た様子はない。みね打ちだろう。そのとき、伝三郎の背後にいた賊が、刀の微かな反射光で伝三郎の位置を把握したと見え、匕首を構えた。

「鵜飼様、後ろ！」

思わず叫んでいた。伝三郎は即座に体を回し、流れるような剣捌《さば》きで匕首を持った賊を斬った。反転したため、今度はみね打ちにならなかったようだ。賊の肩口から血が吹き出し、匕首が地面に落ちた。賊は悲鳴を上げて地面に倒れ込んだ。命に別状はあるまいが、これで戦力外だ。あと四人。

伝三郎は、おゆうが来たのはわかったはずだが、さすがに声に出すほど間抜けではない。賊の方は、女が居るのはわかっても、何がどうなっているのか困惑しているようだ。向こうには見えないのにこっちは見える、というのは大変なアドバンテージである。

伝三郎の刀に怯えたのか、賊の一人が裏木戸に向かおうとしておゆうの前に体をさらした。はい、またお客様。おゆうはさっとスタンガンを向け、スイッチを押した。ほんの小さな火花が出た。それで終わり。え、何？　どうしたの？　慌てててもう一度スイッチを押す。何も起こらない。しまった！　まさかのバッテリー切れだ。

やっつけようとした相手がおゆうに気付いた。

「誰だ、畜生ッ」

そう叫ぶと、殴りかかってきた。幸い、はっきりとこちらが見えているわけではない。おゆうはさっと身をかわした。匕首を持った奴でなくて助かった。だが、相手は逃げ出すのをやめてこちらを窺っているようだ。一方伝三郎はというと、また匕首を持った賊二人に前後を挟まれている。どうやら、全員が下手に動けない状況に陥ったらしい。充電状態を再確認しておかなかったことを悔やんだ。このままではまずい。何とかしないと……。

そのとき、外で呼子が鳴った。残った賊が、凍り付いた。え？　いったい誰だ。もしや、夜回りが外で倒れている二人に気付いたのか。だとすれば、天の助けだ。

賊たちは、もはやこれまでと悟ったようだ。一斉に裏木戸へ駆け寄った。だが、動き出すのが遅すぎた。裏路地を走って来る何人もの足音が響き、木戸から出ようとした賊は中へ押し戻された。

「ええい、御用だ！　どいつもこいつも、神妙にしやがれ！」

逃げようとした賊に十手を突きつけて入って来たのは、源七だった。おゆうは急いで暗視スコープを懐に突っ込んだ。源七の後からは茂三と、御用提灯を掲げた千太に藤吉、鉢巻をした捕り手四人ほどが続いた。

「よう、ずいぶんと賑やかなようだな」

最後にそう呑気に言いながら入って来たのは、境田左門だった。

「おう、左門か。こいつぁいってぇ、どうしたんだ」

御用提灯でようやく人の顔が見えるようになって、刀を収めた伝三郎が驚いた顔で言った。境田は、ふんと笑って肩を竦めた。

「謹慎中のくせにあんた一人で手柄をせしめようったって、そうはいかねぇぜ。俺の目は誤魔化せねぇ」

どうやら、伝三郎の動きは境田に読まれていたらしい。無許可の勝手な動きに巻き込んではまずいと気遣ったのに、気遣われたのは伝三郎の方だったようだ。源七が横から、旦那、水臭いですぜと伝三郎をなじった。伝三郎としては、素直に頭を下げるしかなかった。

「皆さん、本当にありがとうございます」

おゆうも一緒に頭を下げたが、これは茂三の気に障ったらしい。

「お前……あれほど言ったのにまた出しゃばってやがるのか」

こめかみに青筋が立っている。マジで怒ってる、と思っておゆうは引いた。そこへ伝三郎が割って入った。

「まあ、待て。あー、おゆう、向かいの店で待っとけと言ったはずだよな」

「ええ、はあ、その、はい」

やれやれ、と呆れたように溜息をつくと、伝三郎はあたりを見回した。逃げようとした三人と伝三郎にみね打ちされた男は既に縛られ、斬られた男は外に運び出されている。おゆうが打ち倒した男もようやく意識を取り戻し、捕り手に腕を摑まれて引き立てられていた。

「俺が倒したのは二人だけだったはずだが」

それを聞いた源七が、仰天した。

「おいおい、それじゃ何かい、ここの一人と外の二人は、おゆうさんがやっつけたってのかい」

全員の目がおゆうに注がれた。茂三まで、目を丸くしている。

「あっ、えーとその、はは、そうみたい……ですねえ」

微笑んでそう言ってみたものの、誰も笑わない。額に汗が浮いてきた。そりゃそうだろう。九人の賊のうち、女一人で三人も倒してしまったのだ。伝三郎でさえ二人しか……あれ？　三＋二＋三は……。

そのとき、おゆうの目は蔵の脇の暗がりで動く影を捉えた。もう一人残ってたんだ！　影は塀の方に動き、放置されていた侵入に使った縄を摑もうとした。こっちが捕らえた連中に気を取られている隙に逃げる気だ。おゆうは、だっと駆け出した。茂三が何か叫んだようだが、耳に入らない。

おゆうはその賊の背後に駆け寄ると、勢いよく右足を踏み出し、十手を突きつけた。

「御用だ！　神妙になさい」

いっぺん言ってみたかったんだ、これ。賊は観念して、塀際に座り込んでいる。提灯を掲げた千太が傍に来た。おゆうは賊の頰かむりをむしり取った。千太が提灯を近付ける。賊の顔が、はっきり見えた。力の抜けた情けない顔だが、どこかほっとしているようだ。やはりそうか。おゆうは頷き、声を掛けた。

「猪之吉さん、大丈夫？」

「へ……へい、申し訳ありやせん」

猪之吉は呟くように言うと、がっくりうなだれた。そのとき、後ろで声が上がった。

「あッ、お前、黒駒の仙吉じゃねえか。そうか、やっぱりお前も蔵破りの仲間だったか」

源七が、伝三郎にみね打ちされた男の顔を見て気付いたらしい。それを聞いて、茂三が仙吉の胸ぐらを摑んだ。

「おい、文蔵はどこだ」

仙吉は首を振るだけで何も言わない。茂三は両手で仙吉を揺さぶった。

「どこだと聞いてんだ。言わねえかッ」

「ここにゃ、居ねえよ」

仙吉は、ふて腐れた声で吐き出すように言った。

「居ねえだと？　ふざけんじゃねえぞ。こんな大仕事に、頭が出て来てねえと言うつもりか」

胸ぐらを摑んだ茂三の両手に、さらに力が入った。仙吉の顔が歪む。

「ああ、そうだよ。文蔵親分は俺たちを集めておいて、自分は隠れ家で千両箱を運び込む段取りをするとか言って、仕事の手順を全部指図してから俺たちだけ送り出したのさ」

「お前、それで素直に言う通りにしたのか。おかしいと思わなかったのか」

「そりゃ、変だとは思ったさ。けど、錠前破りは猪之吉とかいう奴に任せろって言うし、忍び込んで出て来ること自体は楽な仕事さ。何千両って金だぜ。おいそれと諦めたりするもんかい」

茂三の顔が、ひどく苦いものになった。これでようやく執念の相手を捕らえることができた、と思ったのに、するりとかわされてしまったのだ。茂三の胸中は、穏やかではないだろう。伝三郎が、宥めるように茂三の肩を叩いた。

「よし、続きは大番屋だ。左門、連中を頼む」

謹慎中で十手を持たない伝三郎は公式には逮捕権がないので、仙吉らを連行できない。境田は、承知したと手を振った。

「わかった。ここの後始末は任せるぜ」

境田は、いつの間にか十人以上に増えていた捕り手に捕らえた連中を囲ませ、裏木戸を通して順に外へ出した。おゆうは猪之吉に手を添えた。

「心配しないで。事情はだいたいわかってます。おせいさんからも頼まれてるし」

おせいの名を聞いて、猪之吉はびくっとした。

「あいつは、大丈夫なんですか。お美代も」

「ええ、そっちは私に任せて」

猪之吉は見るからに安堵し、その目から涙がこぼれた。捕り手に促されながら、どうかよろしくお願いしますと何度も繰り返し、猪之吉は木戸から出て行った。

「さてと。お前にゃ言いてえことがいろいろある」

伝三郎は腰に手を当て、おゆうをぐっと睨んだ。

「あー、はい、その……ごめんなさい」

おゆうは首を竦めて俯き、先に謝って上目遣いに伝三郎の顔色を窺った。

「危ないからここには入るなとあれだけ言ったのに、この大暴れだ。まったく呆れて物が言えねえ」

伝三郎は、眉間に皺を寄せて厳しく責めた。おゆうはおとなしく縮こまっている。だが、そこで伝三郎の表情が緩んだ。

「しかしまあ、助けにならなかったとは言えねえよな」

おゆうは、ぱっと顔を上げた。

「後ろが危ねえ、と叫んでくれたときは、助かった。あのときは前の方に気を取られたからな。それについちゃ、正直に言う。ありがとうよ」

「鵜飼様、そんな……」

おゆうが照れて言いかけたとき、伝三郎がおゆうの正面に立って両手で肩口を摑んだ。えっと思って伝三郎の顔を真っ直ぐに見ると、その目はもう怒ってはいなかった。

「お前のおかげで、奴らを一網打尽にできた。それは本当にありがたい。けどな、こうもたびたび胆《きも》を冷やされたんじゃ、こっちの身がもたねえ。頼むから、もうちっとだけおとなしくしといてくれ。いいな」

最後は、優しく言い聞かせるような口調になっていた。庭に吊るされた御用提灯の淡い灯りの下で、伝三郎の黒い瞳が、じっとおゆうを見つめている。

「はい。ほんとにごめんなさい。もう無茶はしません」

おゆうはそう答えて微笑んだ。微笑みながら、目が潤んできた。

「不忍池の後、そう誓ったばかりだったような気がするぜ」

伝三郎はそう返して、笑った。

「ところで、さっき立ち回りの最中に変な火花が飛んだようだが、ありゃ何だ。お前、また何かおかしなことをやったのか」

げっ。せっかく素敵な雰囲気だったのに。

「は？　ええ、たぶん十手を振り回したとき、誰かの刃物にぶつけたのかも。何かそのとき、火花が飛んだような……」

「そうなのか？　金物同士が当たったような音は聞こえなかったと思ったんだが」

伝三郎は不審げに首を傾げている。これは困った。夢中でスタンガンを使ったが、伝三郎に見られることまで考えていなかった。だが、幸い伝三郎はおゆうの困惑を知ってか知らずか、興味を失ったようだ。

「まあいい、それより佐野屋だ。もう安心させてやろう」

伝三郎は閉じられた店の裏の雨戸に歩み寄り、どんどんと叩いた。

「おうい、佐野屋。起きてるんだろ。もう大丈夫だ。全部片付いたぜ」

その声に、雨戸の閂を外す音がして、そうっと戸が開けられた。部屋の中は暗かったが、誰かが燭台と行灯を点《とも》し、中の様子がよく見えるようになった。その場には、五、六人が集まっている。真ん中の一番年配の人物が、佐野屋の主人だろう。

「賊はみんなひっ捕らえたぜ。店の者は無事だろうな」

「は、はい。こちらは皆、無事でございます。鵜飼様、誠にありがとうございました。おかげさまで、佐野屋は救われました。このご恩は一生忘れはいたしませぬ」

佐野屋と奉公人たちが、一斉に平伏した。伝三郎は鷹揚に手を振った。

「礼はいい。朝になったら、大番屋まで来てくれ。公に話を聞かにゃあならねえからな」

「かしこまりました」

ひどく恐縮した佐野屋の様子に、おゆうはちょっと意地悪く笑った。先日、張り番をさせてくれと持ちかけたときの露骨に迷惑そうな顔とは一変し、今は手のひらを返した平身低頭ぶりだ。おそらく後日、相当な礼金を持って伝三郎のもとを訪れるに違いない。

「それからここも、明るくなってから人数を出して調べることになる。蔵の錠前もそのままにしておいてくれ。店の周りには奉行所の者が見張りに立ってる。今日一杯、店は休んでもらうぜ」

「はい、そういたします。誠にお世話をおかけいたします」

「よし。それじゃあ、おゆう。帰るとするか。さすがにくたびれたぜ」

「はい。ゆっくり休んで下さいね」

おゆうは軽く佐野屋に礼をして、伝三郎とともに木戸から裏路地を抜けて通りへ出た。蠟燭屋の潜り戸はおゆうが開けたままになっている。後でそちらにも礼を言いに行かなければ。しかし、今はとにかく眠かった。

「くそ。文蔵がいなかったのだけは、思惑違いだったな。また仕切り直しだ」

伝三郎が大きく伸びをしながら言った。そうだった。七千両を守ったことで安心してはいけない。おゆうは改めて気持ちを引き締めた。通りの先に見える東の空が、ようやく白み始めていた。

十五

境田左門がおゆうの家に現れたのは、八ツ近くになってからだった。

「おうい、起きてるか、それともまだ寝てるのか。とにかく邪魔するぜ」

そう呼ばわりながら境田が入って来たとき、伝三郎は座布団を枕にまだ寝転がっていた。ここに着いて座敷に上がるなり、そうやってさっさと横になると、たちまち鼾《いびき》をかき始めたのだ。何とまあ色気のないこと、と呆れつつも、冷えちゃいけないと布団を掛けてやった。そのうちおゆうも眠くなって、添い寝する格好で眠ってしまい、半刻ほど前に起きたところである。

「あァ、左門か。そっちは片付いたかい」

欠伸をしながらのっそりと伝三郎が起き上がった。顔にうっすら無精ひげが浮いている。

「境田様、お疲れ様です」

「いや、俺よりあんただぜ。鬼神もかくやというくらいの大奮闘だったらしいな。これで伝さんも当分あんたに頭が上がるめえよ」

「何言ってやがる。お前たちが調子に乗せるから、こいつが危ない真似をやりたがるんだ」

「調子に乗せられたわけじゃないですから。でも、ほんとに無我夢中で、ただもう十手を振り回したら向こうが勝手に当たっちゃって」

その言い草に境田が笑った。

「勝手に当たった、はいいねえ。いやいや、それにしたって、あれだけの賊の真ん中へ殴り込みをかけるんだからな。無鉄砲と言うより、それだけ伝さんに惚れてんだねえ」

「ま、またぁ。止《よ》して下さいよぉ、境田様」

「ありゃりゃ、すっかり赤くなってるな。いや本当に、男でもなかなかできねえぜ。ああいうときは、女の方が強いのかねえ」

そう言われて、冷静に状況を思い返した。そうだ、賊は九人も居て、匕首も持っていた。自分はそこへ、十手とスタンガンしか持たずに突撃を敢行したのだ。暗視スコープがあったとは言え、何と無謀なことをしたものか。アドレナリンが落ち着いた今は、考えただけで体が震えてきた。

「おいおい左門、いってぇ何をしに来たんだよ」

おゆうを持ち上げている境田に、伝三郎が文句を言った。言われた境田は、ああそうだったと今思い出したような顔で、現場検証と大番屋の様子を話し始めた。

「結局あいつら、佐野屋の蔵の錠前は完全には開けられなかったようだ」

「ああ。開けにかかったところで俺が出て行ったからな」

「あの錠前は、立派なからくり錠だぜ。けど半分以上は開けられてたな。佐野屋は、これは立派な錠前で、明昌院の玄璋和尚にもお見せして、富くじの金は安心してお任せをと請け合い、ご納得をいただいておりました、って言うのさ。そいつがもうちょっとで破られるところだったんだから、冷や汗ものだ。もし破られてたら面目丸潰れ。破られる前に止めてくれた伝さんは、仏に見えたろうな」

「ふん。仏にされてたまるか。そのからくり錠は、持って帰ったんだな」

「ああ。さすがに破られかけた錠前をそのまま使っとくわけにいかねえだろ。佐野屋は別の錠前に差し替えるそうだから、奉行所の方で預かった」

「よし。捕らえた連中はどんな具合だい」

「ひとまず仮牢に放り込んだ。ざっと白状したところじゃあ、隠れ家は神田松永町の空家らしい。今、人数を出して調べさせてる。それからな、奴ら、この場限りで集められた雑魚だぜ。元からの文蔵の手下は、一人も居やしねえ」

「え、みんな臨時雇いですか」

おゆうは驚いたが、伝三郎は予想していたようだ。

「やっぱりな。どうも素人臭いと思ったよ。正直、九人も来るとは思ってなかったんで焦ったが、奴ら、さっと引き上げるどころか手向かいしてきやがった。上手く立ち回りゃ、大方の連中は逃げおおせたろうによ」

それから伝三郎はおゆうの方へ顔を向けた。

「いいか、素人だったからお前も無事に済んだんだぞ。もし文蔵子飼いの老練な連中なら、お前の振り回した十手なんぞに当たるもんか。下手すりゃ返り討ちだ。運が良かったんだよ」

そう言われて、背筋が凍った。そうか、あんなにあっさりやっつけられたのは、相手がドジだったからか。本物のプロが相手なら、伝三郎の言う通りどうなっていたことか。これからは、向こう見ずな真似は絶対慎もう。おゆうは本気でそう思った。

「はい、これからはきっと慎みます」

「ならいいが……どうもお前がしおらしくしてると却って気味が悪い」

おゆうは頰を膨らませ、境田が「相変わらず仲がいいねえ」と揶揄した。

「うるせえや。で、文蔵の顔を見た奴は居ねえのか」

「残念ながらな。奴らの前に出たのはせいぜい二度くらいで、顔は布で巻いて目だけ出してたそうだ。ずっと今まで顔を知られてなかった男だ。俄かに集めた連中に素顔を晒すわけはねえよな」

「黒駒の仙吉もか」

「奴も見てねえとさ。まあ一応、仙吉が副将格ってことになるんだろうが、奴も長次を通して雇われたんだ。文蔵とは、長次を中に挟んで繋ぎを取ってたそうだ」

「ずっと長次親分が繋いでたんですか」

「うん、長次を始末したんで最後は文蔵が出て指図したが、蔵破りは仙吉に任せて佐野屋には来なかった。用心深い野郎だぜ」

「それなら、急いで長次親分を始末しない方が良かったのに」

「まあ、そこは文蔵がどう考えたか。ここまで来りゃ、もう用済みと割り切ったんだろう。何せ、長次はいろいろ知りすぎてたようだしな」

「奴らは誰一人、文蔵がどこへ消えたか知らねえのか。ついでに言うと、この七年何をしてたのかも」

「どうもそのようだな。明日からまた、ちゃんとした調べに入るが、文蔵についちゃ新しいことは出ねえだろう」

やれやれ、と溜息をついて伝三郎は腕組みをした。また手掛かりが途切れてしまったようだ。おゆうもがっかりして肩を落とした。せっかく伝三郎と一緒に頑張ったのに。

「あの、猪之吉さんはどうしてます」

「ああ、あいつは神妙にしてるぜ。詳しい話はまだこれからだが、長次と仙吉に脅されて無理やり引っ張り込まれた、ってぇじゃねえか」

「そうなんです。猪之吉さんには、おかみさんと小さい女の子がいるんですよ」

「そうかい。脅されたのが本当なら、気の毒な話だ。仙吉をもっと叩いてみるとするか」

お願いします、と言うおゆうに、まあ任せろと笑みを送ってから、境田は思い出したように膝を叩いた。

「おっと忘れてた。伝さん、奉行所に呼ばれてるぜ。浅はか源吾と吟味方が、あんたの話を聞きてえんだと。浅はか源吾は、だいぶカリカリしてたぞ」

「何、それを早く言え」

伝三郎は急いで着物を直すと、刀掛けに手をやった。その背中に、境田が面白そうに声を掛けた。

「髭《ひげ》は剃っとけよ」

「ええっ、そんな……何でうちの人、そんなことに」

おゆうから猪之吉逮捕の報せを聞いたおせいは、呆然としてへたり込んだ。おゆうも気が重かったが、知らせないわけにはいかない。

「おせいさん、すまねえ。俺があのとき、きっぱりとそんなこたぁやめろと言ってりゃあ」

事情を説明するため連れて来られた善助が、すっかり狼狽して畳に額をこすりつけた。

「猪之吉さんは、あなたと美代ちゃんを人質に取られたようなもんだったんです。たぶん、長次という岡っ引きと、黒駒の仙吉っていう遊び人の仕業です。そいつら、疾風の文蔵に言われて錠前破りに使える男を探してたんですよ」

「何でです。何でうちの人だったんです」

「猪之吉さんが、錠前師ではないのに錠前を扱える、ってことを知って、これは好都合と思ったんでしょう。ちゃんとした錠前師を引き込むのは難しいし、すぐ役人にばれてしまいますからね」

「あの……あの……うちの人、打ち首になったりしませんよね」

すがりつくようにして、おせいが問うた。この時代の御定法《ごじょうほう》では、十両以上盗めば死罪になる。佐野屋は未遂だが、天城屋と木島屋の被害は、骨董も合わせれば千五百両以上。おせいが青ざめるのも当然だった。

「それは、ないと思います。事情が事情ですから、御上にもお慈悲はあります」

「そ、それじゃあ、無罪放免になるかも知れねえんですかい」

希望ありと知って、善助が勢い込んだ。おゆうはちょっと困った。

「いえ、それは何とも……どうなるかは、今はまだわかりません」

境田も、罪一等を減じられることはあるが、無罪は無理だと言っていた。平成の法廷なら弁護側は当然無罪を主張するところだが、江戸の奉行所はそこまで優しくはない。

「どうかお願いします。うちの人を助けてやって下さい。こんなことであの人が死罪になったりしたら、私は……私は……」

おせいはおゆうの手を握りしめ、必死の形相で懇願した。最初におゆうのところへ来て、浮気者の亭主を見つけてくれと頼んだときの威勢の良さは、かけらも見えない。おせいさんが私の顔を見て察して、美代ちゃんを外に出してくれていて良かった、とおゆうは思った。こんな様子を見たら、幼い美代は不安に押し潰されてしまうだろう。美代のためにも、何とかしてやりたい。しかし、決めるのはあくまで奉行所だ。それでも……。

「おせいさん、どうか気をしっかり持って。八丁堀の方々も、わかってくれています。何もお約束はできませんが、私にできることはやってみます」

「ああ、ありがとうございます。ありがとうございます」

おせいは握った手に力を込め、何度も頭を下げた。おせいの頬を伝った涙が、おゆうの手に落ちた。


辛い役目をひとまず終えたおゆうは、ゆっくり歩いて家に帰った。道々、猪之吉を情状酌量に持ち込むため、何ができるかを考えた。長次が死んだ今、猪之吉をどう引き込んだか証言できるのは、仙吉だけだ。しかし仙吉には、猪之吉を救いたいという動機が特にない。自分の罪を軽くするためなら、どんな証言をするかわかったものではない。となれば、やはり文蔵を捕まえて、事件の全貌を明らかにするしかないだろう。だが、言うは易し、行うは難し。前回姿をくらましたときは、七年も見つけられなかったのだ。神田松永町の新しい隠れ家で、何か手掛かりが見つかってくれればいいのだが。

結果はまた境田さんに聞こう、と思って家に入った。ちょうど九ツの鐘が聞こえてきた。一服してお昼に蕎麦《そば》でも食べに行こうかなと思っていると、表の戸が開けられ、伝三郎が、よう、と手を上げながら入って来た。

「あらっ、鵜飼様。昨日、奉行所に呼び出されてそのままだったじゃありませんか。いったいどうなったんです」

「ああ、すまんな。あの後、何だかんだあって役宅で待ってろと言われてよ」

「あれ？　そのお姿。もしかして、謹慎は解けたんですか」

座敷に上がった伝三郎は、黒羽織に朱房《しゅぶさ》の十手という、いつもの八丁堀スタイルに戻っていた。

「おう。昨日、奉行所でいろいろ聞かれた揚句、日暮れまで待たされた。どうやら佐野屋を襲った連中を捕らえたことで謹慎を解くかどうか、議論してたらしい。なかなか決まらなかったみたいで、とうとう役宅で命あるまで待て、ってことになって、結局朝になっちまった。四ツ頃にやっと呼び出しがあって、行ってみたらほれ、この通り無罪放免だ」

「まあ、良かった！　おめでとうございます。あっ、お祝いしなきゃ。お酒、持って来ます」

「おいおい、昼の九ツだぜ。さっき謹慎が解けたばかりで、真昼間から飲んでられねえや」

「あー、それもそうですね。つい嬉しくなって」

おゆうは舌を出して笑い、伝三郎もだいぶ気が軽くなったのか、つられて笑った。

これで、おせいのところで重くなった気分がすっかり晴れた。

「でも鵜飼様、羽織なしの着流しも良かったですけど、やっぱりそのお姿だと男っぷりが上がりますね」

「ちっ、調子に乗ってやがるな。おい、ここからは真面目な話だ。左門から神田松永町の隠れ家の話を聞いてきたぞ」

「あ、そのことですね。如何でしたか」

おゆうは浮かれるのを止めて座り直した。

「十人がかりでくまなく調べたんだが、捕らえた連中の着物と蠟燭ぐれえしか残ってなかった。連中に佐野屋の指図をして送り出した後、文蔵が手掛かりになりそうなものは始末したんだろうな」

「それじゃ、文蔵がどこへ行ったかの手掛かりは、まるっきり何もないんですか」

「残念だが、そういうことだ。どうにも隙を見せねえな」

やっぱり駄目か。そんな気はしていたのだが。奉行所の調べが入ったなら、隠れ家は科学捜査レベルで言うと「滅茶苦茶に荒らされた」状態になっているだろう。おゆうが後から出向いても、まともな証拠は採取できまい。次の手がはっきり見えないだけに、ひどく残念だった。

「さてと、じゃあ行くぜ」

「え、もうお帰りになっちゃうんですか」

来てから十五分くらいしか経っていない。ずいぶんせわしない。

「謹慎中に溜まった用事が山ほどあるんだ。俺も文蔵だけ追ってりゃいいわけじゃねえ。とりあえず謹慎が解けたって知らせようと思って来たんだ。また後で来るわ」

「そうか……お忙しいんですね」

そう言われれば仕方がない。伝三郎の言う通り、町方同心の仕事はいくらでもある。謹慎中におゆうの家にずっと居てくれたツケが回った、と思うしかない。

ただ、伝三郎がしばらく来られないのは悲しいが、一つだけいいことがある。おゆうは手早く戸締まりをすると、押し入れの襖をそっと開けた。昼ご飯は蕎麦をやめて、ラボへ行く途中でサンドイッチでも食べよう。


平永町で回収した着物を預けたまま、もう何日も放ったらかしにしていたのに、宇田川は気にも留めていないようだった。

「悪かったねえ。伝ちゃんが謹慎食らっちゃって、私の家に居続けたもんだから、昼間こっちに戻れなくってさあ」

言い訳したのに、ろくすっぽ聞いてもいない。

「とにかくこの着物だよ。盗人装束って言ったか。いやあ、確かにそれらしいな。江戸の盗賊ってのは、ほんとにこんなもの着てたんだな」

「全部が全部ってわけじゃないよ。むしろ、こんなにきっちり揃えて着てたのは珍しいと思う。どうせ江戸の夜は灯りがほとんどないんだから、何色着てても大差ないでしょ」

「そうか。ま、何でもいい。こいつは木綿だな。当然全部手縫いなわけだろ。縫い目を見ろよ。手縫いだから完璧に揃ってはいないが、誤差は十分の一ミリレベルだ。職人技だな。こっちはナノメートルのレベルの分析が多いから、却って新鮮だ」

「あの、着物そのものはいいんだけど」

宇田川を見ていると、立派なクワガタを捕まえてきた小学生を思い出す。自分のクワガタが他のとどれだけ違うか、目を輝かせて説明してくれるのだが、聞いている大人にはどうもよくわからない。

「ああ、それ以外の話ね。いいぞ、これは。微細証拠の山だ。繊維の間に、皮膚細片がだいぶ挟まってる。もっぱらフケのことだがな。ＤＮＡが採れるぐらいのも結構あったぞ」

優佳は露骨に顔をしかめたが、宇田川はお構いなしだ。

「髪の毛ももちろんたくさん見つかった。ミリ単位の切れ端から十五センチぐらいのまで、七人分ほどあったな。着物を使い回ししてたのかね」

「それ以外、場所を示すものとか、ない？」

「うん、植物の種子、植物繊維、擦れて付いたらしい土、木材の細片とかだな。植物と土は、頻繁に行っていた場所を特定する助けになるが、その場所で採取したサンプルと照合できなきゃダメだな。そこが現在でもほとんど変化してない場所なら、今あるデータベースで照合することもできるが」

「うーん、さすがにそれは難しいかな」

「じゃあ、心当たりの場所が見つかればサンプルを採取してくれ」

宇田川はあっさりそう言った。こっちは、その心当たりの場所を見つけ出すのに四苦八苦しているのだが。

（何だか今回は、科学捜査がもう一つ役に立ってないなあ）

優佳はがっかりして、胸の内でぼやいた。証拠となる材料は見つけ出せても、それが何らかの結論に結び付くように嚙み合っていない。これでは、微細証拠がいくら集まっても、生かしようがない。宇田川は証拠を分析するだけで充分楽しんでいるから、まあいいが。

（捜査って、大変なんだ……）

当たり前の結論に至って、優佳は溜息をついた。これなら当面は、源七や茂三たちと一緒になって足を棒にするしかないだろう。

玄璋が文蔵を匿っているというのが一番ありそうな話ではあるが、そのぐらいは伝三郎を始め全員が考えている。だからと言って迂闊に手を出せないのがもどかしい。

こちらの動きは向こうも予想しているだろうから、余程上手くやらないと、また寺社方経由で圧力をかけてくるだろう。そういう証拠というのは、分析で出ないものか……。


「何を考え込んでるんだ」

さすがに宇田川も、優佳の心ここにあらずという様子に気付いたらしい。

「あ、ごめん。この先どう捜査するか、つい考えちゃってて」

「違う展開を求めるなら、もっといろんなものを持って来てくれ」

簡単に言ってくれる。しかし、どれだけブツを持ち込んでもきっちり分析してやると言ってくれているのだ。これは感謝の心を持たなければならない。

「うん、頑張ってみるよ。ありがとう」

宇田川は頷いてから、付け足すように言った。

「あ、それから、この前の血の付いた手拭いだが、あの血のDNAとさっき言った髪の毛のDNA、一致してたぞ」

そりゃそうでしょう、あの被害者も賊の一味だったんだし。そう言いかけて、優佳はその場に固まった。

「今度は何だよ。何を固まってる」

「宇田川君……あんた、今どれだけ重要なことを言ったか、わかってないよね」

第四章　板橋の秋日和

十六

その午後、おゆうは大番屋の一室で、他の目明したちと座って伝三郎と境田を待っていた。謹慎が解けて正式に捜査に復帰した伝三郎が、今後の捜査方針について一度集まったうえで指図をしようというのだ。室内には源七、茂三も含め十人以上の岡っ引きが居る。小柳町の儀助の顔も見えた。合同捜査会議という趣である。茂三はおゆうの顔を見て、また怒鳴りつけようとしたが、他の連中の手前もあると源七に止められた。今も厳しい視線を向けられていて、おゆうは居心地の悪い思いをしている。

伝三郎がこんな場を設けたのは、まったくもって好都合だった。ラボで宇田川から聞かされた一言でおゆうが導き出した結論は、現状を根底からひっくり返すものだ。大騒ぎになるかも知れないが、何としても納得させねばならなかった。重圧が、肩にこたえる。

(問題は、茂三さんだけど……)

茂三はおゆうを目の敵にしているだけでなく、文蔵に関しては自他ともに認める第一のエキスパートだ。おゆうの話を素直に受け入れるとは、考え難かった。

(悲観してもしょうがない。当たって砕けろだ)

そう腹を決めて座っているおゆうの耳に、廊下を歩いて来る足音が聞こえ、襖がさっと開けられて伝三郎と境田が入って来た。部屋に居た一同は、揃って畳に手をついた。

「よし、みんな揃ってるな。ご苦労。今度の一件では、俺が下手を打って謹慎になっちまったもんで、迷惑をかけた」

まず伝三郎がそう言って、軽く頭を下げた。

「とにもかくにも、佐野屋を襲った黒駒の仙吉と他八名は捕らえた。今、厳しく連中を詮議《せんぎ》しているが、うち七名は仙吉と長次に高額の分け前で釣られた雑魚だ。身元もわかった。いずれも無宿人、遊び人の類いだ。いわゆるケチな野郎ども、ってわけだな」

目明したちから控えめな失笑が漏れた。

「残る一人、猪之吉は脅されて引き込まれたと言ってる。女房子供が無事で済まねえと言われたってことだ。そこに居るおゆうが猪之吉の女房に頼まれて前から調べてたんだが、大筋その通りらしい」

一同の視線がおゆうに集まる。おゆうが一礼すると、茂三の目がまた険しくなった。

「ただし、連中の中で長次を殺ったってえ奴は見つかってねえ。源七、長次殺しの塩梅はどうだ」

指名された源七が「へい」と頷き、膝を乗り出した。

「大川沿いに上った水戸様の御屋敷の先で、地面がそれらしく乱れた跡が見つかりやした。そこには手ごろな大きさの石が幾つかあったんで、長次をそこへ呼び出しておいて後ろから石で、ってのがまあ間違いのねえところでしょう」

「殴った石は見つかったのか」

源七が首を横に振る。

「大川の川底あたりでしょうねえ」

「そうか。まあ、そうだろうな。雑魚どもを締め上げても殺しについちゃ出て来ねえ以上、文蔵が直に手を下したと見るべきだろう」

おゆうも含め、目明したちが皆、頷いた。

「さて、その文蔵だが、神田松永町の隠れ家から消えて、足取りはまったく摑めねえ。昔から面がはっきり割れてねえ男だが、今度も雇った連中に顔は見せてねえ。雑魚どもは、文蔵の名前だけで恐れ入っちまって、顔を拝ませてもらおうなんて誰も思わなかったそうだ」

「情けねえ野郎どもだ」

岡っ引きの一人が、嘲笑《あざわら》うように呟いた。

「やっぱり明昌院に匿われたんじゃありやせんかね」

源七が言うと、儀助を始め何人かが無言で頷いた。

「そう考えるのが一番簡単だな。江戸を出ちまったとも考えられるが、やはりここは、御府内にまだ潜んでいると見て動こう。で、まずは明昌院の見張りだ」

伝三郎は数人の岡っ引きを指名した。

「顔のわからねえ相手だ。寺男か坊主になりすましてるかも知れねえ。難しいと思うが、くれぐれも悟られるなよ。俺もういっぺん謹慎ってのは、願い下げだからな」

また笑い声が漏れた。よし、そろそろ勝負をかけよう。

「あの、ちょっとよろしいでしょうか」

おゆうが手を挙げて、口を挟んだ。目明したちが、何を出しゃばるんだというようにこちらを睨んだ。茂三の視線が突き刺さる。

「何だ。言ってみろ」

伝三郎が発言を認めた。おゆうは一礼して話を始めた。

「皆さんはなぜ、この一連の騒動が文蔵の仕業だと決められたんでしょう」

「何だって？」

伝三郎が眉を上げ、目明したちがざわめいた。今さら何を言ってやがる、というわけだ。

「そりゃあ、天城屋と木島屋の蔵破りの手口が、文蔵のもんだったからに決まってるじゃねえか。縄を使って一人が塀を乗り越え、裏木戸を開けて仲間を入れる、錠前は短い間に鮮やかに開け、千両箱を頂戴してすぐに引き上げる、そういうこった」

源七が、改めて言い聞かせるように並べ立てた。無論、そんなことは百も承知だ。

「ええ。でも、それだけなら文蔵以外の人でもやれますよね。絶対に文蔵以外にはあり得ない、ってほどではないでしょう。むしろ、天城屋では市太郎さんを嵌めて鍵を手に入れたとか、木島屋では獲物が少ないとか、文蔵らしくないところもあったじゃありませんか」

指摘された源七は、「そうは言うが……」と言いかけて口籠った。有効な反論が見つからなかったらしい。

「待ちな。平永町のことを忘れてるぜ。あそこは、どう見ても文蔵の隠れ家だった。あんたも承知してるだろうが」

儀助が口を挟んだ。自信満々の態度だ。だが、おゆうはその平永町が問題だと思っていた。

「確かに。あれが文蔵の隠れ家だったのは間違いないでしょうが、今回はその使い方がおかしいんです」

「使い方、だと？」

「ええ。平永町の隠れ家は、今度のことがあるまで見つかっていませんでした。だったら、どうして今回も隠れ家として使わなかったんでしょう。わざわざ神田松永町に新しい家を用意しなくてもよかったんじゃありませんか」

「だってそりゃあ、市太郎を嵌めた賭場に使っちまったからだろうが」

「そこです。賭場なら、あの家でなくてもどこでも用意できます。なのにわざわざ平永町を使った。そのせいで、隠れ家も私たちに見つかることになったんです。どうしてそんな勿体ない真似を？」

「あんた……何が言いてえんだ」

儀助の口調に当惑が混じり始めた。おゆうはさらに続ける。

「はい。あそこを賭場に使ったのは、私たちにあの隠れ家を見つけさせるためだったんじゃないでしょうか。そうすれば、手口のことで納得のいかない点があっても、みんな今度の一件が全て文蔵の仕業だと考えるでしょう。実際、私もそう思いましたから」

「わざと……だった、ってぇのか」

伝三郎が、目を丸くして言った。目明したちの間にまたざわめきが起こった。おゆうは茂三の方をちらりと見やった。文蔵に深い思い入れのある茂三のことだ、そろそろ罵声が飛んでくるかと思ったのだ。だが、茂三はじっと唇を噛んでこちらを睨んだままだった。

「それじゃお前、文蔵でないなら誰の仕業だってんだ。長次も承知してたのか」

「はい。長次も知っていたはずです。ということは、長次のよく知っている相手で、文蔵の手口を細かいところまで承知していて、隠れ家も知っていた男。そうなると、元の文蔵一味の誰か、という以外に考えられません」

「誰かって、お前、心当たりがあるのか」

伝三郎はかなり驚いている。おゆうが七年前の文蔵一味を知っているはずがない、と思っているのだ。おゆうは頷いて先を続けた。

「七年前の、秋葉権現裏の小屋でのことに戻ります。あそこで文蔵は乾分《こぶん》の弥吉と仲間割れを起こし、殺して逃げたことになっています。でも、本当にそうでしょうか。殺されたのは、弥吉だったんでしょうか」

「おいおい、何を言い出すんだ。弥吉が文蔵を殺したんだとでも言うのかい」

源七が揶揄するように笑った。

「海坊主の弥吉だぜ。いくら二人とも顔がはっきり割れてねえったって、奴の頭はつるっ禿《ば》げだ。死骸の頭もつるっ禿げだったんだから、そりゃあ弥吉に決まってるじゃねえか」

「殺してから頭を剃ってしまえば、わからないでしょう」

「そんなもん、昔から禿げてた頭と剃ったばかりの頭じゃ、見てすぐわからぁ」

「死んで十日以上経って、腐りかけててもですか」

源七が、うっと言葉に詰まった。やはり、とおゆうは思う。平成の検視官なら、少々時間の経った死体でも頭皮が残っていれば、おそらく確認できるだろう。しかし、江戸の役人が腐りかけの死骸をそこまで詳しく見て、からくりに気付いたとは思えなかった。

おゆうは宇田川が言ったあの決定的な一言を、思い出していた。殺されたのが弥吉なら、平永町で見つかった頭髪と、頭髪がないはずの弥吉の血液のＤＮＡが一致することはあり得ない。それを聞いた瞬間、おゆうにはこのからくりがはっきり見えたのだ。だがもちろん、ＤＮＡの話など江戸ではできない。そのため、事件全体の構図をひっくり返すほどの発見を何とか皆に納得させようと、おゆうは必死で頭を働かせてこの場に臨んだのだ。まさに一発勝負である。

「長次親分は、日にちが経ってから死骸を見つけました。あれは、文蔵と示し合わせて仲間が逃げる時を稼いでたんだと思ってましたが、違いました。死骸が腐って、髪を剃ったことがわからなくなるまで待ってたんです」

「弥吉と最初《はな》から組んでたってのか？」

首を捻る儀助に、おゆうは畳みかけた。

「死骸を弥吉じゃないかと言い出したのは誰です」

「そりゃ……長次だ」

「弥吉と文蔵らしい背格好の似た二人が小屋へ入ったという話を、お百姓から聞いてきたのは誰です」

「それも……長次だ」

「つまり、文蔵が弥吉を殺した、っていう舞台を作り上げたのは、みんな長次親分ということになりますよね」

　儀助は唸り声を上げ、黙ってしまった。

「し、しかしよぉ、そいつぁあまりにも突飛じゃねえか」

　源七はなおも半信半疑だ。他の目明したちも、かなり動揺しているがまだ受け入れるには至っていない。おゆうは、どうか納得してくれと天に祈る心持ちだった。

「なあ茂三父っつぁんよぉ、何とか言ったらどうだい」

　源七が促すのを聞いて、おゆうは茂三を見た。そう言えば、そろそろ怒鳴られても仕方ないと身構えていたのに、茂三はじっと黙り込んだままだ。どうしたんだと思っていると、源七の催促に応えて、茂三が口を開いた。

「七年前……俺たちは、文蔵を必死で追った。だが、いくら虱《しらみ》潰しに捜しても、何の痕跡《あと》も見つからなかった。どれだけうまく身を隠しても、何かしらその痕跡は残るもんだ。だが、あのときだけは違った。煙のように消えちまった……」

　茂三は、畳に目を向けたまま述懐した。誰もが口を開かず、じっと聞き入った。

「だが、俺たちの捜していたのは文蔵だ。それ以外のことにゃ、目を向けなかった。弥吉を捜そうなんて考えた奴は、一人も居なかった」

おゆうは、はっとして茂三を見た。茂三は、文蔵が死んでいたなら痕跡が見つからないのも当然だ、弥吉を捜していれば痕跡が見つかったかも知れない、と言おうとしているのだ。

「ちょっと待ってくれ。父っつぁん、そりゃあ……」

源七が驚いて言いかけるのを遮り、茂三が続けた。

「天城屋にしろ木島屋にしろ、文蔵の仕業と決めつけるにゃ、妙なところが幾つもあった。この姐さんの言う通りだ。なのに俺は、長年姿をくらましていた文蔵が、やっと手の届くところに戻って来たらしいってことに舞い上がって、得心のいかねえことにも目をつぶっちまったんだ」

「何だって。それじゃ父っつぁんも、今度のことは弥吉が長次と組んで、文蔵になりすましてやったことだと言うのかい」

「そうだとしてみろ。俺たちは文蔵の幻を追いかけるだけで、捕まえることなんかできやしねえ。七年前と同じだ。俺たちが文蔵を追ってる限り、弥吉は安泰ってわけさ」

おゆうは目を見張った。何と、茂三が自分の味方についてくれたのだ。茂三の説得力と影響力は、おゆうよりはるかに上だ。たちまち目明したちの空気が変わった。そうかも知れねえ、畜生、騙されたか、こいつはたまげた、などと声が上がる。伝三郎と境田も、成り行きに啞然としていた。

「け、けど待ってくれ。弥吉は坊主頭だぜ。そんな奴が逃げ隠れしても、目立ってしょうがねえだろう」

源七が慌てて言った。だが、おゆうは既にその答えを用意していた。

「目立たない場所が一つ、ありますよ」

源七は戸惑ったが、儀助が膝を打った。

「そうか！　寺だ。寺の坊主になりすましたんだ。そうすりゃ、町方の目も届かねえ」

全員が、おう、とどよめいた。おゆうはそこに止めを刺しにいった。

「ところで小梅村の安徳寺、秋葉権現裏からはせいぜい五、六町ですよね」

どよめきが、凍り付いた。

「おい……冗談……だろ」

源七が呻くように言った。そこへ境田が割って入った。

「いや、冗談じゃねえぞ。安徳寺に玄璋が転がり込んだのは、ちょうどその時分だ。どこかの寺から追い出されて来たとか言えば、あの頃の安徳寺の住職は耄碌《もうろく》しかけたお人好しの年寄りだったはずだ。すぐ信じたろうよ。そこで修行をやり直すと言って教えを乞えば、一、二年で格好ぐらいついただろう」

「旦那、するってぇと何ですかい、明昌院住職の玄璋様は、弥吉の成れの果てってことで？」

「そうなるな。玄璋は文蔵とツルんでたんじゃなく、何もかも奴の仕業だったんだ。こいつは、えれぇことになってきたぞ」

目明したちは、おゆうを除いて皆、顔色を変えていた。もし盗賊の弥吉がまんまと明昌院のような大寺の住職の位をせしめ、千両富まで差配しているとしたら、江戸開《かい》闢《びゃく》以来の大騒動になる。そこで伝三郎が、鼓舞するように声を上げた。

「ようし、こいつはとんでもねえ大ごとだってのは、皆わかったな。明昌院の見張りはやめだ。まずは安徳寺だ。玄璋が来たときのことを知ってる奴を捜せ。それから、奴が開いてた賭場に出入りしてた奴らもだ。弥吉が玄璋だという証しを見つけ出すんだ。総がかりでやれ。いいな」

「へいっ」

目明したちが一斉に叫び、次々に大番屋を飛び出して行った。予想外の展開に、誰もが逸っている。おゆうは茂三の方を向いた。

「茂三さん、ありがとうございました」

伝三郎や目明したちを納得させられたのは、茂三のおかげである。おゆうは畳に手をつき、深々と頭を下げた。茂三は何も言わない。顔を上げると、茂三はぷいと横を向き、そのまま出て行った。が、その顔に浮かんでいたのはいつもの厳しい表情ではなく、どう応じればいいかわからない、という困惑のようであった。

まず捜し出されたのは、かつて安徳寺で寺男をしていた仁兵衛《にへえ》という男だった。もう六十を幾つか越えているが、幸い記憶力は衰えていなかった。

「ええ、玄璋様が来られたときのことは、覚えてまさぁ」

ずっと独身《ひとりみ》の仁兵衛は、今は押上《おしあげ》で百姓をしている弟の家で居候しているとのことで、畑仕事を続けているおかげか、足腰はしっかりしており、話す言葉も明瞭だった。

「玄璋様は、初めは何と名乗ってたんだい」

伝三郎の問いに、仁兵衛は考えることもなく答えた。

「確か法念《ほうねん》と言ってましたね。安徳寺の住職を継ぐとき、玄璋という御法名をお受けなすったんで」

「で、その、法念が来たのはいつのことだか、はっきりわかるか」

「わかりますよ。あれは七年前だったたねえ」

仁兵衛が覚えていた日付は、文蔵が殺されたと思われる日の二日後だった。おそらく間の一日で、あの小屋にあった金を別の場所に隠したのだろう。

「お前、その法念についてどう思った。坊主にしちゃ変だとか、そんなことはなかったか」

「ああ、おっしゃる通りで。どうもお経の読み方さえ満足に知らねえ様子でしたね。ご自分じゃ、あんまり修行に手を抜くので、とうとう寺を追い出されたって言ってましたが、ありゃあ修行どころか、ど素人に見えましたよ」

「そんな奴を、そのときの住職はあっさり受け入れたのかい」

「まあ、あたしも如何なもんかと思ったんですがね。ご住職はお心の広い方でしたんで、いろいろ事情があるんだろうって、当人さえその気ならと弟子になすったんで。窮鳥《きゅうちょう》懐に入《い》れば猟師も殺さず、ってわけですかねえ」

「何だお前、ずいぶん学があるじゃねえか」

伝三郎が目を見張ると、仁兵衛は笑って頭を掻いた。

「寺男を三十年もしておりましたんでねえ。門前の小僧習わぬ経を読む、って奴でさあ」

「ふうん、なるほど。それじゃ、そのお前の目から見て、その後の法念はどんな具合だった」

「思ったより修行はきっちりなすってましたね。覚えのいいお方で、一年もすりゃあそれなりの坊様に見えるようになりましたよ。ご住職は喜んでおいででしたねえ。ところが、ご住職が亡くなって後を継がれた途端、本性を現したんでさあ」

「賭場のことを言ってるんだな」

「へい、おっしゃる通りで。玄璋様がご住職を継がれてすぐ、あたしは暇を出されましてねえ。もう年だから、ご苦労だった、って、そんなことで。ただ、餞別《せんべつ》はずいぶんいただきましたよ。だからあたしも、おとなしく出て行ったんでさあ。それに、どうも玄璋様がご住職になると、何だか良くねえ方に行きそうな気がしましてねえ。そしたら案の定、あたしが辞めてすぐに胡散臭えのを寺男に入れて、賭場が始まったんでさ」

「そういうことか。お前は厄介払いされたようだな」

「そうですねえ。ま、近頃は賭場を開いてる寺なんて珍しくもねえが、前のご住職はそういうことは一切なさらねえお方でしたから。その代わり、寺はずっと貧乏でしたがね」

「賭場のおかげで安徳寺の金回りは良くなったんだろうな」

「さて、その辺はあたしには。辞めてからの話ですから。けどねえ、旦那。玄璋様は前からたっぷりと金は持ってたようですよ。あたしへの餞別だけじゃねえ。本当なら安徳寺の住職は、素性のはっきりしねえ玄璋様じゃなく、本山から誰か来て継ぐはずです。それを玄璋様は金で買ったんじゃねえかと、一時は噂になってました」

「ほう、そんな噂が」

明昌院の住職の座を金で買ったのと同じだ。文蔵を殺して奪った金の一部を使ったに違いない。

「その玄璋様の素性だが、元はどこの寺に居たと言ってたんだい」

「いえ、それが、修行を放り出して逃げてきた寺だし、迷惑がかかるから言いたくないってことで、ご住職もそれならいい、と深くお聞きになりませんでした」

「そんな寺なんかなかったんじゃねえか、とお前は思ったわけだ」

「口には出しませんでしたがね」

「そうか。わかった、どうもご苦労だったな」

また何か思い出したら報せろ、と言いつけて、伝三郎は仁兵衛を解放した。

「ふう、さすがにいきなり、安徳寺に転がり込んだのが弥吉だってぇ証しは出なかったな」

仁兵衛が番屋を出て行った後、伝三郎は傍らで黙って聞いていたおゆうに言った。

「ええ。でも今の話、こちらが見立てた筋書きの通りですよね。弥吉が玄璋だっていう疑いは、どんどん濃くなってます」

「奉行所の連中はまだ確信が持てねえようだ。浅はか源吾なんざ、目を白黒させて、とにかく証しを見つけて来いの一点張りだ。ま、寺社方へ持ち込むには相当な根拠を揃えなきゃならねえから、文句は言えねえよな」

「それまで、また寺社方から何か言ってきたりしないでしょうか」

「今のところは大丈夫だ。ここまで話が見えた以上、寺社方から口出しが来たら、そいつこそが玄璋とツルんでると白状するようなもんだ。戸山様は、手ぐすね引いて待ち構えてるぜ」

「それは頼もしいですね」

戸山のことだ。また柳原を懐柔して、寺社方の動きに探りを入れているに違いない。

「それにしても、前の安徳寺のご住職はよく弥吉、と言うか法念を受け入れましたね。良く言えば懐が深いですけど、あまりにも不用心で人が良すぎます」

「左門が言うように耄碌しかけてたかも知れんが、仏みたいなお人だったんだろうな。そこを弥吉にすっかりつけ込まれて、自分の死後に寺を乗っ取られちまったんだから、やり切れねえ話だぜ」

そう言われておゆうも暗い気分になった。仏の教えの通り生きてきた人物が、人生の最後に裏切られるとは酷い話だ。その裏切者が高僧となって仏の道を説くなど、笑止千万である。きっと仏罰《ばち》が当たるわよ、とおゆうは思った。もし仏様が忙しくて手が回らないようなら、私が罰を当ててやる。

次に連れてこられたのは、安徳寺の賭場に出入りしていたやくざ者だった。

「この野郎、竜造《りゆうぞう》って奴ですが、俺が声かけたらすぐ逃げようとしやがったんで。とっ捕まえてみたら、懐に一両も入れてるじゃねえですか。どうも強請りの帰りだったようです」

「ほう、面白えじゃねえか。おい、どっからせしめた金だ。とっとと吐いちまいな」

伝三郎が十手を顎に突きつけると、竜造はさも恐れ入ったような顔をした。

「いえ、強請りなんて。そこの炭問屋に、炭が湿ってたって苦情を言ったら金をくれただけで……」

「ふざけんな。お前、似たようなことをあちこちの店で、このひと月で四件も繰り返してるらしいじゃねえか」

源七が凄むと、竜造は肩を竦めた。

「それこそ、ちょっとした行き違いでさあ。俺は金を出せとも何とも言っちゃいませんぜ」

どうやら悪質なクレーマーの常習犯らしい。店は面倒事を避けるために、幾ばくかの金を渡して追い払っているのだ。

「そうかい。ところでお前、四、五年前に小梅の安徳寺の賭場に出入りしてたそうだな」

「へ？　へい、安徳寺ですかい。行ったことはありやすが」

思ってもみない方向から話が出て、竜造はどう答えるのがいいかわからなかったのだろう、とりあえず話を認めた。思惑通りに進み始めたので、伝三郎は薄笑いを浮かべた。

「そこで、下谷の長次に会ってるだろ」

「え？　長次親分」

思わず鸚鵡《おうむ》返しに言って、しまったという顔になった。

「やっぱり会ってたかい。長次が殺されたのも、知ってるな」

「あっしは、何も知りやせんぜ」

警戒心剝き出しになった竜造は、だんまりを決め込むつもりだろう。だが、そんな駆け引きは八丁堀に通用しない。伝三郎は面白がっているようだ。

「お前が殺ったんだろう、と言ってほしかったのかい。生憎だが、そんなこたァ聞いちゃいねえ。お前、安徳寺の賭場で長次と住職が話してるところとか、見なかったか」

竜造の眉がぴくっと動いた。わかりやすい奴だ。

「見たらしいな。お前、長次と住職の関わりについて、何かネタを仕込んでるだろ。言ってみな」

根拠の薄い突っ込みだが、竜造は反応した。

「とっ、とんでもねえ。俺がそんなこと、知るわけねえでしょう」

否定が強すぎる。やはり、思った通りらしい。

「ほう、それじゃあさっきの話に戻るか。ひと月で四件の強請りたぁ、お前もいい度胸じゃねえか。それだけやりゃあ、稼ぎは五両か、十両か。そうなると、まあ遠島《えんとう》ぐれえは覚悟だなあ」

「ちょっ……ちょっと待ってくれ。言ったでしょうが。あっしゃぁ、金を出せとは言ってねえって」

「さあて、そいつはどうかな。おい、源七。もういっぺん強請られた店に行って話を聞いてこい。よーく、じっくりと話を聞くんだぞ。正しい話をな」

「へい、承知しやした」

源七が、伝三郎の言いたいことを了解した、という意味でニヤリと笑い、立ち上がった。

「お、おい、どういうことだよ。どうすんだよ」

竜造が慌て出した。やれやれ、肝っ玉の小さい男だねえ。黙って聞いていたおゆうは、吹き出しそうになった。伝三郎はお前を強請りの犯人として逮捕するかどうかは、俺の胸先三寸だと脅しているのだ。それにあっさり引っ掛かる竜造は、やはり小物だ。

「わかったよ。わかりましたよ。長次と安徳寺の話ですね」

ふて腐れた顔をしながらも、竜造は白旗を上げた。

「初めから素直に話をすりゃあ、いいんだよ。で、何を知ってる」

「へい。実は、五年前の話ですが、あの賭場で遊んでて厠《かわや》に立ったとき、長次と住職が何かこそこそ話してるのが見えたんで、隠れてそうっと聞き耳を立ててたんでさ。結局、何の話だったのかはよくわからなかったんですが、その途中で長次が、住職のことを弥吉、って呼んだんです。そしたら住職がえらく怒って、馬鹿野郎、言葉に気を付けろ、って長次に凄んだんでさあ」

「ほう、そんなことがあったかい」

伝三郎は何食わぬ顔で言った。が、竜造の後ろに立つ源七は大きく口を開け、おゆうはガッツポーズが出そうになるのを必死で抑えた。

「お前、それを誰にも話してねえのか」

「いやその、こいつは金づるになりそうな話だと思って、ずっと頭にしまっといたんですが、長次が殺されたって聞いて、こいつは忘れた方がいいかも知れねえと思ってた矢先で」

「ふうん。お前、ここでその話を思い出したことで、命拾いしたかもな」

伝三郎は顎を撫で、竜造から一両を押収して源七に炭屋に返すよう言うと、今の話の調書を作ったら今日のところは勘弁してやるが、姿をくらまそうなんてしやがったら、ただじゃおかねえぞと竜造に釘を刺した。竜造は、とんでもありやせんと必死で手を振り、調書の聞き書きにおとなしく協力すると、連れて来られたときの威勢はすっかり消えた情けない物腰で番屋から出て行った。

「鵜飼様、とうとう出ましたね」

おゆうが勢い込んで言うと、伝三郎も満面の笑みを浮かべた。

「おう、はっきりと弥吉の名前が出たな。これで奉行所もその気になるだろう。できればあと一押し、欲しいんだが。やくざ者一人の話だけじゃ、寺社方はなかなか受け入れねえだろうからな」

「そいつは任して下せえ。竜造みてえな三下が耳に挟んだってことは、もっと他にも何か気付いてる奴が居るに違えねえ。目明し十人ほどでかかりゃあ、きっと何か出やすぜ」

源七が頼もしいことを言って胸を叩いた。弥吉イコール玄璋だという話がほぼ確実になって、テンションが上がっているようだ。

「源七親分、さすがです」

おゆうは思わず拍手した。

結果は二日ほどで出た。安徳寺の賭場に出入りした連中は百人以上は居るだろうが、芋づる式に手繰って虱潰しにしたようだ。やはりいざとなると、江戸の岡っ引きは侮れない。

「とんでもねえ話が出て来やしたぜ」

伝三郎とおゆうが呼ばれて本所入江《いりえ》町《ちょう》の番屋に出向くと、その町の岡っ引きで宗次《そうじ》郎《ろう》という男と源七が、土間に座らされた三十前後の男を挟んで待ち構えていた。

「とんでもねえ、というからには、相当いい話なんだろうな」

伝三郎が期待を込めて言うと、宗次郎が「へい」と力強く頷いた。

「こいつはこの入江町に住んでる勘平《かんぺい》、って遊び人なんですがね。玄璋が安徳寺の住職になってひと月かふた月してからの話でさあ。おい、さっきの話、もういっぺん旦那に申し上げろ」

「へっ、へい」

宗次郎と源七がだいぶ脅してあったらしい。勘平は恐れ入った様子で、訥々《とつとつ》と話し始めた。

「あのときはまだ、賭場を立ち上げたばかりだったんですが、あっしは長次親分に呼ばれてその手伝いをしてやして。賭場が開くのは日が暮れてからですが、その日は懐が寂しかったんで、小遣いをねだりに安徳寺へ行ったんですよ。そしたら、どうも安徳寺みてえな安っぽい寺にゃあ似合わねえ偉そうな侍が、伴も連れずに入って行くのが見えやしてねえ。で、何だろうと思ってそうっと境内に入って、様子を窺ったんでさあ。するってえと、何だか言い合いみてえな声が聞こえたんで、こいつは面白そうだと床下にもぐり込んだんでさ」

「床下に？　お前、そこで話を聞いてたのか」

「ですが、途切れ途切れにしか聞こえやせんで……」

「いいから聞いたことだけ言ってみろ」

「へい。どうも金のことで、その侍が住職を責めてるみたいでしたねえ。はした金で済むはずがないとか、いったいそれだけの金をどこからとか、初めは侍の方が攻め立ててるようでしたが、途中で住職が何か、開き直ったようで。疾風の文蔵をご存知か、と住職が言った途端、侍は黙っちまって、そっから先は住職の一人舞台になったようでさあ」

「疾風の文蔵？　間違いなくそう言ったのか」

「へえ、あっしでも名うての盗賊の名前ぐらい知ってますよ。で、あっしもびっくりして、こいつは文蔵の盗んだ金が絡んでるんじゃねえかと思って、その先を何とか聞こうとしたんですが、その辺から声が低くなりやしてねえ。そのときはあんたも一緒だとか、そんな一言が聞こえたぐれえです」

「お前、よく覚えてたな」

「そりゃあ、そのときは住職にこの話をすりゃあ小遣いにありつけるか、とも思ったんですが、文蔵みてえな大物が絡んでるとなりゃあ、下手に首を突っ込むと危ねえと思い直しやして。それからずっと、この宗次郎親分が来るまで、思い出しもしやせんでしたよ」

「そうか。そいつは良かった。もし小遣いをせびってたら、お前は今こうして生きちゃいねえだろうよ」

「えエ、よして下せえよ」

勘平は身震いしたが、おゆうは心の中で快哉《かいさい》を叫んでいた。

「よし、ところでその侍だが、名前はわからねえか」

「ああ、そう言や住職が一度、名前を出しましたね。ええっと何だっけ……ああ、小《こ》出《いで》だったかな、そうだ小出様って呼んでましたよ」

「小出、か。間違いねえな」

「へえ。確かにそう呼んでたはずで」

伝三郎とおゆうと源七は、顔を見合わせた。

「何者ですかね、その小出って侍は」

「さあな。しかし、寺社方の役人に違いあるめえ」

「奉行所に文句を言って来られた、中塚様とかいうお人なら良かったのに」

伝三郎を謹慎に追い込んだ憎き相手だ。だが、伝三郎はかぶりを振った。

「中塚ってのは、今の寺社奉行の水野《みずの》左《さ》近将監《こんしょうげん》様の家来だ。玄璋が安徳寺の住職になった頃なら、前の御奉行のときだな。ええと、内藤豊前守《ないとうぶぜんのかみ》様か、阿部《あべ》対馬守《つしまのかみ》様か、その辺りだ。まあ、武鑑でも調べりゃすぐわかるだろう」

寺社奉行は複数制なのでややこしいが、伝三郎の言うように調べるのは難しくない。どうやら、期待したより強力なカードを手に入れたのかも知れない。ただ一人事情のわからない宗次郎は、他の四人に順に目を走らせては、しきりに首を傾げていた。

思った通り、小出という侍の正体は、すぐに割れた。村上《むらかみ》藩主内藤豊前守の家臣、小出正右衛門《しょうえもん》。内藤が寺社奉行のときは大検視を務めていた。あの中塚と同じ役職だ。幸い、今も江戸屋敷に詰めているらしい。

「わかったんですか。それじゃ、その小出様からお話が聞ければ、寺社奉行様に持って行くのに充分な証しになりますよね」

元寺社方役人となれば、竜造や勘平の証言とは重みが違う。おゆうは目を輝かせたが、伝三郎の方は難しい顔だ。

「そう簡単には行かねえぞ。内藤豊前守様は、今は若年寄だ。若年寄の御家来に、俺たち町方の同心が直に会って話を聞けるわけねえだろ。第一、賄賂を貰って盗賊を住職にしてやった、なんてことを自分から話すと思うか」

「あー……それもそうですねえ」

そうか。下手をすれば自分が罰せられるのに、進んで証言はするまい。この壁を崩すのは厄介だ。それでも、ここを突破しなければ寺社方を動かすのは困難だ。

「どうしたもんでしょうか」

おゆうが溜息をつくと、伝三郎が宥めるように言った。

「そいつは俺たちが悩んでもしょうがねえ。この話は、もう御奉行まで行ってるんだ。上の方で何か考えてもらうしかねえさ」

元気づけるように笑うと、伝三郎はおゆうの肩に手を置いた。

「もうここまで来りゃ、玄璋が弥吉だってのは確実だ。ほんとにお前、よく見抜いたよ。この頭に何が詰まってるのか知らねえが、大したもんだ」

「そんなに褒めていただけるんですか。ええ、この頭でよろしければ、存分にお使い下さいな。何でしたら、頭以外も」

そう言ってぴったり体を寄せると、伝三郎は苦笑を返した。

「上の皆様は、うまくやって下さいますでしょうか」

「待てば海路の日和あり、さ」

伝三郎は、心配するなという風に頷いてみせた。

それから三日後の午後遅くになって、千太が呼びに来たのでおゆうは馬喰町の番屋に出向いた。番屋の戸を開けてみると、中で伝三郎と境田が源七を傍らに、並んで座って茶を啜っていた。「おう」と言いながらおゆうに向けた顔は、二人とも上機嫌だ。

「まあ、お二人とも何か嬉しそうですね。どうなすったんです」

「あれだよ。例の、小出様だ」

「え、小出様のこと、上首尾だったんですか」

「そうなんだ。今日、戸山様が小出様を奉行所に呼び出したんだ」

「え、奉行所にお呼びに」

「ま、普通ならこっちが出向かなきゃいけねえんだが、戸山様が書状で、数年前の疾風の文蔵一味のことでご相談したき儀がある、と持ちかけたら、すぐに出て来たそうだ。そりゃあ、あっちの屋敷でそんな話はできねえわな」

伝三郎がしたり顔で言うのを聞いて、おゆうも納得した。やはり戸山は頼りになる。

「で、戸山様と小出様は奉行所で対面したわけだが、戸山様のお指図で、襖一枚隔てたところで、俺たちと浅川様が一部始終を聞いてたんだ」

境田が後を続けた。

「それでだ、弥吉が玄璋だって話を知ってたんじゃねえかと、カマをかけたんだが乗って来ねえ。ま、そうあっさりと向こうも認めやしねえわな。さて、ここから戸山様の見せ場だ」

境田の口調が講釈師のようになってきた。おゆうと源七は身を乗り出した。

「戸山様は、弥吉が玄璋だってことは、俺たち町方が知ってる以上、いずればれる。そのとき、何の用意もなく小出様の名が出て来るとまずかろう、袖の下は誰でもやっていることだから厄介事にはならない。小出様は、思ったより大金が動いているらしいのに不審を抱いて玄璋を問い詰めたところ、玄璋は盗賊の金であることを匂わせた。小出様は驚いてさらに問い詰めたがそれ以上は言わない。小出様は一人で玄璋の周辺を調べたが、証拠は見つからず、賭場での荒稼ぎを目こぼしさせるためのはったりだと考えて、目を光らせておいた。結局安徳寺ではそれ以上の騒ぎはないまま、御奉行の交代で小出様は手を引いた。そういう話でどうだ、と持ちかけたのさ」

「ええ？　その筋書きって、本当のことじゃないんですよね」

「そうとも。大金が動いてるのを不審に思ったのは本当だが、小出様は玄璋に、盗賊から金を貰って住職に収まるのを見逃した、って話が公になったら、あんたも寺社方もえらいことになるぞって脅されたんだ。それで、見ないふりをしたわけだ」

「あらまあ、全然違うじゃないですか。それじゃ、小出様を悪者にしない筋書きを戸山様がでっち上げた、ってことですか」

「平たく言やあ、そうだ。玄璋が盗賊だと匂わせた、ってところが肝心かなめで、その他はどうでもいいと割り切ったんだよ」

おゆうは言葉が出なかった。戸山もずいぶんと太っ腹だ。いや、したたかと言うべきか。

「小出様は、この話に乗った。その筋書き通りで調書を作って、必要なら寺社奉行水野様に直接申し上げてもいいそうだ。これで玄璋は一巻の終わりだぜ」

「はあ……恐れ入りました」

半ば呆れて、おゆうは言った。玄璋が捕まって、本当の話を証言したらどうするんだろう。いや、町方と寺社方が結託すれば、証言を捩《ね》じ曲げるくらい簡単かも知れない。玄璋を追い込めるのは結構だが、何だか気分は複雑だった。

「おい、何を浮かない顔してるんだ。大方はあんたの手柄じゃねえか」

源七に腕をつつかれて、おゆうは複雑な思いを振り払った。ここは江戸だ。巨悪が潰せるのなら、江戸の流儀に従おう。

十七

富くじの販売は終了したので、境内を歩く人の数は、前に見たときよりだいぶ減っていた。とは言え、山門から見る限りは、今日も参詣の人が途絶える気配はない。

おゆうは明昌院の門前に立ち、そんな様子をじっと眺めていた。おゆうだけではない。明昌院を囲むように源七や茂三ら六人ほどの目明しが配され、目を光らせていた。時刻はそろそろ八ツである。二十間ほど先の築地塀の角に立つ源七が、欠伸をした。その後の口の動きからすると、まだかねえ、などと呟いているようだ。

彼らが現れたのは、それから小半刻ほど経ってからだった。その侍の一団は十二人。真っ直ぐ前を見据え、脇目もふらず打ち揃って、急ぎ足で近付いて来る。一団はおゆうに目もくれずその前を通過すると、山門をくぐって本堂へ向かった。その中には、おゆうも知っている小検視の柳原の顔が見えた。間違いない。寺社方だ。

おゆうは源七の方を向いた。目が合い、源七が頷く。おゆうは一行の後に続いて境内に入ろうとした。すると、それを遮るように権門《けんもん》駕籠が一挺、前を横切っていった。両脇には、寺社役同心と見える侍が二人、付いている。駕籠はそのまま通りを進み、塀に沿って角を曲がって行った。裏門に向かうのだろう。駕籠が見えなくなってから、おゆうは境内に進んだ。寺社方の役人たちが本堂の裏手へ入って行く後ろ姿が見える。

いよいよ始まるようだ。おゆうの肩に力が入った。寺社方役人たちは、玄璋の捕縛に来たのである。

小出の証言を得て、正式に南町奉行、筒井和泉守から寺社奉行、水野左近将監に玄璋の重大容疑が伝えられたのは、四日前である。寺社方では、奉行以下、驚きをもってこの知らせを受けた。もっと有り体に言えば、文字通りのパニックに陥ったらしい。そりゃそうだろう。殺しまでやった盗賊の幹部が、江戸の名刹の住職にまんまと収まったばかりか、それよりはるかに格の高い、京の門跡寺院の副住職という地位まで狙っていたのだ。思惑通りになれば、もう町方の手はまったく届かず、玄璋は栄華に包まれ枕を高くして眠れたろう。

　素性のはっきりしない玄璋のような男が本当に門跡寺院に入り込めたか、正直疑問はある。しかし合計で一万両を超える軍資金を用意して公家や朝廷にまで工作していれば、実現しなかったとは言い切れない。駄目でも、本山の重役に収まるくらいは充分可能だったはずだ。どちらにしても、万一あとで素性が発覚したりすれば、寺社奉行の目は節穴かと国中から誹《そし》りを受ける。間一髪、というところだろう。

　結局、寺社方が気を取り直して状況を検討し、玄璋捕縛に踏み切るまで四日かかってしまった。伝三郎は戸山からその情報を得て、おゆうたちに現場で確認するよう指示したのだ。

　小半刻ほどで動きがあった。裏門の方から先刻の権門駕籠が出て来て、塀沿いに表側へ進んで来る。前後は十二人の役人に固められていた。その駕籠で、玄璋を護送しているのに違いない。行列は特に急ぐ様子もなくゆっくりと、目明したちの見守る前を通り過ぎた。

その行列は山門の前を通って、根津権現の方へと去った。そのまま寺社奉行の役宅、つまり水野左近将監の屋敷まで運ぶのだろう。おゆうたちは行列が見えなくなるまで見送った。参詣に来ていた人々は、誰の行列かとちらちら目を向けた者もいたが、大半は無関心のようであった。

行列が行ってしまうと、目明したちは三々五々、持ち場を離れて帰り始めた。後は伝三郎に各自報告して、今日の御役目は終わりだ。おゆうも帰ろうとしてふと気付くと、山門の脇に茂三が立っていた。茂三は、行列が去った方をじっと睨んだまま、動かない。

(そうか……茂三さんにとっては、七年越しの事件がやっと落着する節目なんだ)

今、茂三はどんな思いで玄璋の駕籠を見送ったのだろう。ようやく決着がついたことに感慨を覚えているのか。自分が縄をかけられなかった口惜しさを噛みしめているのか。おゆうにはどちらともわからなかった。

その晩、「さかゑ」の座敷の卓の上に並べられた鰻《うなぎ》の蒲焼き、松茸、天婦羅、しめじ汁、焼栗などの料理に、おゆうは目を見張った。

「うわあ、お栄さん、ご馳走じゃないですか」

「そりゃね、何しろあの文蔵一味の一件が片付いたんでしょ。何としてもお祝いしなきゃ」

厨房から出て来たお栄は、手にした徳利から、さあどうぞとおゆうの盃に酒を注いだ。玄璋のことは公には伏せられているが、今日、一味の頭が捕まったということだけは、お栄も聞かされていた。

「聞きましたよ。おゆうさん、佐野屋で大立ち回りをやったそうじゃない。この人が言うには、一人で三人もやっつけちゃったんだって？　女だっていざとなりゃ、すごい働きができるんだって見せてくれたから、あたしゃ胸がすくようでしたよ」

「そんなあ……はずみでそうなっちゃっただけですって。真っ暗だから怖くって、とにかく十手を思い切り振り回したら、次々に当たったんですよ」

おゆうは内心冷や汗をかきながら、照れ笑いを浮かべた。

「おいおい、俺だってやるこたァやったんだぜ。奴らに縄をかけたのは、この俺だ」

向かいに座る源七が、お栄に威張って見せた。

「何言ってんだい。あんたは鵜飼の旦那とおゆうさんの後始末に飛び込んだだけだろ」

「そんなことがあるもんか。あのままじゃさすがに危ないってところを、俺たちが助けに入ったんだぞ」

「ええ、そうですとも。近くで張っててくれて助かりましたよ。二人だけなら、どうなってたか。ほんとに、命が救われました」

おゆうがぺこりと頭を下げると、源七が、どうだ、言う通りだろうとお栄に胸を張った。

「ああもう、わかりましたよ。お前さんも少しは役に立ったんだね」

「置きゃあがれ。さっさと俺の酒も持って来い」

はいはい、偉そうに言うんじゃないよ、と言い返して、お栄は酒を取りに戻った。

「ところで、あのときのことで聞こうと思ってたんだが」

お栄が行ってから源七が切り出した。「ええ、何ですか」と言いながら、おゆうはちょっと身構えた。

「倒れてた奴が言うには、何か急に首筋に、でかい虫に刺されたみてえな感じがして、気を失っちまったんだそうだ。それで首筋を見てみると、確かに小さな火傷みてえな赤い跡があってよ。あんた、何かやったのかい」

まずい。それ、スタンガンの痕だ。江戸の人間は電撃に対する知識がないから、わけがわからないうちに気絶したのだろう。

「あー、実はその、十手と一緒にかんざしも、武器代わりに振り回したんですよ。それが首の、ちょうど筋のところに刺さってしびれちゃったのかなあ」

すっとぼけて、そんな説明をした。源七は、首を捻った。

「かんざし？　それが刺さったぐれえでぶっ倒れるかねえ」

「でも、首のところには敏感な筋が通ってますからねえ。そこに触れたらしびれたようになるんじゃありませんか。ほら、この辺とか」

おゆうは髪を上げて襟を広げ、うなじを指でなぞった。源七は、目をしばたたいている。

「えっ、いやあ、そんなところかねえ。筋がねえ」

「お前さん！　何を見てんだい」

いつの間にかすぐ脇に、徳利を提げたお栄が立っていた。

「いや、何ってお前、首筋のところを刺したかもって話をだな」

「とか何とか言って、鼻の下伸ばしてんじゃないよ」

頭をはたかれた源七が首を竦め、おゆうは吹き出した。

「駄目だよおゆうさん、男はみんな所構わず、助平心を覗かせるんだから」

「はいはい、すいません。刺激しちゃいましたかしら」

「えっ、何だよ。何を言いやがるんだ。俺はなあ」

うろたえる源七の姿に、お栄とおゆうは顔を見合わせて笑った。やれやれ助かった。これでスタンガンのことはうやむやにできそうだ。

そこへ、縄のれんをくぐって千太と藤吉が入って来た。

「行って来やしたよ。あれっ、こりゃ旨そうな匂いだなあ」

千太が料理の匂いを嗅ぎつけ、鼻をひくひくさせた。お栄が笑みを向ける。

「ああ、ご苦労さん。あんたたちの分もあるからね。あれ、茂三さんは」

そうか。二人は茂三をこの宴会に誘いに行っていたらしい。

「いや、行ってはみたんですがね」

「留守だったのかい」源七が声を掛ける。

「そうじゃなくて、家には居たんですが、ばかに静かで。それで変だなと思って、ちょいと覗いてみたんです。そしたら父っつぁん、部屋の真ん中に座って、位牌《いはい》を前に一人で飲んでたんですよ。じっと黙って、ただちびちびと、ね」

「位牌？　ああ……そういうことか」

源七は事情を理解したらしく頷き、千太と藤吉に手振りで座れと告げた。お栄は二人の料理と酒を取りに奥へ引っ込んだ。

（そうか。茂三さん、亡くなった娘さんと二人で飲んでるんだ）

間接的にとは言え、文蔵一味のために命を落とした茂三の娘。茂三はその恨みで文蔵を追い続け、ようやく決着がついたことを娘に報告しているのだろう。

「おゆうさんと仲直りするいい機会だと思ったが……それじゃ、邪魔はできねえな」

源七は何か思うように徳利を傾けた。おゆうも、そうですね、と呟いて盃に口を付けた。今夜茂三が飲む酒は、柔らかく甘く、ほんのり苦い。そんな味ではなかろうか。

それから三日経った昼過ぎである。伝三郎がおゆうの家に現れると、秋葉権現でも行ってみるかと言い出した。主役が寺社方に移り、どうやら少し手が空いてきたと見える。

「秋葉権現？　もしかして、あの小屋ですか」

「ああ。お参りってわけでもねえが、一件が片付いたところでもういっぺん行ってみようかって気になってな。ちょうど天気もいいし」

そう言えば、前に行ったときと同じような綺麗な秋晴れである。断る理由はない。おゆうは承知して、いそいそと伝三郎について行った。

隠れ家だった小屋は、前回と何も変わっていない。ただ、僅かでもいいからと手掛かりを求めて訪れたときは、怪しげな巣窟の雰囲気が漂っている気がしたのに、今見れば、単なる朽ちかけた小屋にすぎなかった。

草をはらって、中に足を踏み入れた。正面の囲炉裏の手前の床の上が、弥吉ならぬ文蔵が死んでいた場所だ。おゆうはそちらを見て、ごく自然に手を合わせた。悪名を馳せた盗人にこんな感情を持つのも妙かも知れないが、被害者と加害者が逆転したまだったのがようやく正されて、文蔵の霊も浮かばれるのではないか。ふと横を見ると、伝三郎も手を合わせている。やはり同じ気持ちなのだろうか。

せっかくだからと秋葉権現にお参りし、参道の入り口にある茶店に入った。長床几《ながしょうぎ》に腰を下ろし、茶と団子を頼む。亭主の老人は、八丁堀の来訪にいささか緊張したらしく、すぐに注文したものを運んで来た。おゆうは美味しそうな団子に頬を緩め、串を持ち上げたが、ふとその手を止めた。

「文蔵って、いったいどんな人だったんでしょうね」

「さあな。そいつは今となっちゃわからん。とうとう本物の幻になっちまったな」

「玄璋……いえ、弥吉に聞くしかないんでしょうか」

「そうだな。他の仲間のことも吐かせなきゃならねえ。と言っても、七年も経ってりゃ見つけ出すのは難しいだろうな」

伝三郎は嘆息するように言って、茶を啜った。そうかも知れない。七年も無事だったということは、連中は市井《しせい》で身を潜めたまま、真っ当な暮らしを送っているのだろう。考えてみれば、盗人とは言え弥吉以外は人を傷つけたこともない。だったら、寝た子を起こさなくていいような気もする。

何となくそんな思いにかられつつ、おゆうは団子を口に入れた。うん、やっぱり美味しい。餡《あん》も入っていないそのままの団子だが、ほんのりとした甘みが口の中に広がる。表参道のスイーツもいいが、こんな素朴な味わいこそ和の神髄ではなかろうか。

カロリー控えめだし、もう一本貰おうかな。

参道から、黒い角笠《つのがさ》を被った侍が一人、出て来た。今時分、一人で権現参りかなと思って何気なく見ていると、その侍は茶店に入って来て、笠も取らず長床几に座った。ちょうどおゆうたちとは背中合わせの格好になる。このお侍もお参り帰りに休憩か、なら笠ぐらい取ればいいのになどと思ってまた団子を頬張った。亭主が出て来て、侍の脇に茶を置き、すぐに去った。亭主が奥へ引っ込むのを見届けると、侍は背中を向けたままごく低い声で喋った。

「南町の、鵜飼伝三郎殿か」

おゆうは団子を喉につまらせそうになった。伝三郎の肩が強張り、湯呑の中の茶が波立った。

「ご貴殿は？」

伝三郎も振り向かず、短く問いかけた。

「寺社奉行配下、吟味方物調役《ぎんみがたものしらべやく》、倉橋幸内《くらはしこうない》と申す」

侍が名乗った。おゆうはこっそり後ろを窺ったが、顔は笠で隠されている。

「左近将監様のご家中で？」

侍が微かに頷いた。おゆうは辺りを見回す。三間ほど離れて商人風の中年夫婦が休んでいるだけだ。聞き耳を立てる者は誰も居ない。伝三郎がさらに尋ねた。

「如何なるご用でしょう」

「玄璋が、死んだ」

倉橋は一言、そう言った。おゆうは思わず、えええっと声を上げそうになった。伝三郎の顔が、さっと険しくなった。

「死んだ、とは」

「玄璋は本日、御奉行役宅において取り調べの最中、卒中にて倒れ、意識が戻らぬまま息を引き取った。今宵《こよい》にも評定所を通じ、そちらの御奉行に伝えられる」

倉橋は紋切り型の口上を述べた。が、伝三郎はその言い方に何かを感じ取ったらしい。

「それは……公にはそういう話になる、ということでございましょうか」

「左様」倉橋は、あっさり認めた。

「真実は、いささか異なると」

ほんの少し、間が空いた。

「縊死《いし》だ。首を吊っているのが見つかった」

伝三郎の眉が吊り上がる。

「自死、ということですか」

また間が空いた。さっきよりいくらか長かった。

「そうかも知れぬ。そうでないかも知れぬ」

今度は、伝三郎だけでなくおゆうもぎょっとした。

「まさか誰かが口を塞いだ、と？」

「これ以上は、何も言えぬ」

倉橋は、それで口を閉ざした。伝三郎は釈然としない面持ちである。

「なぜ私にそのような話を」

倉橋はゆったりした動作で茶を啜り、一拍置いてから言った。

「町方も、知っておくべきだと思ったのでな」

「それは、ご貴殿のお考えですか」

その問いに、答えはなかった。答えないまま、倉橋は急ぎもしない様子で席を立つと、そのまま振り返ることなく、大川の方に向かって静かに歩み去った。

「いったい……どういうことでしょう」

当惑したおゆうは、遠ざかっていく倉橋の後ろ姿を見つめながら呟くように言った。

「玄璋が自分で首をくくるなんて、到底思えん。おそらく、玄璋に洗いざらい喋られちゃ具合の悪い連中の仕業だ。倉橋さんは暗にそう言いたかったようだな」

伝三郎が苦り切った顔で、いかにも口惜しげな声を出した。

「それじゃ、寺社方の中の誰かがやった、ってことですか」

「ああ。寺社方としても、手前らの不始末が表に出ちゃまずい。とりあえず蓋をしちまおうって肚だ。だが、倉橋さんみたいにそれが気に食わない連中も居るようだな」

「倉橋様一人のお考えではないだろう、と?」

「うむ。公には卒中としておきながら、わざわざ俺に話したのは、俺から御奉行まで話が上がると承知でのことだ。もしかすると、左近将監様ご自身のご意向かも知れねえぞ」

おゆうは首を傾げた。公の話が事実と違うなどとリークして、水野左近将監にどんな得があるのだろう。いや、待てよ……そうか。左近将監は、このリークで南町奉行筒井和泉守に、玄璋の死は自分の指図ではないとの暗黙のメッセージを送るつもりかも知れない。玄璋が死んだことが筒井の耳に入れば、自分が始末させたと勘繰られかねないと思って先手を打ったのだろう。老中を目指す左近将監としては、そんな醜聞の芽はさっさと摘んでおきたいに違いない。

「なあるほど、わかりました。左近将監様は、やっぱりやり手でいらっしゃいますね」

不敵な笑みを浮かべたおゆうを見て、伝三郎が引いた。

「な、何だお前。もう裏読みしちまったのか。おっそろしい奴だなあ。どうやらお前、よっぽど性根が曲がってるらしいな」

「えー、そんな言い方ってないでしょう」

おゆうは眉を下げ、口をへの字に曲げた。伝三郎は笑い、おゆうの頭を撫でた。

「そう怒るな。この頭のおかげでこっちはずいぶん助かってるんだ。ほんとだぜ」

「なら、もっと大事にして下さいましね」

「充分大事にしてるさ。さて、帰るとしようぜ」

伝三郎が立ち上がり、機嫌を直したおゆうは、はい、と返事してすぐ従った。

（これで、弥吉の証言は一切取れなくなっちゃった。別のアプローチが必要だわ）

伝三郎と並んで歩きながら、おゆうはそんなことを考えている。そう、おゆうはまだ文蔵一味の事件に全てけりがついたとは思っていないのだった。

十八

「いやあどうも、しばらくご無沙汰しちゃったね」

優佳はいつになく愛想笑いなど浮かべて、宇田川の仕事部屋に入った。この前、玄璋と弥吉が同一人物という証拠をここで見つけてからは、江戸で過ごす時間がどうしても長くなり、東京へ戻っても家の用事をさっさと済ませてトンボ返りしていたのだ。

「おう」

宇田川の返事は、相変わらず気の抜けたものだった。またしてもイラッとさせられるが、玄璋の陰謀を暴いた最大の功労者は、この宇田川だ。優佳は心の中で無理やり、感謝感謝と繰り返して気を鎮めた。

「しばらくぶりで現れたということは、何か持って来たな」

表情はまったく変えず、見透かしたように言った。くそ、やっぱりイラッとする。

「仰せの通り。これよ」

優佳はバッグからA４判の封筒を取り出し、中身を宇田川のデスクに落とした。

「うん？　こりゃ、この前から預かってる着物のセットにあったのと同じようなものだな。頬かむりに使うやつだっけか」

「そう、頬かむり。よく見て。髪の毛が付いてるよね」

「ああ。ちょっと待て」

宇田川はルーペを出して、仔細に眺めた。

「ふん、細かいのを入れて五、六本は見えるな。ＤＮＡの照合か」

「そう。髪の毛だけじゃなく、皮膚細片や汗も採れると思う。前に渡した着物から採取したＤＮＡと照合して」

「わかった」

「たぶん、今回の事件ではこれが最後の照合になるよ。だから、終わったら例の着物、返してほしいんだけど」

「何だ、もう終わりか。何だか出番が少ないな」

宇田川が不満そうに言う。もっとオモチャが欲しいらしい。

「それは仕方ないでしょ。また次の事件まで待ってよ」

宇田川は溜息をついて、手袋を嵌めた手で頬かむりをつまんだ。

「ま、照合だけなら明日にはできるだろう。メールする」

「悪いね。けど、今回もすごく助かったんだから。この前聞いた照合結果で、事件の前提が根こそぎひっくり返っちゃったのよ。何しろ全員で、存在しない男を追っかけてたんだもんねえ」

優佳は宇田川に、事件のあらましを語って聞かせた。宇田川は例によって興味があるのかないのかわからない様子で聞いていたが、優佳が語り終えると腕組みして、ぼそっと言った。

「何事につけ、行き詰まったら原点に戻って、発想を大きく転換してみるのが肝心だってことだな」

何を分別臭いことを、と優佳は思ったが、確かにその一言は、今度の事件の核心を見事に言い当てていた。まったく、すごく鬱陶しいけど頼りになる奴だ。優佳は苦笑するほかなかった。

「ところで、そのバッグにまだ何か入ってるようだが」

優佳が脇机に載せたバッグは、何か重いものが入っているように安定していた。まだオモチャがありそうだと思ったのか、宇田川の目が光る。こういうときは、ほんとに小学生みたいだ。

「あ、そうそう。実はまた、錠前が一つあるんだけど」

それを聞いた途端、宇田川が顔をしかめた。

中野の笹山商店の前に立ったのは、結局優佳一人だった。笹山を天敵だと思っているらしい宇田川は、腰を上げなかった。まあ、あいつにはＤＮＡ照合に集中しておいてもらえばそれでいい。

「ご免下さあい」

ガラス戸を押し開け、チャイムの音と一緒に奥へ向かって呼ばわった。

「はいよ」

少々無愛想な声がして、笹山が出て来た。店主である息子は、今日は不在らしい。

「ああ、この前の」

笹山は優佳をはっきり覚えていた。やはりあの和錠は、笹山にとってインパクトが強かったらしい。優佳は阿佐ケ谷駅前で買った菓子折りを差し出した。

「この前は、大変ありがとうございました。実は、また見ていただきたい錠前がありまして」

「そうかね。そんなに気を遣わなくったっていいのに」

笹山はにこりともしなかったが、菓子折りを受け取って、「まあ座りな」と奥の作業場の椅子を示した。優佳はお言葉に甘えて奥へ通った。

「それで？」

宇田川並みの無愛想さで促す笹山に頷くと、優佳はバッグから紙袋を出した。そしてその中から黒光りする和錠を一つ、引っ張り出して作業台に置いた。続いて、それに使う太い鍵と小さい鍵のセットも出して、並べた。

「ほう……」

笹山の顔が、それとわかるほど輝いた。その錠前は、佐野屋の蔵に使われていたものので、境田左門が押収して奉行所で一時保管されていたのを、伝三郎に言って借りて来たのだ。調べも済んだから別に構わんと、伝三郎はあっさり錠前を預けてくれた。本気なのかどうか、用済みになった後は古道具屋にでも売るかと思っていたところだ、とさえ言っていた。

「こいつは、なかなか凄いな」

笹山は、佐野屋の錠前を慈しむように撫でた。箱型だが木島屋の錠前と比べると厚みが倍ほどもあり、材質もかなり上等らしく、表面には唐風の模様が浮き出している。だが、表面をいくら見ても、鍵穴は小さいもの一つだけだ。太い鍵を入れる穴は見つからない。

「からくり錠だな。これほどの品物は、現物ではなかなか手に入らん」

「からくり錠って、鍵穴が隠してあるんですか」

「ああ。そこがミソなんだ。錠前そのもののメカニズムは、一般の和錠と変わらないんだが」

「開け方、わかります?」

佐野屋から押収したときには半分開いていたはずだが、奉行所で調べた後、ご丁寧にもきちんと閉めてくれたようだ。開け方は伝三郎も聞いていないとのことだった。

「大丈夫だろう。ちょっと待ってくれ」

笹山は真剣な顔で錠前を持ち上げ、ぐるぐる回してあちこち押したり引いたりを繰り返した。そうしている動きは、まさに本物の職人だ。優佳は声も掛けられず、じっと笹山の手付きを見つめていた。

笹山の口元に笑みが浮かんだのは、それから十分ほど経ってからだった。

「よし、見てなよ」

笹山は優佳によく見えるよう錠前を持ち上げ、表側の下部にある小さな鍵穴に、小さい方の鍵を差し込み、右に回した。それから、飾り模様の部分を上に押した。箱型の表面の中央三分の一ほどが、上にスライドした。それで留金が外れたらしく、今度は底部が右にスライドする。そこで笹山は鍵を裏返した。裏側の中央の飾り模様の部分を、下に押す。底部がずれて空いた隙間に飾り模様の部分がスライドし、その下から大きな鍵穴が現れた。

「こういうことだよ」

笹山は満足感を滲《にじ》ませて、その鍵穴に太い鍵を差し込み、右に回した。軽い金属音がして、そのまま閂を引くと、錠前は開いた。

「すっごーい」

優佳は目を見張った。笹山の腕だけでなく、この錠前の細工も素晴らしい。

「裏側に本当の鍵穴がある、ってのが面白いね。こりゃ珍しい。開けるときは面倒だがな。あんたの家にあったのかい」

「え？　あ、はい。何しろ、すごく古い家なもので」

「そうかい。こういういい品物が残ってるってのは、羨ましいな」

一瞬ギクッとしたが、笹山に他意はないようだ。優佳はほっとして本題に入った。

「あの、その錠前ですが、無理に開けようとした形跡なんて、ありますか」

「無理に？」

笹山はその問いに、ちょっと眉をひそめた。だが、すぐに職人の顔に戻ると、時計屋が使うような円筒形の拡大鏡を右目に嵌め、錠前を慎重に点検していった。優佳は、また数分の間じっと黙って待った。

やがて笹山は顔を上げ、錠前を置いて拡大鏡を外した。そして軽く首を振った。

「両方の鍵穴に傷があるな。そう以前の傷じゃない。前に見せてもらった錠前と同じく、鍵を使わずに何か細い道具で開けたようだ。誰か悪さでもしたのか」

「ええ……親戚の子がやったんだと思います。器用な子で」

「ふうん、そうか。あんまりいじらせないようにするんだな」

笹山は、困ったもんだという顔をした。芸術品のような錠前を、粗略に扱われるのが腹立たしいのだろう。

「開けられたんでしょうか」

「いや、裏の太い鍵穴を出すところまでらしい。中の板バネにはそれらしい傷がないから、完全には開けられなかったんだろう。しかし、よくこの仕掛けがわかって太い鍵穴まで辿り着けたもんだな」

「それって、笹山さんみたいな熟練の職人の方じゃないと無理でしょうか」

「そうだな。こんな難しい和錠は、今じゃ扱える人間は限られてる。あんたの親戚の子は、いい腕してるよ。なんなら、うちに弟子入りさせるかい」

自尊心がくすぐられたか、笹山は軽口を叩いた。優佳は、あ、はあ、いえいえと受け流し、礼を言った。

「なあに、前よりさらにいいものを見せてもらったよ」

笹山は、からくり錠が大層気に入ったらしく、笑みを浮かべた。

「ところで、あんたは宇田川のあんちゃんの、彼女さんかい」

なに、宇田川の彼女？　優佳は首をぶんぶんと左右に振った。ないない、それだけは絶対にない。

「そうかい、すまんすまん。ま、確かにあのあんちゃんは、彼女なんぞ作りそうに見えねえよな」

それを聞いて優佳が安堵の息を吐くと、笹山はいくらか真顔になって続けた。

「けどなあ、ありゃあいい奴だよ。聞いてると思うが、うちの客の金庫の中にあった薬品を調べたとき、毒物だとわかった時点で警察に届けても良かったはずだが、あのあんちゃんは自分で徹底的に調べて、事件にならないようにしてくれたんだ。そこまでは頼みもしてなかったのによ」

そうか。オタクらしいと言えばそれまでだが、彼は自分の仕事にはとことん誠実なのだ。たとえ不器用と言われても、他人の目にどう映ろうとも。

「ま、ああいうタイプは俺と同じで、損することが多いんだけどね」

笹山は笑って肩を竦めた。少なくともここに二人、あのどうしようもない分析オタクを理解している人間がいる。宇田川自身は、例によってそんなこと気にも留めないのだろうが。

「じゃ、あのあんちゃんは、あんたのただの友達かい」

「ただの、じゃありません」

笹山は、おや、という顔をした。その笹山に向かって、優佳は微笑みながら言った。

「大事な、友達です」

笹山の目が、和んだ。


翌日午後、優佳は再びラボの階段を上った。宇田川からは、一時間前に「結果出た」とメールが来ている。待ち構えていた優佳は、すぐに家を飛び出した。ようやく全てに決着をつけられる、という思いが、優佳の足を急がせた。

いつものようにスタッフに挨拶をしながら事務室を通り抜け、宇田川の部屋のガラスドアを開けるなり、「どうだった」と優佳は聞いた。前置きも何もなし、まるで宇田川だ。そして宇田川も、あらゆる愛想を排除して一言で答えた。

「一致した」

「よっしゃあ！　これで完璧」

優佳は右腕を振り回して、ガッツポーズを決めた。宇田川は呆れたような目で見ている。

「これで全部片付いたのか」

「うん。後は最後の詰めだけ。ほんとにありがとう」

優佳は本気で心から礼を言ったが、宇田川は軽く頷きを返しただけだった。照れ臭いのかも知れない、と思えるぐらいには、コイツのこともわかってきている。

「しかしそんな大騒ぎになっても、千両富は実施されたのかね」

へえ、宇田川でもそんなことが気になるんだ。優佳はちょっと面白くなった。

「そうみたい。大騒ぎったって、寺社方にとっちゃ大スキャンダルなんだから、一般には公表してないのよ。だから下手に千両富を中止すると、もっと大変な騒ぎになっちゃう。一応ネットで調べたけど、そんな騒ぎの記録はない。滞りなく実施されたのよ」

「そうか。まさかあんた、当たり番号をネットで調べて富札を買った、なんてことはないだろうな」

「え？　とんでもない。そんなこと、考えもしなかったよ」

慌てて否定した。慌てすぎたかな、と優佳は汗をかく。

「でもさ……本当にそれをやったら、どうなるんだろ」

「さあね。ま、別にどうもならないだろ」

宇田川はいとも簡単にそう言うと、肩を竦めた。

「どうもならない?」

「ああ。前から何度も言ってるじゃないか。あんたが江戸でやることは、初めから我々の歴史に組み込まれてる。だから、何をやろうと現代に変化は及ばない。そう考えるしかないって。それなら、あんたがくじを買って当たったとしたら、それは初めからそうなる運命だったんだ。でもそんな可能性は低いよな。当たらない運命なら、いくらネットで探したって当たり番号は見つかりっこない。そういうことさ」

「ああ、そう……なるほどね」

何だか自分の腹の中を見透かされたようで、優佳は落ち着かなくなった。

「ま、いいじゃないか。千両貰ったって持て余すだろう」

まあ、持て余すと言われれば確かにそうだ。当たり番号が見つからない、というのは結局、天の意思ということか。

「ところで、錠前の方はどうなった」

「ああ、あれ。すごく立派なからくり錠だった。笹山さん、気に入ってくれたよ」

優佳は富くじの誘惑のことを頭から追い出し、佐野屋の錠前について宇田川に説明してやった。すると意外にも、宇田川は腕組みをして何やら考え込んでしまった。

「ちょっと、何を考え込んでるわけ」

戸惑った優佳が尋ねると、宇田川は腕組みしたまま顔を上げた。

「うん。その錠前、例の同心がまたあんたに調べるよう言ったのか」

「いえ、今度はこっちから貸してくれって言った」

「でも一応は証拠物件だろ。この前の着物もそうだが、奉行所が証拠として回収すべきものを、いくら十手持ちとは言っても、そんなあっさりあんたに任せちまうかな」

「うーん、でもねえ、江戸じゃ科学鑑定はないわけだから、着物は持ち主がはっきりわかるような目印《タグ》でもなきゃ証拠にならないし、錠前なんか犯人がどう開けたか確認できれば用済みでしょう。そんなに変なことじゃないと思うけど」

「ふーむ、まあ否定はしないが……」

宇田川はなおも首を捻る。

「どうも気になる。その伝三郎って同心、あんたを好き放題にさせすぎてるような気がするんだよな」

「どういうこと、それ」

優佳はその持って回った言い方に引っ掛かったが、宇田川はそのまま続けた。

「つまりだ。伝三郎先生はあんたに、普通の岡っ引きよりはるかに高レベルのことを、自由にやらせてるように思える。あんたが何か尋常でない方法で証拠を捜し出してくるのを、承知の上で許してるんじゃないかって、そんな感じがつきまとうんだよ。言ってる意味、わかるか」

「うん……わかんなくもないけど。それは信頼の証し、って言えなくない？」

「そう思いたがってる、ってことはないか」

痛いところをぐっと突かれたような気がして、優佳は口籠もった。宇田川は、優佳のそんな気持ちは無視して（と言うより気付きもせず）さらに言った。

「敢えて聞くが、素性がばれてるってことは、本当にないんだろうな」

「素性がばれてる？」

さすがに優佳は、自信を持って首を横に振った。

「あり得ない。江戸の人間に時間跳躍《タイムリープ》の概念を思い付けるはずがない。時間についての感覚だって、現代の人とは違うのよ。平賀源内《ひらがげんない》クラスの科学者なら、もしやとは思えなくもないけど、伝三郎は普通の同心なんだよ。絶対無理」

そう反論された宇田川は、しばしの間優佳の顔を見つめた。そのまま数秒は経っただろうか。宇田川はついに、納得したように頷いた。

「なるほど、もっともな話だ。わかった。だが、身辺には注意しろよ。調子に乗りすぎないようにな」

「うん、それはちゃんと気を付けてるから」

調子に乗りすぎるな、か。妙な符合だが、伝三郎にも同じことを言われたっけ。意味はだいぶ違うだろうけど。でも、宇田川にはずいぶん心配してもらってるんだな、と優佳は改めて思った。

「ありがとう、気遣ってくれて」

　そう付け加えると、宇田川はぷいと横を向き、軽く頷いた。あ、コイツまた照れて
る、とすぐわかり、優佳はくすっと笑った。

十九

　玄璋こと弥吉の一味として捕らえられた者たちのうち、首領に次ぐ立場になってい
た仙吉については、真っ先に御沙汰が出た。無論、死罪である。現行犯であり、天城
屋と木島屋の蔵破りにも加わっているので、ほとんど議論の余地はなかった。一方、
佐野屋襲撃に雇われた連中は、蔵を破る直前に捕まっているので、形式としては未遂
犯である。だがいずれも今までに様々な犯罪に関わってきた小悪党であり、時間をか
けて余罪を暴く、ということで、まだ吟味方による取り調べが続いていた。
　問題は、猪之吉だった。普通なら仙吉と同様の扱いで死罪になるところだが、女房
子供を事実上の人質にされてのやむを得ない行為でもある。似たような事例では、罪
一等を減じている。しかし、一件ならともかく三件もの襲撃に関与しているというの
は、如何なものか。吟味方の意見は真っ二つに割れ、後は南町奉行筒井和泉守の判断
に委ねられた。

そして昨日、猪之吉の御沙汰が下った。無期限の江戸十里四方所払《ところばら》い。日本橋を中心とした半径五里の区域からの追放である。温情判決であった。

御沙汰を聞いたおせいは、おゆうの家に駆け込み、その場にひれ伏して泣きじゃくった。

「おゆうさん、ありがとうございました。本当にありがとうございました。うちの人……あの大馬鹿、ほんとに馬鹿で……ああ、おゆうさんのおかげです。これで救われました」

「いえ、そんな。どうかお顔を上げて下さいな。お決めになったのは私じゃなく、御奉行様なんですから。それで、どこか行く当てはあるんですか」

「ええ、あの人、粕壁《かすかべ》宿の出なんですよ。あそこなら十里四方の外ですから、そっちへ帰るんならあたしと美代もついて行こうと思って。百姓したっていいし、金物細工の仕事だってあるかも知れないし。とにかく命が助かったんだから、何だってできますよ」

おせいは半分笑い、半分泣きながらそう言った。あの威勢の良さが、戻りつつある。

「ああ、それは良かった。近くに故郷《くに》があるなら、やっぱりそこへ帰るのが一番でしょうね」

一応は罪人であるから、故郷では肩身が狭いかも知れないが、名主に事情を説明すれば、村八分のようなことにはならないだろう。

おせいはおゆうの手を取って、世話になった礼を何度も繰り返した。少なくて申し訳ないと言いながら礼金まで渡そうとするので、これから何かと入り用なのだからと諭して、どうにか止めた。それでようやくおせいも落ち着き、大家と町名主にも挨拶に行くと言って、三拝九拝しながら辞去していった。

どういう事情があろうと、死罪になった者の遺族にとって、江戸の暮らしは過酷である。おせいと美代にそんな運命が降りかからずに済んだことを、おゆうは心から喜んだ。


明昌院の境内は、人の波に埋まっていた。ある者ははしゃぎ、ある者は目を血走らせ、辺り一帯は興奮の坩堝《るつぼ》だ。その一同の目と耳は、本堂正面の一角に釘づけである。

本堂正面に作られた台上には、武蔵屋が納入した巨大な富箱が置かれ、周囲を僧侶、檀家代表、寺社奉行に派遣された検視役らが取り囲んでいた。責任者である副住職は、その中央に緊張の面持ちで座っている。本来その場に居るべき住職の玄璋は、数日前にこの千両富の警備体制についての打ち合わせで寺社奉行役宅に呼ばれ、そこで卒中を起こして急死したと発表されていた。市中は騒然としたものの、千両富は副住職が責任を持って開催する旨が併せて発表されたため、すぐ静かになった。江戸の民の関心は千両富だけにあり、玄璋のことなど誰一人、気にも留めなかった。川越屋を始め主だった檀家の人々は、ほっと胸を撫で下ろしたことだろう。

「第三十の富——。花のォー、さんぜーん、はっぴゃーく、ななじゅーう、さんばーん」

読み上げ役の声に、ひとしきりざわめきが起こる。そして当選者が歓喜の声を上げ、一同の祝福と羨望の眼差しが、その一身に集まる。当たり番号は、突富の終了後に瓦版の読売で市中に速報されるが、やはり生の臨場感に勝るものはない。

「あー、また駄目でしたねえ」

藤吉がニヤニヤしながら、源七に何度目かの声を掛ける。

「うるせえな。それだけ大きな当たりに近付いてるってことじゃねえか」

富札を握りしめた源七が、これも何度目かになる負け惜しみを返した。傍らに立つおゆうとお栄は、顔を見合わせてやれやれと首を振る。

「お前さん、いい加減で腹を括《くく》りなよ。みっともないよ」

「何言ってやがる。勝負は下駄を履くまでわからねえんだ」

「下駄なら、もうとっくに履いてるじゃないか」

お栄が足元を指差し、千太と藤吉が吹き出した。今日は草鞋《わらじ》ではなく、格好をつけて下駄を履いて来ていたのだ。

「ええい、うるせえ。言葉のアヤだろうが。ほれ、次が突かれるぞ」

台上では、長い錐を持って踏み台に上った突き役の少年が、錐を振り上げたところだった。それを、えい、とばかりに箱の上の穴から突き入れる。手応えあったらしく、一拍の間を置いて錐が引き上げられた。介添え役がすぐ駆け寄り、錐の先に刺さった小さな木札を抜いて、検視役の確認を受けてから読み上げ役に渡す。

「第三十一の富――。風のォー、きゅうせーん、にひゃーく、さんじゅーう、いちばーん」

三十一回目のどよめきが起こる。五回・十回ごと以外の富は金額が小さいので、それに見合ってどよめきも小さい。源七はまたはずれたが、こんなのはどうでもいいとばかりに胸を反らせていた。

こうして、滞りなく突富は進行していった。最後の千両富が近付くにつれ、群衆のボルテージが徐々に高まって行く。やがて九十九番目の突富が終了し、いくばくかの幸運を授かった九十九人以外の群衆は、その神経を一点に集中させた。錐が高々と振り上げられ、突いて引き出す、という一連の動作が、今までの九十九回とまったく変わらずに繰り返された。唯一違うのは、鳥の羽が落ちても聞こえそうなほどの緊張と静寂に包まれていることだ。

最後の木札が、検視役を経て読み上げ役に渡された。ここで間違いでもあればとんでもない騒動になると、台上の人々さえも緊張しているのが、こちらまで伝わって来る。読み上げ役は恭しく木札を受け取ると、口上を述べ立てた。

「お集まりの皆々様ァー。第百の富、千両富にございます。本日の突富、これにて突き留めと相成りまするゥー」

群衆が一斉に、全ての神経を耳に集中した。おゆうも緊張で手に汗が出て来た。源七が唾を飲み込む音が聞こえた。

「第百の富――。風のォー」

源七が、おっ、という顔になる。群衆の四分の三が、嘆息した。

「ろくせーん」

源七の顔が、さらに緊張する。第二ステップ、クリア。

「ごひゃーく」

源七だけでなく千太と藤吉も、「風六五三六」と書かれた源七の富札を見つめたまま、固まった。第三ステップ、クリア。

「さんじゅーう」

源七の目が見開かれ、呼吸が荒くなった。さすがにお栄まで目の色を変えた。第四ステップ、クリア。

「にばーん」

おーっ、という喚声が境内全体を揺るがせた。源七は富札を握りしめたまま、どしんと尻もちをついてへたり込んだ。

「あーあ、ほんとに残念でしたねえ」

おゆうは源七を慰めながら、お栄たちと一緒に人混みの中を歩いて、明昌院を後にした。周囲では、くそ、もうちょっとだったとか、当たったのはどんな野郎かなとか、様々なぼやきが呟かれている。結局前後賞にも引っ掛からなかった源七は、上がりかけた階段から奈落に落ちたように、見るも無残な有様だった。

「まあまあ親分、いい夢見させてもらったと思えば」

千太が声を掛けても、「うるせえ」と振り払っている。

「あと四番、たったの四番違いだぜ、こん畜生」

さっきから同じ台詞を繰り返していた。それを言うなら、三番違いや二番違いの人の方がもっと口惜しいだろうに、そういう考えは浮かばないようだ。

「ほんとに情けないねえ。お前さん、いい加減にしな！」

はるかに立ち直りの早いお栄が、苛々して怒鳴った。源七が首を竦める。

「なこと言ってもお前、あと四番なんて、こんなのは滅多にあることじゃ……」

「はいはい、滅多にあろうとなかろうと、当たらなきゃ一緒だよ。それより、富札代の一分、きっちり働いて稼ぎ直してもらうからね」

お栄はそう言って源七の背中をどん、と叩き、源七はさらに消沈してしまった。そのとき、左手の方でおゆうを呼ぶ声がした。

「え？　あれ、おせいさん」

すぐ後ろで、美代の手を引いたおせいが笑みを向けていた。美代もおゆうの顔を覚えていたらしく微笑み、おせいに促されて、ぴょこんと頭を下げた。

「あらあ、お美代ちゃん。おっ母さんと一緒にお出かけ、いいわねえ」

おゆうは美代ににっこり笑いかけてから、おせいが手にした富札に目を向けた。猪之吉が残していった富札だ。

「それ、どうでした」

おゆうが富札を見ながら聞くと、おせいは笑って首を横に振った。

「だめだめ、なんにも当たりゃしない。そりゃそうですよね。あんなことに関わったんですもの、神様はちゃあんと見てるんだ。あ、ここじゃ仏様かな」

そう言って、おせいは明昌院を振り返った。

「でもやっぱり気になって、来ちゃいました。明昌院がどんなところか、見てみたかったし」

おせいは事件の全貌までは知らないはずだ。玄璋の正体も公にはされていない。それでも、富札と猪之吉が巻き込まれた蔵破りを結び付けて、自分なりに考えることがあったのだろう。おゆうは黙って頷き、美代に手を振るとお栄たちの後を追った。源七は未だに立ち直れず、おせいが居ることにも気付いていない様子だった。

おせいと美代が平穏を取り戻したのをその目で見て、おゆうは気分が明るくなった。猪之吉は明日か明後日にも小伝馬町《こでんまちょう》から出され、町名主に預けられるはずと聞いている。江戸所払いとは言ってもその管理は結構いい加減で、最低限のルールさえ守れば江戸への出入りも簡単だった。もし必要になれば、いつか再び猪之吉一家が江戸で暮らしを営むことさえ、難しくはないのだ。

だけど、とおゆうは真顔になった。まだどうしても、はっきりさせなくてはいけないことが残っていた。これは未来永劫、おせいにも言うつもりのない話だ。楽しいことではないが、やるべきことはやらねばならない。根津から神田へと道を辿りながら、おゆうは改めて気持ちを引き締めた。

翌日朝。猪之吉は小伝馬町の牢を出て、牢役人と小者に付き添われ、町名主の弥右衛門《やえもん》の家に入った。支度のため一旦町名主預かりとなるのは、正規の手続きかどうかおゆうは知らない。ことによると、奉行か伝三郎による配慮かも知れなかった。ただし、牢から出たとは言え、刑の執行待ちという状態であるから、おせいと美代は迎えに出るわけにはいかない。それでも、遠目に姿を確認することはできた。おせいは、父親を見つけて駆け寄ろうとする美代を懸命に抑えつつ、付き添ったおゆうにまた何度も礼を述べた。

猪之吉は弥右衛門のところで身づくろいし、明日早朝には江戸を出なくてはならない。見届け役には、伝三郎が当たることになっている。おゆうはその前にどうしても猪之吉に会っておきたくて、弥右衛門のもとを訪れた。

弥右衛門は六十を間近にして、分別を充分にわきまえた誠実な人物である。おゆうの顔も見知っており、猪之吉の件に深く関わったことも承知していた。そのためか、猪之吉と二人で話したいと頼み込むと、白髪頭をしきりに頷かせて快諾してくれた。

こちらへ、と案内されたのは、離れになった八畳間である。猪之吉はそこに一人で瞑想するように座っており、おゆうが入って行くと驚いた様子で、きちんと座り直すと畳に手をついた。

「こりゃあ、おゆうさん。このたびは、俺ばかりかおせいとお美代までえらく世話になったそうで。名主さんから聞きました。お礼の申しようもありやせん」

「いえ、そんな。おせいさんもお美代ちゃんも、大層心配してましたけどもう大丈夫、普段通りに戻ってますから安心して下さい」

「へいっ、誠にありがとうござんやす」

弥右衛門はその様子を見届けると、襖を閉めて母屋へ戻って行った。おゆうは弥右衛門の足音が廊下を遠ざかるのを確かめてから、猪之吉と向き合った。

「猪之吉さん、あなたに確かめたいことがあります」

「へい？　どんなことでじょう」

猪之吉が怪訝そうな顔をした。おゆうはその目をじっと見て、聞いた。

「あなたは長次親分に脅されて引き込まれたんですよね。長次親分とは、前から知り合いだったんですか」

「あ、いえ、お互い顔は知ってましたが、知り合いってほどじゃあ」

「では、長次親分はどうして、金物細工師のあなたが実は腕のいい錠前師だったと知ってたんでしょう」

「さあ、それは。あっちは岡っ引きですからねえ。そんな噂をどっかで拾い上げたんじゃねえですか」

「そうですか。ところで猪之吉さん、あなた、十年前にどこかの寺の富箱を修繕したこと、あるんですか」

この問いには、明らかな反応があった。猪之吉は急に落ち着かなくなった。

「え……さあ、十年前と言われると。どうもよく覚えてねえんですが」

「おせいさんは、あなたと明昌院の千両富の話をしたとき、あなたからそう聞いたと言ってましたよ」

「そうですか。なら、そうだったのかも知れやせんねえ」

曖昧な返事に、おゆうは目を怒らせた。

「富箱を作っている指物商の武蔵屋さんで、一番古い番頭さんに聞いてみました。十年前、掛け金が緩んで富箱から木札が飛び出してしまう不始末があって、富箱が一斉に修繕されたのは事実です。でも、それは全てちゃんとした指物商が請け負っていて、猪之吉さんが手伝ったような事実は出て来ませんでした」

猪之吉の目が泳いだ。

「はあ、そういうことなら、思い違いだったんでしょう」

「猪之吉さん、これは肝心な話ですよ」

おゆうは声にぐっと力を込めた。

「私は、あなたが無理やり蔵破りに引き込まれたらしいと知って、どうしてあなたが目を付けられたんだろう、と思いました。本職の錠前師を引き込むより簡単で、役人にばれにくいから、とも考えたし、あなたが富箱を修繕したことがあるから、とも考えました。でも、富箱の修繕がなかったのなら、話は変わってきます」

猪之吉は、徐々に俯き始めた。うなだれる、と言うより、おゆうと目を合わすのを避けているようだ。

「そしてもう一つ。佐野屋のことです。一味の首領の玄璋は、佐野屋の蔵を見に行って、その錠前が厳重なからくり錠であることを確かめています。そんな代物を、なぜ本職の錠前師でもない猪之吉さんに、開けさせようなどと思ったんでしょうか」

玄璋の名前が出ても、猪之吉はじっと俯いたままだった。おゆうはそのまま先を続けた。

「あなたはおせいさんに、富箱を修繕したことがあると嘘をついた。それから、長次に引き込まれる直前に、普段買わない富札を買った。明昌院の千両富です。なぜそんなことをしたのかと思ったんですが、それは長次や玄璋たちの企みについての手掛かりを残すためだったんですね」

その手掛かりをわざと残したことは、温情判決の一助になったはずだ。が、そんな単純な話ではなかった。

「でもねえ、猪之吉さん。そんな手掛かりを残したということは、あなたは引き込まれて連れ去られる以前から、連中の企みが千両富に関わるものだと知っていたことになります。だったら、いくらおせいさんと美代ちゃんのことで脅されたとは言え、助けを求める機会は幾らもあったはずでしょう。でも、あなたはそうしなかった。そうできない事情があったのではありませんか」

猪之吉はまだ黙って俯いている。だが、よく見ると肩が小刻みに震えていた。おゆうは溜息をついた。これでも話してくれないなら、もう少し攻めるしかない。

「佐野屋のからくり錠は、あと一歩で開けられるところでした。錠前を調べましたが、かなり腕の立つ錠前師でなければ、そこまでは無理です。善助さんに聞いたんですが、喧嘩騒ぎがなければ、あなたはいずれ師匠を超えたかもと噂される腕だったそうですね。で、そこを辞めたのが十二年前。その後、金物細工師になっておせいさんと出会ったのが五年前。ところがですね、おせいさんと出会うしばらく前まで、あなたが金物細工師として働いてたのを知っている人が見つからないんです」

猪之吉の肩は、誰が見てもわかるほど、ぶるぶると震え始めた。だが、それでも口は開こうとしない。おゆうは少しだけ待ってみたが、同じだった。おゆうは唇を噛んだ。

「私からは言いたくなかったんですが、仕方ありません。はっきり言います。猪之吉さん、あなたは七年前まで、文蔵の乾分の錠前破りだった。違いますか」

決定的だったのは、おゆうが佐野屋で奪ったまま持っていた、猪之吉の頰かむりだった。そこに付着していた全ての毛髪のＤＮＡが、平永町の隠れ家にあった着物の毛髪から採取したＤＮＡの一つと、完全に一致したのだ。言うまでもなくＤＮＡの話は江戸で通用しないが、猪之吉が文蔵の手下だったとわかれば、残っていた疑問は綺麗に解消されていったのである。

おゆうの言葉を聞いて、猪之吉の肩ががっくりと落ちた。そして顔を上げないまま、呟くような声で話し始めた。

「十二年前、破門になった俺は、次の弟子入り先を探そうとした。腕には自信があったんで、仕事はすぐ見つかると思ったんです。けど、親方の倅に怪我させて追い出された奴なんか、どこも雇っちゃくれやせん。焦りましたよ。こんなに腕はいいのに、何で仕事できねえんだ、ってね。自惚《うぬぼ》れてたんですね。馬鹿な話だ」

猪之吉は、自嘲《じちょう》するように首を振った。

「金もないし、もうどうにでもなれって思ったとき、声を掛けてきたのが文蔵親分でさあ。俺のことをどっかで調べたんでしょうねえ。俺は、一も二もなく飛びつきました。食い詰めてたこともあったが、何より腕を買ってくれたのが嬉しかったんです。申し訳ねえが、盗人だってことは大して気になりやせんでした」

やはりそうか、とおゆうは思った。自信はあるのに認めてもらえない者は、認めてくれる相手になびく。相手が何者であろうと。それは古今東西みな同じだ。

「文蔵親分も、腹の底まで悪人じゃありやせんでした。蔵は破るが、殺しはやらねえ。できる限り人は傷つけねえ。店を潰すほど容赦ない盗み方はしねえ。そんな決め事を守ってたんです。中にゃあ潰れちまった店もあるが、そいつは店の主人に才覚がなくて、後の商売をしくじったからで、親分のせいじゃありやせん」

茂三の娘の嫁ぎ先のことだろう。だが、そのせいで文蔵に恨みを抱いた人間もいる、ということは、いつかは猪之吉も知っておくべきかも知れない。

「でも、弥吉はそれが手ぬるいと、だんだん不服を募らせたようで。それで仲間割れみたいなことになっちまったんです」

「殺されたのが弥吉でなく文蔵だったことは、気付いてましたか」

「何しろその場を見た奴が居ねえんで、だいぶ後まで気付きやせんでした。とにかく仲間割れで殺し、って報せを聞いて、みんな一斉に身を隠しやしたから。そのときから、他の仲間とは一切繋ぎを取ってやせん。俺は貰ってた分け前で一年余り食い繋いでから、残りを元手に金物細工を始めたんですが、今じゃ互いに、どこで何をしてるか全然知らねえんです」

「そうですか……それじゃ、弥吉のことはいつわかったんです」

「おせいと出会ってしばらくしてからです。そのとき奴は安徳寺の住職で、明昌院に出世する前でした。仕事先からの帰りに寺近くの通りで奴を見たんです。幾分容姿《なり》は変わってやしたが、すぐわかりやしたよ。それでからくりに気付いて、もう唖然としやしたね。慌《あだ》てて隠れて、見つからないように後を尾けたんです。居場所《やさ》がわかったんで親分の仇討ちも考えたんですが、奴は長次と組んでるし、賭場の用心棒も居る。

一人じゃどうにもならねえし、そのときはおせいと一緒になるつもりだったんで、諦めて二度と顔を合わさねえようにしやした」

そこまで喋って、猪之吉はようやく顔を上げた。その顔に、後悔の念が湧き出ていた。

「でも、俺も甘かった。こっちが気付いたってことは、いつか向こうもこっちに気付くだろう、ってことを考えとくべきでした。三月前、いきなり長次が目の前に現れたんです。こっちはすっかり動転しちまって。そしたら、奴の息のかかった店に無理やり引っ張り込まれて、今度の企みを聞かされたんでさあ。それで、腕の立つ錠前破りがどうしても要るんで仲間に入れ、ってんですよ。もちろん断ったが、こっちのことは洗いざらい調べ上げられてやした。言うことを聞かなきゃ、女房に昔のことをばらす、って脅されたんです。ばらすだけじゃ済まねえ、とピンと来やしたよ。奴ら、おせいとお美代を殺すぐらい平気です。こっちもそう思ってるのを承知での脅しでさあ。性質《たち》が悪いったらねえ。で、俺は思ったんです。このまま下手に出りゃあ、奴らのいいようにされる。企みを聞いちまった以上、断ったら殺される。だったら強気で押して、逆に奴らの鼻面を引き回してやろうってね。俺が手を貸さなきゃ、奴らの企みは成り立たねえんですから」

「なるほど。強気で交わった方が、おせいさんも無事だろうと思ったわけですね」

思った通りだ。この猪之吉、なかなかの度胸である。文蔵一味の幹部を務めたのは、伊達ではなかったようだ。

「へい。そういうことなら手を貸そう、だがその前に弥吉に会わせろ、って言ったんです。長次は驚いたようですが、結局俺の言う通り、玄璋になっている弥吉のところへ連れて行きやしたよ。そしたら弥吉は悪びれた様子もなく、久しぶりだな、なんて言うもんだから、頭に血が昇りかけました。けどそこはぐっと堪えて、文蔵親分のことはおくびにも出さずに、仲間に入る、ただし分け前はたっぷり貰うと言ってやったんです。これで逆に安心させ、懐に入り込んだんでさ」

「そうして、自分が姿を消してからおせいさんが奉行所や町役のところに駆け込まないよう、善助さんたちに頼んで、女と逃げた話をでっち上げたんですね」

「そうです。おせいが危ないってだけじゃなく、奉行所に駆け込まれたら俺も厄介なことになるんで。おゆうさんには見破られちまいましたが」

猪之吉は頭を掻いた。ここまで話して、だいぶ楽になってきたらしい。だがそこで、おゆうは猪之吉をきっと睨んだ。

「猪之吉さん！　あんた、まだ正直に言ってないことがありますね」

「な、何です。何を言い出すんで……」

少し緩みかけていた猪之吉の顔が、再び青ざめた。

「大工の平三さんのことです」

猪之吉の目が見開かれた。おゆうは猪之吉に何も言わせず、先を進めた。

「平三さんの住まいは本所緑町です。普段付き合うにはずいぶん遠いですね。しかもおせいさんに言わせると、それほど親しいようでもない。そんな人になぜ嘘の証言を頼んだんでしょう。私はそれが疑問でした。けど、ふっと思い付いたんです。もしかして、平三さんとはおせいさんも知らない付き合いがあるんじゃないかと。そこで気になったのが、おせいさんに聞いた人相です。細面で吊り目。これって、いわゆる狐顔ですよね」

猪之吉はおゆうの言おうとしていることを察したらしい。ふうっと大きな溜息をついた。

「おゆうさんには、何一つ隠しちゃおけねえんですね」

おゆうは黙って頷いた。実は確証があったわけではないのだが、猪之吉の方で観念して認めてくれたのだ。小柄で、狐に似ている風貌。狐の常次。天城屋事件のとき伝三郎から聞いた、かつての文蔵一味で名前がわかっている残り二人のうちの一人。他の仲間とは会っていないと言った猪之吉だが、常次とだけは連絡を取り合っていたのだ。長次に脅されたとき、猪之吉は常次に相談した。そして、猪之吉が女と逃げたという偽装を考え出し、何も知らない善助を巻き込んだ。その後常次は、長次に見つからないよう出仕事を口実に身を隠したのである。

「こう言っちゃ何ですが、猪之吉さん一人の考えとしちゃ出来すぎだと思いましたよ」

おゆうの言葉に、猪之吉は情けなさそうな顔になる。

「ですが、常次の今の居場所はあっしにもわかりやせん」

「でしょうね。それはもういいです。捜すのは無理でしょう」

猪之吉は、はっとした様子でおゆうを見た。常次はもう追わない、というおゆうの意図をはっきり認識したのだ。

「さて、それじゃ弥吉の企みに戻りましょう。先を続けて」

「その先は、奉行所でお話しした通りです。長次の段取りに従って、弥吉と仙吉と俺の三人で、天城屋と木島屋を襲ったんでさ。天城屋は倅を抱き込んでたし、木島屋の錠前なら大した腕は要らねえのに何で俺なんだ、って正直思ったんですが、それからでさあ、佐野屋のことを聞いたのは」

「仙吉は、猪之吉さんの素性を知らなかったんですか」

「あいつは自分じゃそう思ってねえようですが、ただの三下です。肝心のことは、何も聞かされちゃいません。いざとなったら役人へ差し出す捨て駒でさあ」

そういうことか。そうとも知らず、一端の大悪党のつもりであの世へ行くというなら、ある意味仙吉は幸せかも知れない。

「でもあなたは、富くじに絡む手掛かりを残していきましたよね。最後はどうするつもりだったんです」

「いや、実は……ありゃあ、お役人のためってより、その、おせいのためでして」

「はあ？　おせいさんの」

「へい。もし俺が殺されちまったら、おせいは俺が女と逃げたと思い込んだままになります。何しろこれだけ大きな企みなんです。いくら懐に入り込んだとしても、用済みになりゃ必ず始末される。そうならねえように最後は逃げるつもりだったんですが、しくじったら終わりです。だから、後で俺と富くじの一件を結び付けられるような手掛かりを残したんです。そうしたらおせいも、俺に裏切られたんじゃねえ、悪だくみに巻き込まれたんだとわかってくれると思って」

何とまあ。おゆうは感心していいのか呆れていいのか、わからなくなった。最後においせいの誤解を解くことがそんなに大事だったのか。

(要するに、それだけおせいさんに惚れてる、ってことなんだろうね)

おゆうは頭の中で苦笑するしかなかった。

「でもですよ、富札一枚と、富箱を修繕したっていう嘘の話だけじゃ、ちょっと手掛かりとして曖昧すぎやしませんか」

そのことはどうも気になっていた。手掛かりを残してくれたはいいが、何だか方向性がずれているのではないか。結局は自分が介入して真相に辿り着いたわけだが、錠前に付いた猪之吉の指紋という絶対の証拠がなければ、蔵破りと富くじを結び付けるなんて、思いもつかなかったろう。おせいにそれができたとはとても思えない。

「その通りです。ありゃあ、しくじりました。俺も長次から初めに聞いてたのは、富くじに絡んで錠前破りが要るんだ、ってことだけだったんです。それで、こりゃあてっきり、富箱に細工するつもりなんだと思って、そういう手掛かりを残したんで……。後から本当の狙いを弥吉から聞かされて、しまったと思いやしたが後の祭りでした。なのにあの手掛かりから、よく弥吉の狙いがわかりやしたねえ。さすが奉行所のお役人たちは大したもんだ」

何だ、そんなことだったのか。でも、他人事みたいに感心しないでもらいたいわね。だいたい、見抜いたのは奉行所じゃなく私なんですよ。

「ところで、最後は逃げると言いましたけど、それはどんな段取りだったんです」

「ただ逃げても、長次が追って来るだけです。ありゃあほんとに、毒蛇みてえな奴だ。それこそおせいとお美代が危ねえ。だからまず、長次を片付けなきゃならなかったんで」

おゆうはその言葉にぎょっとした。

「片付けるって……まさかあなたが長次を？」

猪之吉は大慌てで手を振った。

「とんでもねえ。殺ったのは弥吉です。俺は、弥吉が長次と手を切るよう、弥吉に吹き込んでいったんです」

「吹き込んだ？」

「へい。弥吉と長次がお互いを信用してねえのは、会ってすぐわかりやしたよ。要は、金だけで結び付いてる縁、ってわけで。これなら、仲違いさせるのは簡単です。俺は弥吉に、長次はいずれ間違いなく裏切る、用心しろ、先手を打て、と事ある毎に耳打ちしたんで。弥吉も初めは聞き流してやしたが、やっぱり金だけの長次より、昔同じ釜《かま》の飯を食った俺の方が信用できるに決まってやす。で、馬鹿な下っ引きがおゆうさんを襲ったと聞きやして、やっぱり長次は危ねえ、奉行所から目を付けられた、奴から企みが綻びるぞ、ってしつこく言ってやりました。そしたら、それが決め手になったようで。けど、ああもあっさり始末しちまうとは、正直俺も驚きやした」

なるほど。まだ使い道があるはずの長次が早々と消されたのは、そんな話があったからか。

「弥吉は邪魔者を簡単に消すんだとわかった以上、佐野屋の蔵を破ったら、弥吉は俺をすぐに始末するだろうと思いやした。考えようによっちゃ、長次より弥吉の方が怖い。それで、錠前を開けたら、他の奴らが千両箱に気を取られてる隙に逃げようと思ってたんでさあ。正直、一か八かの賭けでしたがね。そこで逃げやすくするために、こっそり弥吉に、長次が奉行所に目を付けられたなら、どこまで知られてるかわからない、あんたは佐野屋には行かねえ方がいい、って耳打ちしたんです。奴は何より、我が身大事ですからね。仙吉なんぞを出し抜くのは、造作もねえ。まさか本当にお役人が待ち構えてるなんて、思いもしてやせんでしたがね」

結果的に、あんたはそれで助かったのよ。感謝してほしいわね。

「逃げた後は、どうするつもりだったの」

「逃げたら、追っ手がかからねえようにしなきゃなりやせん。弥吉のことを、投げ文で奉行所に密告するつもりだったんです。弥吉が捕まったら、俺の素性がばれる前に、おせいとお美代を連れて江戸から逃げようと。おせいは俺が女と逃げたと思ってやすから怒りまくるでしょうが、そこであの手掛かりのことを話して、何とか得心させる算段をしてたんでさ」

「密告、ねえ……。それでうまくいくと思ったんですか」

寺社方との兼ね合いもあるし、怪しい投げ文一つで奉行所は簡単に動くまい。最低でも、相応の裏付けを取ろうとするだろう。それには時間がかかるから、猪之吉の思う通りに事が運ぶとはとても思えない。これまでの段取りに比べ、逃亡の計画はかなり杜撰《ずさん》なものだった。これなら、やはり佐野屋で捕らえられて良かったと言うしかない。

「まあ確かに、これも一か八かです。でも、そうする他になかったんでさあ」

猪之吉は杜撰さを反省するようにうなだれた。それから、何を思ったか急に居住まいを正した。そして、どうしたんですと尋ねようとしたおゆうに、黙って両手を差し出した。

「猪之吉さん、何をしようというんです」

「改めて、お縄を頂戴します」

「お縄？」

おゆうは差し出された手はそのままに、かぶりを振った。

「お止しなさい。御上の御沙汰は、もう出てるんです。一度出した御沙汰のやり直しなんて、せっかくお慈悲をいただいた御奉行様に恥をかかせるだけです。何より、御上の御威光に傷がつきます」

「え、しかし、それとこれとは……」

猪之吉の言うのもわかる。所払いの判決は、天城屋から始まる今回の一連の事件についてのもので、七年前までの文蔵一味の罪は対象にしていない。しかし、だからと言って再逮捕となれば、吟味不充分ということで奉行所の立場がなくなる。

「猪之吉さん、弥吉が死んだのはご存知ですか」

「えっ……弥吉が死んだ？」

猪之吉は呆然とした。どうやら、何も聞かされていなかったようだ。

「ええ。寺社奉行の御役宅で、お調べの最中に首をくくったそうです。でも、死に方に何だか怪しげなところがあります。わかりますか？　寺社方にはいろいろと表に出したくない話があって、この一件をさっさと終わらせたいのですよ」

「そんな……」

思いもよらない話に、猪之吉はかなり混乱しているようだ。おゆうは、さらに畳みかけた。

「弥吉も長次も、今は居ません。あなたが文蔵一味だったとしても、もう表に出ることはないんです。そんな話を蒸し返そうとしたって、誰も喜びませんよ。もちろん、おせいさんとお美代ちゃんもね」

妻子の名を聞いて、猪之吉ははっとしたようだ。自分が守らねばならないものは何か、改めて思い出したのだろう。おゆうはそれを見て、口調を緩めた。

「だからもう猪之吉さん、余計なことを考えるのはやめましょう。あなたはただ、おせいさんとお美代ちゃんのことだけを、考えてあげて下さい。平穏な暮らしに戻って、お二人を大事にしてあげて下さい。強いて言うなら、それがあなたの罪滅ぼしです」

猪之吉はまた俯いた。そのままじっと、おゆうの言葉を嚙みしめているようだ。やがて嗚咽が漏れ、しばらくすると号泣に変わった。

弥右衛門の家を辞して、おゆうは自分の家に帰った。猪之吉が号泣する声は、母屋にも聞こえていたかも知れないが、弥右衛門は持ち前の分別を働かせたか、敢えて何も聞こうとはしなかった。

二十

（これでやっと、全部片付いた）

ようやく肩の荷が下りたと思い、おゆうは畳に寝転ぶと大きく伸びをした。明日は伝三郎と一緒に、猪之吉を板橋《いたばし》の大木戸まで送って行こう。伝三郎も、駄目とは言わないだろう。

そんなことを考えていると、表で「ご免よ」と声がした。おゆうは、びっくりして飛び起きた。伝三郎ではない。それは、茂三の声だった。

「はいはい、茂三さん。いったいどうなすったんです」

茂三はそれには答えず、どうぞお上がりを、と言うのも断って、上がり框に腰を下ろした。おゆうは仕方なく、その場に座った。茂三は、何だかいつもと違って落ち着かないようだ。何をどう切り出すか、迷っているように見えた。辛抱して待っていると、やがて大きな咳払いをして、茂三が口を開いた。

「あんたに、礼を言わなきゃならねえな」

「えっ……お礼だなんて、そんな」

いきなり意外な展開だ。あれだけおゆうを目の敵にした茂三から、礼を言われるとは。

「いや、な。あんたが、殺されたのが文蔵で逃げたのが弥吉だと見抜いたおかげで、文蔵のことは片が付いたんだ。ずっと追ってた文蔵が実はとうに死んでて、仕組んだ弥吉も捕まって死んだとなりゃ、何だか憑《つ》き物が落ちたみてえな気がしてよ」

「はあ……そうなんですか」

そう言えば、茂三の顔からは険しさが消え、ずいぶん温和になった感じがする。

「昨日、しばらくぶりに娘の墓に参って来た。やっとこれからは、落ち着いてゆっくり墓参りができらァ」

そうか。今まではきっと、必ず恨みを晴らしてやる、と墓前で誓っていたのだろう。それももう終わり、ただ静かに菩提《ぼだい》を弔うことができるようになったのだ。おゆうもほっとした心持ちになった。

「ところでその……あんたは、お澄《すみ》さんの娘さんなのかい」

一瞬、言われた意味がわからなかった。意味に気付いたとき、目が点になった。

（え？　え？　お澄って……お祖母ちゃん！）

祖母の名は、澄子《すみこ》。何と、茂三は江戸へ来ていたときの祖母を知っていたのだ。

おゆうは懸命に落ち着こうとした。もしや祖母の知り合いに会うことがあるかと思って、初めて江戸に来たときからその答えは用意してあった。しかし、そんな機会が訪れないまま、忘れかけていた。急いで計算をし直す。祖母は若く見える方だったから、本当はアラサーの私が二十二、三に見られているこの江戸では、五十代に見えたはずだ。江戸時代の出産年齢を考えれば、ぎりぎり大丈夫だろう。

「はい、私の祖母です」

茂三は、ゆっくり頷いた。

「やっぱりそうかい。初めてあんたを見たとき、すぐにわかったよ。お澄さんが若けりゃ、あんたに生き写しじゃねえかってな。で、お澄さんはどうなすったね」

「はい……亡くなりました。二年ほど前です」

「ああ……そうじゃねえかと思ったんだ。急に姿が見えなくなったからな」

茂三は、どこか遠くを見るような目付きになった。

「あの、祖母とはお親しかったんですか」

「いや、親しいって言うか、その……どっちかって言うと、あんまり人付き合いをしねえ人だったからねえ」

そうか。何となくわかる。自分と違ってネットを駆使できない祖母は、江戸についての知識も不十分なままだったろう。必要以上の人付き合いは避け、きっとわくわくしつつもおっかなびっくりで、この江戸を歩いていたのだ。しかし、祖母の江戸での日記は至って単純で、茂三の名前もなかったはずだ。

「祖母は、どんな様子でしたか」

「どんなって、そりゃあ、うーん……人付き合いは少なかったが、気は優しい人だったね。そう言や、こんなことがあったなあ。外で遊んでた近所の子が、喉が痛いと言ったら、お澄さんは袂から飴《あめ》を出してね、微笑んでその子にやったんだ。で、その子が飴を舐めてみると、喉に冷たい風を吹き込まれたようにすーっとしてね。痛みが引いた、ってんだよ。不思議な飴だって、その子が驚いたら、なぜだか困ったような顔してたな」

ははあ、なるほど。子供にのど飴をやったわけか。やってから、江戸にはそんなもののない、って気が付いて、困ってしまったのだろう。いかにも祖母らしい感じがして、おゆうはふっと笑みを浮かべた。

「落とし物を拾ってやったのが知り合ったきっかけでね。二、三度、お宮参りして茶店なんぞにも寄ったんだ。何ごとも控えめで、品があったよ。自分のことはほとんど話さなかったんだが、居るだけで和むような、そんな感じだったな」

それから茂三は、普段に似合わず、まるではにかむように付け足した。

「確かに年はいってたが、綺麗な人だったねえ……」

おゆうは頭がくらくらしそうだった。何とこの人、お祖母ちゃんに惚れてたのか。まさか茂三さんがお祖母ちゃんの元カレだなんて、世の中いったいどうなってるんだ。

(日記に茂三さんの名がなかったのは、お祖父ちゃんに気を遣ったからかもね)

そう考えると、何だか微笑ましい。

そこでおゆうは、ふと思った。祖母はなぜ、江戸で暮らすことを選んだのか。祖母は、寂しかったのかも知れない。祖父が亡くなり、家では一人。近所の人たちも、失われていく古い町並みと共に次第に去って行き、話し相手もいなくなる。自分だって祖母の家には月に一度くらいしか行けていなかった。

だが江戸に来れば、祖母が子供の頃と同じような、人の交わりがある。知識不足で自分は入り込めなくても、眺めているだけで心は和んだのだろう。そんな中、茂三という話し相手もできた。祖母はきっと嬉しかったに違いない。でも、日記の文章に残すのは気恥ずかしかったのだ。それもまた、祖母らしい。

「孫が居るとは言ってたが、こんなに大きかったとはな。おっ母さんは元気なのかい」

「いえ、母も早くに亡くなりました」

「ああ、そいつはすまねえ。余計なことを聞いた」

お母さん、ホトケにしちゃってごめんなさい。事情が事情だから勘弁しといて。

「祖母が亡くなるとき、この家に住むよう言われて、それで来たんです」

「そうか。お澄さんの墓は、遠いのかい」

うっ、これは困った。墓参りしたいと言われたらまずい。

「はい……とっても遠いです」

「遠いのか……わかった」

おゆうの言い方で何かを感じたらしく、茂三はそれ以上問いかけてこなかった。

「あんたには、何かときつく当たっちまったな。俺もちょっと言いすぎかとは思ったんだが」

おや？　茂三さん、どうしたんだろう。

「いえ、私も何かと女だてらに出しゃばりすぎましたし」

「いや、そういうことじゃねえんだ。ただな……」

茂三は、照れたような様子で頭に手をやった。

「お澄さんの娘さんに、あ、お孫さん、だったな。とにかく、俺が居るのにあんたに何かあったら、あの世でお澄さんに顔向けができねえと思ってよ。ついつい、お節介をしちまった」

ああ、そういうことだったのか。おゆうは、何だか心が温かくなるのを感じた。

「小言を言うだけじゃなく、勝手に見張ったりもしてたんだ。今だから言うけどな」

「あ……それじゃ、不忍池の裏で助けていただいたときも」

茂三は黙って頷いた。あの場に茂三が、あまりにもタイミング良く現れたわけがやっとわかった。

「そうでしたか。気付かぬうちに、ボディガードをしてくれていたのだ。

知らぬこととは言え、申し訳ありません。ありがとうございました」

おゆうは改めて、丁寧に礼を言った。

「いや、俺が勝手にやったことだ。気にしねえでくれ」

そう言ってから茂三は、また遠くを見る目付きになった。

「実はな。娘が死んだとき、ちょうどあんたと同じくらいの年だったんだよ」

「あ……そうだったんですか」

やはり、娘さんのことも重ね合わせていたんだ。

「いつか私も、娘さんのお墓参りをさせていただきます」

「いや、そう気を遣わねえでくんな。ただ、次にお澄さんの墓に参るとき、俺がよろしく言ってたと伝えといてくれ。またあの世で訪ねて行くかも、ってな」

茂三はそう言って軽く笑うと、腰を上げた。

「いや、邪魔して悪かったな。それじゃあ」

おゆうがせめてお酒でも、と引き留めるのを断り、茂三は通りに出て、だいぶ傾いた秋の陽射しに照らされながら去って行った。おゆうはシルエットになったその後ろ姿に向かって、深々と頭を下げた。

板橋大木戸は中山道《なかせんどう》に設けられた江戸の境界で、東海道の高輪《たかなわ》大木戸、甲州《こうしゅう》街道の四谷《よつや》大木戸と並び称される。大木戸、と聞くと、欧州の城塞都市にあるような重厚な門を想像させるが、実は実体としての木戸はない。昔はあったのだが、通行の邪魔になって撤去されてしまい、今ではその跡が境界の象徴として残っているだけだ。

その大木戸を目指して、おゆうは中山道、板橋の仲宿《なかしゅく》を歩いていた。少し前方に、猪之吉と付き添いの伝三郎の後ろ姿が見える。そしておゆうの脇には、おせいと美代が並んでついて来ていた。大木戸に着けば、そこで所払いの執行となり、伝三郎の御役目は完了だ。後はおせいと美代が一緒になって、一家三人の道中が始まる。

「あともう少しで大木戸ですからね」

おゆうがちょっと疲れてきた様子のおせいに声を掛ける。江戸の人たちは健脚と言っても、三歳児を連れた道中はやはり大変だ。美代も今は歩いているが、ここまでの大半はおせいとおゆうが交代でおぶっていた。

おゆうはおせい以上に疲れていた。馬喰町から板橋までは、直線でも十キロ以上ある。地下鉄なら新宿線と三田《みた》線を乗り継いで、三十分はかかる距離だ。見送りますと気軽におせいたちのエスコート役を買って出たものの、草鞋履きでのこの距離は、現代人には厳しい。

「おゆうさん、だいぶくたびれたんじゃないですか」

おせいに心配されてしまった。いえいえ大丈夫と笑って返し、前方を見据えた。ずうっと先に橋が見える。この地名の由来となる、石神井川《しやくじいがわ》にかかる板橋だ。板橋宿は、今通っている仲宿と、手前の平尾宿《ひらお》、橋の先の上宿《かみ》の三ブロックに分かれている。大木戸があるのは、橋を渡った先、上宿の手前のところだった。もう一息だ。

大木戸、と言っても柱が立っているだけの場所に着いたのは、家を出てから二刻も経ってからだった。日の出から間もないうちに出たのに、もう昼になろうとしている。男の足ならもっと速いが、伝三郎はついてくるおせいたちを気遣って、かなりゆっくりと進んでいた。

後ろを向いておせいが追いついたのを確かめると、伝三郎は旅装束の猪之吉の方へ向き直り、いかめしい顔で告げた。

「これより江戸十里四方所払いとなる。以後、御上の許しを得ずして江戸十里四方に立ち入ること、まかり成らぬ。左様心得よ」

「へへっ、かしこまりました。御役目ご苦労様にございました」

堅苦しいやり取りは、以上で終わった。

「まあ、元気でやれや。もう女房子供に心配かけんじゃねえぞ」

「ありがとうございやす。二度とご厄介をおかけするようなことはございやせん」

猪之吉が腰を折って最後の挨拶をすると、おせいと美代が隣に駆け寄り、一緒に頭を下げた。猪之吉は、おゆうに向かってさらに深く頭を下げた。

それから三人は揃って、新たな暮らしに向かって歩み始めた。大宮《おおみや》宿を経て、粕壁には明日にも着くだろう。日光《にっこう》街道を行けば真っ直ぐ粕壁だが、江戸所払いは三カ所ある大木戸で執行と決まっているので、少し遠回りでも中山道を行くことになる。

美代が猪之吉の手を引っ張った。猪之吉は背負っていた笠をおせいに渡すと、腰を落として美代をひょい、とおぶった。一家は並んで振り向くとまた一礼し、やがて上宿の人通りの中へ消えていった。


戻る途中、仲宿のはずれで茶店を見つけた。おゆうの足は、そろそろ悲鳴を上げかけている。おゆうは情けなさそうな顔で伝三郎を見た。伝三郎は、しょうがねえなと笑みを浮かべると、茶店へ足を向けた。

二人で長床几に座り、茶を啜った。足は痛むが、決着を見届けたおゆうの心は軽かった。

「そう言えば、寺社方の、ええと中塚様でしたっけ。どうなったんでしょう」

「ああ、奉行所にねじ込んできた大検視か。戸山様からちらっと聞いた話じゃ、御役御免になったらしいぜ」

「あら、そうですか。天網恢恢《てんもうかいかい》、天罰てきめんですね」

「それだけじゃねえ。明昌院からたっぷり貰ってた連中は、これから当分冷や飯食いだ。特に左近将監様は、今回の一件に相当怒っておられるようだな。明昌院の千両富も中止させようとなすったらしいが、払い戻しの混乱を考えると余計面倒な騒ぎになると言って、周りが止めたそうだ」

それはそうだろう。まっしぐらに老中を目指している水野左近将監にとっては、足元でこんなスキャンダルを起こされるなど許し難い話である。

「まあ、千両富が無事に終わってくれて、俺たち町方はほっとしたよ。江戸っ子にとっちゃ、富くじは一番の楽しみだからなあ」

でも、とおゆうは思う。富くじはこれから全盛期を迎えるのだが、水野左近将監忠《ただ》邦《くに》が越前守《えちぜんのかみ》となり、老中首座に就いて天保《てんぽう》の改革を行ったとき全面禁止とされ、明治になるまで復活しなかったのだ。水野忠邦に冷や汗をかかせた今回の富くじ騒動は、もしかしたら天保の富くじ禁止の遠因になったのではあるまいか。

「何だい、何を考え込んでるんだ」

伝三郎に問いかけられ、おゆうはちょっと慌てた。

「ああ、猪之吉さんたちのことですよ。村の暮らしにうまく馴染めればいいなあ、って思いまして」

「うん、そうだな。町名主の弥右衛門が粕壁の名主宛てに、猪之吉一家をよろしくって文を書いて、猪之吉に持たせたそうだ。なかなか行き届いてるじゃねえか。まあ、心配はねえだろう。今日はこんないい秋日和だしな」

「あは、そうですね。今日は秋日和だけど、猪之吉さんたち、土地の名前の通り、春の日みたいな穏やかな暮らしが続いたらいいですねえ」

そのとき、伝三郎の手が一瞬、ぴくりと強張ったように見えた。あれ、何かあったかなと思って伝三郎の顔を見たが、何も変わらず空を見上げて、うっすら微笑んでいる。気のせいだったか、とおゆうは伝三郎と一緒に空を見上げた。そっと手を近付け、伝三郎の手に触れる。伝三郎は手を動かさず、おゆうの手に温もりが伝わった。

(ああ、ほんとに秋日和だ)

今回の事件で、伝三郎との距離もほんの少し縮まったかも。そんな気が、胸のどこかでしていた。

＊　＊　＊

長床几に置いた手におゆうの手の柔らかさを感じながら、伝三郎は青空を見上げていた視線を街道に戻した。東海道に次ぐ大動脈とあって、馬や荷車、侍や商人が、途切れることなく通り過ぎる。

（中山道か……もうずいぶん経つな）

伝三郎の目の先には、さっき渡った板橋がある。が、伝三郎の見ているのはもっと先だ。大宮宿のさらに先、上尾《あげお》宿の近く。そこに、伝三郎の生まれた家がある。いや、正しくは「生まれるはずの」家がある。待てよ、それも正しくないか。何しろその家は、まだ建ってもいないのだ。そして伝三郎がこの世に生を受けるのは、今から百年余りも後のことだった。

（入隊で家を出てから、結局一度も帰らなかったなあ）

長く忘れていた幼い頃を、少しずつ思い出した。両親の畑。採れたての野菜。夏ごとに兄弟で行った虫捕り。伝三郎は目を細め、街道の反対側、江戸の方へ目を移す。少し先には平尾宿と平尾追分《おいわけ》があり、そこで川越《かわごえ》街道が分岐する。それをしばらく行けば、成増《なります》だ。前の世界で、伝三郎が時空の狭間に落ちる前、最後に居た場所。昭和二十年八月末、終戦直後の成増飛行場。一瞬、そこで操縦訓練に明け暮れていた日々が目の前に甦《よみがえ》り、すぐに消えた。

（やれやれ。こんなところに居ると、妙な気分になる）

浮かんだ思いを振り払っておゆうを見た。おゆうは、屈託のなさそうな顔に微笑みを浮かべ、こちらを見返している。

（まったく……謎《なぞ》の女狐め）

伝三郎は心の中でニヤリとした。出会ってもう一年か。一年の間に、こいつにはずいぶん捕り物を助けてもらった。今じゃ周りはみんな、俺の女だと思ってやがる。それはまあ、俺としちゃあすこぶるいい話だ。こいつが真っ当な江戸の人間なら、な。

一年も傍でおゆうを見ていれば、俺にはわかる。おゆうは気付かれてないと思ってるようだが、そうはいかねえ。こいつは捕り物の証拠を、明らかに遥か未来の技術で集めている。指紋採取まではわかったが、俺にも見当がつかねえことまでやっているようだ。佐野屋の立ち回りのとき、変な火花を飛ばして賊を倒したのは、電流を利用した武器を使ったのだろう。まるで空想科学小説だ。弥吉と玄璋が同一人だと見破ったからくりなどは、とうとうわからなかった。

それで今回は、わざと錠前を渡して調べろと言ってみた。未来の技術で、突拍子もないことがわかるかと思ったからだ。だが実際には、指紋は採ったようだがそれ以外は、常識的な答えしか出て来なかった。未来は必ずしも、俺が想像する空想科学小説の世界と一致するわけではないらしい。

（しかし今回は、最後に思わぬところで尻尾を出しやがったな）

さっきおゆうは何と言ったか。土地の名前の通り、春の日だと？　伝三郎は思わずほくそ笑んだ。間違いない。おゆうは「粕壁」を「春日部」だと思っているのだ。

（ああ、はっきり思い出したよ。埼玉県の粕壁町が町村合併で春日部町になったのは、昭和十九年の四月。江戸時代を通じて、あそこはずっと「粕壁」だったんだ）

おゆうが「粕壁」を思い付かなかったのは、物心つく前からずっとあそこが「春日部」だったからだ。ならばおゆうが生まれたのは、終戦後かなり経ってからということになる。

（だが、未来人だとはっきりわかっても、何の目的でここに居るのかはまだわからん）

伝三郎は、またおゆうをちらりと見た。その笑顔は、無邪気そのものに見える。少なくとも、江戸を破壊して未来を変えようとか、侵略しようとしているとは、到底思えない。

（いやいや、油断はならねえぞ。こいつは猫を被るのが得意だからな）

考えながら、自分で吹き出しそうになる。結局自分は、この関係が心地よいのだ。

（さあて。いつまでかはわからんが、この駆け引き、まだまだ楽しませてもらうぜ）

「あら、何だか楽しそうじゃありませんか。やっぱり鵜飼様も、猪之吉さんたちはこれで幸せになれるって、喜んでらっしゃるんですね」

無邪気な笑顔のまま、おゆうが伝三郎の顔を覗き込んで言った。

「ああ、そうさ。万事めでたし、ってわけだ」

心中の思いを隠して、伝三郎はおゆうに微笑み返した。目と目が合う。思わず引き込まれそうになり、伝三郎は急いで立った。

「さて、行くか。もう昼時だ。平尾追分のところに良さそうな料理屋があったよな。あそこで昼飯といこうぜ」

おゆうも、はい、いいですねと応じて立ち上がった。どうやら足はまだ痛そうだ。帰りもゆっくり歩いてやらにゃあな。それより、途中で駕籠でも乗せてやるか。伝三郎は寄り添うおゆうに軽く頷くと、中山道の賑やかな往来の中に一歩踏み出した。

この物語はフィクションです。作中に同一の名称があった場合でも、実在する人物・団体等とは一切関係ありません。

宝島社
文庫

大江戸科学捜査　八丁堀のおゆう
千両富くじ根津の夢
（おおえどかがくそうさ　はっちょうぼりのおゆう　せんりょうとみくじねづのゆめ）

2016年12月20日　第1刷発行
2019年７月８日　第3刷発行

著　者　山本巧次
発行人　蓮見清一
発行所　株式会社 宝島社
〒102-8388　東京都千代田区一番町25番地
電話：営業 03(3234)4621／編集 03(3239)0599
https://tkj.jp
印刷・製本　中央精版印刷株式会社

ISBN 978-4-8002-6484-8